黃色臉孔

YELLOWFACE

匡靈秀
R. F. KUANG

楊詠翔／譯

獻給艾瑞克（Eric）和珍奈特（Janette）

一

我親眼看著雅典娜・劉死掉的那晚，我們是在慶祝她和Netflix簽的影視合約。

為了讓這個故事成立，你應該要知道兩件有關雅典娜的大前提：

首先，她擁有一切：大學一畢業就跟某間大型出版社簽訂好幾本書的出版合約、拿到那個家喻戶曉的創意寫作學程的藝術創作碩士，有一長串聲譽卓著的藝術家駐村履歷、以及比我的雜貨購物清單還長的獎項提名紀錄。二十七歲時，她就已經出版了三本小說，一本比一本還暢銷，對雅典娜而言，Netflix的影視合約並不是什麼顛覆人生的大事，只是又一次錦上添花，是在她畢業後就一路扶搖直上的文學新星之路上，另一個額外的小福利而已。

第二，可能算是第一點造成的結果吧，她幾乎沒有朋友。我們這個年紀的作家，年紀輕輕、野心勃勃、前途璀璨，還沒度過三十大關，通常都會成群結隊，你可以在社群媒體上到處找到搞小圈圈的證據，看到作家們為了彼此尚未出版草稿的摘錄互捧（**目前的進度真是讚到我快發瘋啦！**）、為了封面公佈大發花癡（**真的有夠美我要死了！！！**）、發表一群人參加全球各地文學活動的各種自拍照。但是雅典娜的Instagram照片上沒有別的人，她會固定發工作相

關的更新，分享古怪卻有趣的玩笑給她的七萬個推特追蹤者看，可是她很少標註其他人，她不會攀親帶故、不會寫短評或推薦她同儕作家的書、也不會用新手作家那種浮誇又急切的方式，公開和大家打成一片。在我認識她的期間裡，我從沒聽她提起過任何親近好友，除了我以外。

我以前以為她就只是比較冷淡而已，雅典娜成功到又蠢又荒唐的程度，不想和區區凡夫俗子混在一起也是合理。雅典娜呢，八成只會和推特有藍勾勾的人，還有和跟她一樣暢銷、能夠用他們對現代社會的精闢觀察來娛樂她的作家們聊天吧，雅典娜是沒空跟什麼無名氏交朋友的。

不過近幾年，我發展出了另一套理論，就是其他所有人都和我一樣，發現她根本就令人難以忍受，畢竟，要跟一個在方方面面都輾壓你的人當朋友，本來就不容易了。除了我之外沒半個人可以忍受雅典娜，大概是因為他們也受不了總是一直被她狠狠比下去吧，我人會在這裡，很可能是因為我就是這麼可悲。

所以說那晚就只有雅典娜和我，在喬治城一間環境太吵、價位又太貴的屋頂酒吧裡，她猛灌著調酒，彷彿她有責任要證明她很享受一樣，而我喝酒則是為了要壓下我心裡那個希望她去死的婊子。

雅典娜跟我會變成朋友，只是湊巧。我們在耶魯念大一那年住在同一層樓，而因為我們倆都是自從懂事以來，就知道我們想當作家，所以大學時的所有創作課，我們最後總會遇上。我們在寫作生涯的非常初期，都在同樣的文學雜誌上發表短篇故事，畢業幾年後，也都搬到同一

座城市，雅典娜是因為在喬治城大學拿到知名獎學金，根據傳聞，他們的教職員對她某次在美利堅大學的客座演講印象非常深刻，搞到他們的英文系專門為了她開了一個創意寫作學程的名額，而我則是因為我媽的親戚在附近的羅斯林有間公寓，只要我記得替她澆花，她就願意租給我，只收水電費就好。我們從來不是什麼志同道合、惺惺相惜，或是由什麼深沉的創傷聯繫，我們就只是一直都待在同一個地方、做同樣的事而已，所以保持友好還滿方便的。

不過，雖然我們是從同一個點起步，也就是娜塔莉亞．甘斯教授的「短篇小說概論」課堂，我們的寫作生涯在畢業後的發展卻大相逕庭。

我的第一本小說，是在我幫「為美國而教」組織工作，無聊到快把我逼瘋的那年，靈感泉湧之下寫出來的。那時我每天下班回家後，都會精雕細琢寫下草稿，這個故事我從童年起就想述說了：是個細節豐富、幽微迷人的成長故事，有關悲傷、失去與姊妹情誼，書名是《梧桐樹上》。在我投稿給將近五十個版權經紀人都碰壁之後，某間叫作永恆的小出版社在公開徵稿中看上了這本書，預付金對當時的我來說，簡直是多到離譜的數目，先付一萬美金，開始沖銷結算之後還可以再抽成版稅[1]，但在我得知企鵝藍登書屋（Penguin Random House）豪擲六位數

---

1 譯註：在圖書版權交易中，出版社簽書時通常會先預付一筆金額給作家，且不需退還，若日後作家從銷售中獲得的版稅超過這筆金額（英文即稱為 earn out），則再另外按照不同級距的版稅率支付版稅。

美金簽下雅典娜的出道作之後，就不再覺得這是筆什麼大錢了。

結果我的書送印前三個月，永恆出版社倒了，我的著作權利回歸到我自己身上，然後彷彿奇蹟一般，在永恆出版社一開始的出價後簽下我的版權經紀人，竟然用兩萬美金的預付金，又把權利重新賣給了五大出版集團[2]之一，版權交易網站「出版市場（Publishers Marketplace）」上的公告稱之為一筆「不錯的交易」[3]。看起來我似乎終於**成功了**，我夢想中的功成名就全都要成真，直到我的出版日漸漸逼近，而我的首印量從一萬本降到僅僅五千本，我原定在六個城市舉辦的打書巡迴之旅，也改成只在DMV地區[4]停留三地，知名作家承諾過的推薦語也消失無蹤，從未兌現。我始終沒撐到再刷，總共只賣了兩千或三千本吧，我的編輯在每次經濟不景氣都會出現的那種出版業大裁員中被炒，我於是改給某個叫作蓋瑞特的傢伙負責，而他至今都對這本小說興趣缺缺，害我常常懷疑他是不是根本就徹底忘了我的存在。

但這是必經之路，大家都這麼跟我說，每個人的出道經驗都很鳥，出版社**就是這樣子啦**，紐約那邊總是一團亂，編輯和行銷人員都過勞又低薪，隨時隨地都會有人犯錯，另一頭的月亮從來都沒有比較圓，每個作家都痛恨他們的出版社，沒有什麼灰姑娘的奇蹟故事，要獲得那張黃金入場券，只能靠辛勤努力、不屈不撓、不斷嘗試。

那又為什麼，有人可以第一次嘗試就一舉成名天下知呢？雅典娜出道作出版的六個月前，她就有張版面超大的性感照片，刊在某本讀者眾多的出版雜誌上，標題寫著「出版業最年輕的

天才翩然降臨，講述我們需要的亞太裔[5]故事」，她賣出了三十個地區的外國版權，出道作在《紐約客》和《紐約時報》這類媒體的一片高度讚譽中上市，而且雄霸所有暢銷書排行榜前幾名長達數週，隔年輪番公布的大小獎項更是預料之內，毫不意外。雅典娜的出道作《徘徊之聲》講述一名華裔女孩可以召喚出家族中所有已逝女性的鬼魂，這本書是那種完美橫跨幻想文類和大眾小說的罕見之作，所以她獲得了布克獎、星雲獎、雨果獎、世界奇幻獎的提名，並贏得其中兩項。而這還只是三年前的事而已，之後她又出版了兩本書，書評界的共識則是她無疑表現越來越棒。

也不是說雅典娜沒才華啦，她是個超他媽**讚**的作家，我讀過她所有作品，而我讀到好作品時可不會嫉妒到不願意承認，但雅典娜的明星魅力很顯然並不在於她的寫作，而是有關**她本人**。

---

2 譯註：指HarperCollins、Penguin Random House、Hachette、Simon & Schuster、Macmillan五間大型出版公司，第四章會再提到。

3 譯註：Publishers Marketplace為專業版權交易網站，會列出全球各地每日的版權成交紀錄，並依成交金額多寡區分，四萬九千美金以下稱為「a nice deal」，即此處，五萬至九萬九千為「very nice」，十萬至二十四萬九千為「good」，二十五萬至四十九萬九千為「significant」，五十萬美金以上則是「major」。

4 譯註：指華盛頓特區、馬里蘭州、維吉尼亞州三地組成的大都會區，縮寫即由三地的首字母組成。

5 譯註：Asian American Pacific Islander，縮寫為ＡＡＰＩ，即擁有亞洲或太平洋島嶼血統的美國人。

簡而言之，雅典娜．劉就是個酷得要死的人，就連她的名字，雅典娜．靈恩．劉，都很酷，幹得好啊，劉爸爸和劉媽媽，選中了古典和異國情調的完美結合。雅典娜生於香港，在雪梨和紐約長大，並在英國寄宿學校接受教育，讓她講得一口上流又無從分辨來源的外國腔調，她還長得又高又纖細，跟所有前芭蕾舞者一樣優雅，皮膚白如搪瓷，並擁有一雙睫毛細長的棕色大眼，看起來就像中國版的安．海瑟薇（我這樣說不算種族歧視，雅典娜自己就曾經PO過一張她跟「安妮」去某個紅毯場合的自拍照，她們那兩雙牝鹿般的大眼緊緊挨在一起，圖說也很簡單，**根本雙胞胎！**）。

她真的很令人難以置信，完完全全不可思議。

所以雅典娜當然享盡好處啦，因為這個產業就是這樣運作的，出版界會選出一個贏家，某個夠有吸引力的人，某個又酷又年輕，而且——噢，反正我們全都這麼想啦，不如就說出來吧——夠「多元」的人，然後在他們身上砸下所有資金和資源，這真他媽隨機，也可能並不隨機吧，只不過是取決於和文筆水準無關的因素而已。雅典娜，一個貌美、耶魯大學畢業、成長背景多元、搞不好還是酷兒的有色人種女性，受到有力人士欽點，與此同時呢，我就只是個棕眼棕髮的茱恩．海伍德而已，來自費城，而不論我再怎麼努力，或我寫得有多好，我都永遠不可能成為雅典娜．劉。

我本來以為到了現在，她應該會直接飛離我的軌道，但友善的訊息還是一直傳來，**今天寫**

得還好嗎？達成每日字數目標了嗎？祝妳趕得上死線啦！各種邀約也是：「市中心」墨西哥酒吧的暢飲時光瑪格麗特調酒、「橄欖油」土耳其餐廳的早午餐、U街的尬詩擂台活動。我們擁有那種膚淺的友誼，花很多時間待在一塊，卻不會真正認識對方；我還是不知道她有沒有兄弟姊妹，她也從沒問過我的男友，但我們還是一直出去，因為我們兩個都在華盛頓特區實在是太方便了，也因為你年紀越大就越難交到新朋友。

老實說，我還真的不確定雅典娜為什麼喜歡我。她每次見到我都會擁抱我，每週至少會按讚我的社群媒體貼文兩次，我們起碼每兩個月會出去喝一次酒，而且大多數都是她邀我的。但我完全搞不懂我是可以帶給她什麼，我距離能夠使她花在我身上的時間有價值的那些勢力、名氣、人脈，都可以說遠得要命。

內心深處，我總懷疑雅典娜之所以喜歡我的陪伴，正是因為我無法與她匹敵。我瞭解她的世界，但我並不是個威脅，而且她的種種成就離我這麼遙遠，我根本就沾不上邊，就算她在我面前耀武揚威炫耀，她也不會覺得過意不去。我們不都總是想要一個永遠無法挑戰自身優越地位的朋友嗎？因為他們早已明瞭永遠都沒有勝算？我們不都總是需要某個可以當成沙包對待的人嗎？

＊

「不可能這麼糟的啦，」雅典娜說，「我很確定他們的意思只是要把平裝版延後幾個月而已。」

「這才不是延後，」我回答，「是取消了，布雷特告訴我他們就只是……在他們的印刷排程裡找不到位置而已。」

她拍拍我的肩膀，「噢，別擔心，反正妳從精裝版可以拿到更多版稅啊！[6]總會有一線希望的，對吧？」

竟敢假設我拿得到版稅，妳還真有種啊，我沒有大聲說出這句話，如果你因為說錯話數落雅典娜，她就會過度誇張地瘋狂道歉，比起就這麼吞下怒火，那樣反而還令我更難忍受。

我們人在葛拉罕屋頂酒吧，坐在一張兩人小沙發上，面向日落，雅典娜正猛灌她第二杯威士忌沙瓦，我則在喝我第三杯黑皮諾紅酒，我們閒聊到了我跟我出版社之間的問題這個講到爛的話題，我超後悔的，因為雅典娜滿腦子想的就只有安慰或建議，而這總是只會讓我越來越往心裡去。

「我才不想惹毛蓋瑞特咧，」我說，「呃，老實說，我覺得他就只是很期待拒絕優先權[7]，這樣他們就可以跟我一刀兩斷了。」

「天啊，千萬別低估妳自己，」雅典娜說，「他簽了妳的出道作，不是嗎？」

「其實呢，不是他簽的。」我回答。我每次都得提醒雅典娜這回事，提到我的問題時，她

的記憶力都跟金魚一樣，什麼事都必須重複個兩三次她才會記起來，「簽我書的編輯被炒了，只好換他接手，而每次我們聊到這件事，感覺都像是他只是在做做樣子而已。」

「好吧，那可以叫他去死。」雅典娜愉快地說，「再喝一輪？」

這地方的酒真的是貴得很有事，但反正是雅典娜要買單，所以沒差，雅典娜總是會買單，到了這時候，我已經不會再說我要付錢了。我不覺得雅典娜這輩子有真正瞭解過「昂貴」和「便宜」的概念，她耶魯畢業之後，去念了一個全額獎學金的碩士，再來銀行戶頭裡就有幾十萬美金了。有一次，我告訴她紐約的基層出版工作年薪只有大約三萬五美金時，她對著我眨了眨眼，然後問說：「這樣算很多嗎？」

「我想來杯馬爾貝克紅酒。」我說，這一杯要十九塊。

「沒問題，寶貝。」雅典娜站起身悠悠哉哉朝吧檯晃去，酒保對她微笑，她爆出驚喜的大叫，雙手趕緊摀住嘴巴，彷彿她是秀蘭．鄧波兒，看起來吧檯那邊的某個男士請她喝了杯香檳，「對，我們**正在**慶祝沒錯，」她優雅又愉快的笑聲飄過來壓過音樂，「但我可以也幫我朋友

6 譯註：台灣通常不太區分平裝或精裝版，惟歐美出版界的慣例，通常會在精裝版（hardcover）出版一年後推出平裝版（paperback）。

7 譯註：出版作家前一本書的出版社，通常會擁有下一本書的優先審閱權，能在特定期間優先評估是否願意簽下出版，英文中稱為「option」。

點一杯嗎？就算在我帳上好嗎？」

這裡可沒人會請我喝香檳，但這情況很常見，每次我們一起出去，雅典娜都會沐浴在關注之中，要不是有熱情的讀者想要自拍和簽名，就是會有人覺得她光彩奪目、耀眼迷人，男女通殺。而我呢，我是個隱形人。

「是說，」雅典娜坐回我身邊，把我的酒杯遞給我，「妳想聽跟Netflix開會的事嗎？我的天啊，茱妮，真的是超瘋狂的，我認識了那個製作《虎王》的人欸，《虎王》欸！」

要替她高興，我對自己說，**替她高興就對了，讓她好好享受今晚吧**。

大家總是把嫉妒描繪成一種尖銳、酸苦、惡毒的東西，毫無來由、醋意滿滿、卑鄙刻薄，但我發現對作家來說呢，嫉妒感覺起來更像恐懼；嫉妒是當我在推特上瞥見雅典娜成功的消息時飆高的心率，又一本書約、獎項提名、特別版、外國版權成交，嫉妒是不斷把我自己和她比較然後比輸，是恐慌我寫得不夠好或不夠快，還有**我本人**根本就不夠格，也永遠都不夠格。嫉妒代表就算只是得知雅典娜和Netflix簽下了六位數美金的影視改編合約，我也都會心煩意亂好幾天，無法專注在我自己的作品上，而且每次只要我看見她的某一本書陳列在書店，就會被羞恥和自我厭惡給吞沒。

每個我認識的作家，都對某個人擁有這種感受，寫作是一種極度孤獨的活動，你完全無法保證你正在創造的事物有任何價值，而所有顯示你在這場激烈競爭中落後的跡象，都會讓你一

路墜入絕望的深淵。**眼睛盯著你自己的稿子就好了**，大家總這麼說，但是當其他所有人的稿子一直在你眼前啪啪啪紛飛時，這實在是很難達成。

雖然說我也還是有感受到那種惡意的嫉妒啦，看著雅典娜在講她有多愛**她的**編輯，她是文學界的重量級人物，叫作瑪琳娜．伍，她「提拔了沒沒無聞的我」，而且「在技藝的層面上，她就是真的瞭解我在做的嘗試，妳懂吧？」我瞪著雅典娜的那對棕眼，周圍框著極度濃密纖長的睫毛，讓她彷彿是迪士尼動畫裡的森林動物，而我不禁在想，成為妳究竟會是什麼感覺？這麼不可思議地完美，擁有世界上所有的好東西，到底是什麼感覺？也許是調酒下肚，或是我過度活躍的作家想像力吧，我在胃裡感受到一團炙熱，是股古怪的衝動，想把我的手指插進她塗成桃紅色的嘴巴然後把她的臉給扯爛，並乾淨俐落地將她的皮膚從身體上給剝下來，像剝橘子一樣，再套到我自己身上。

「總之就像是，反正她就是**懂**我嘛，就像她在跟我的文字做愛，像是，神交吧。」雅典娜傻笑起來，接著皺起鼻子，非常可愛，我壓下戳她鼻子的衝動，「妳曾經有把改稿的過程，想像成和妳的編輯做愛過嗎？就像你們在製造一個超讚的文學巨嬰？」

我發覺，她喝醉了，才喝兩杯半，她就已經茫了，她已經又再一次忘記我其實痛恨我的編輯。

雅典娜喝酒不知道怎麼節制，我大一開學第一個禮拜就發現這件事了，那時我們在東石某

個大四生家裡的派對上，我挽著她的頭髮，她則對著馬桶大吐特吐。她品味很好沒錯，熱愛炫耀她所知有關蘇格蘭威士忌的一切（她只把這東西叫作「威士忌」，有時候則是「來自高地的威士忌」），但她根本沒喝多少臉頰就已經紅通通的，講起話也支離破碎。雅典娜很愛喝醉，而喝醉的雅典娜總是頗為自吹自擂跟戲劇化。

我第一次注意到這種行為，是在聖地牙哥漫畫展上，我們圍在飯店酒吧的一張大桌子旁，她笑得太大聲了，臉頰紅通通的，而坐在她身旁的那幾個傢伙，其中一個不久之後就會在推特上被爆出是個騙色的男蟲慣犯，一臉熱切盯著她的胸部看。「我的天啊，」她當時一直這麼說，「我還沒準備好面對這個，這全都會在我面前炸爛的，我還沒準備好，你覺得他們是不是討厭我？你覺不覺得大家都偷偷討厭我，然後沒有人會告訴我？如果是你討厭我的話，**你**會告訴我嗎？」

「沒有，才不會，」那些男的向她保證，邊摸著她的手，「絕對不可能有人會討厭妳的。」

我以前覺得這樣的舉動是種求關注的手段，但是只有我們兩個人的時候她也像這樣子，她會變得極其脆弱，開始聽起來像是她就要爆哭了，或像是她正勇敢揭露以前從來沒跟任何人說過的祕密。真的是令人不忍卒睹，這之中有種狗急跳牆的感覺，而我不知道哪個讓我比較害怕，是她這麼會操弄人，竟然能使出這種招數，還是她口中正在說的一切，其實都有可能是真的。

即便音樂震天價響伴著貝斯的震動，葛拉罕酒吧感覺仍是死水一灘，完全不意外，畢竟今天是週三晚上，有兩個男的跑過來想要給雅典娜他們的號碼，但她揮手趕走他們，我們是全場唯二的女人，屋頂感覺安靜又幽閉，令人害怕不已，所以我們喝完酒就走人了。我心想，也有點算是如釋重負吧，今晚差不多就這樣結束了，但接著雅典娜竟然邀我到她公寓去，搭個Lyft一下就到了，就在杜邦圓環附近。

「來嘛，」她堅持，「我留了一點超讚的威士忌，今天正好最適合了，妳一定要來試試看。」我很累了，而且我也沒有玩得那麼開心，喝醉的時候嫉妒的感覺更糟糕，但我很好奇，想看看她的公寓長怎樣，所以我答應了。

還真他媽挺不錯的，我知道雅典娜很有錢，暢銷書的版稅確實不是小數目，但我從沒想過她到底**多**有錢，直到我們踏入位於九樓的兩房公寓，她自己一個人住在這，一間房間睡覺，另一間用來寫作，室內擁有高聳的天花板、亮晶晶的硬木地板、好幾扇落地窗、角落還環繞著一個陽台。她用那種處處尖叫著極簡主義，實則散發中產階級味道的ＩＧ網紅風格裝飾整間房子：光滑整潔的木製家具、設計簡約的書架、乾淨的單色地毯，就連植物看起來都很貴，她的竹芋下面還有台加濕機在嘶嘶作響。

「所以，喝威士忌嗎？還是要喝淡一點的？」雅典娜指著電酒櫃，她竟然有個要命的電酒櫃，「麗絲玲白酒好嗎？還是我有一支超好喝的白蘇維濃，除非妳想繼續喝紅酒不要換——」

「威士忌好了。」我說，因為唯一能撐過今晚剩下時光的方法，就是喝得越醉越好。

「那要純飲、加冰塊、還是老派的喝法？」

我完全不知道威士忌要怎麼喝，「呃，妳方便就好。」

「那就是老派喝法囉。」她衝進她的廚房裡，一會兒之後，我聽見櫥櫃打開，碗盤鏗鏘撞擊的聲音，誰知道老派喝法會這麼麻煩啊？

「我有一瓶超讚的十八年口哨豬，」她大喊道，「喝起來超順的，就像太妃糖和黑胡椒混在一起的口感，等下妳就知道了。」

「好啊，」我喊回去，「聽起來很讚。」

她搞超久，而我真的得尿尿才行，所以我在客廳晃來晃去找廁所，我在想我會在裡面發現什麼，搞不好是一台時髦花俏的芳療擴香機，或是一籃拿來放陰道的玉石[8]也說不定。

這時我注意到，通往她寫作辦公室的門大大敞開，這是個豪華的空間，我忍不住想偷瞄一眼，我是從她的ＩＧ貼文上認出來的，她的「創意宮殿」，她是這麼叫的啦。她有一張曲線形桌腳的巨大桃花心木書桌，就在窗戶下方，窗戶掛的則是維多利亞時期風格的蕾絲窗簾，而她價值不斐的黑色打字機就坐落在書桌上。

沒錯，雅典娜會用打字機，沒有Word備份、沒有Google文件、也沒有Scrivener軟體：就只有Moleskine筆記本上的潦草字跡，之後會成為便利貼上的大綱，再變成她雷明頓牌打字機

上完整成形的草稿。這能夠強迫她專注在句子的層面上，反正她是這樣宣稱的（她在訪談時這樣回答了超多次，我幾乎都能一字不漏背下來了），不然的話，她就會一次消化理解一整個段落，導致她見林不見樹。

說實在的，誰會這樣講話啊？到底是誰會這樣**思考**的？

市面上有那種價格超盤的醜陋電子打字機，給那些沒辦法好好寫完超過一段、會分心跑去滑推特的作家用，但雅典娜討厭那種打字機，她用的是**復古式**的打字機，是個笨重的玩意，需要她去買特製的墨水色帶還有耐用的厚重紙張才能打稿。「我就是沒辦法在螢幕上寫作，」她曾跟我說過，「我得看到東西印下來，大概跟文字令人安心、紮紮實實的存在有關吧，感覺天長地久，就像我創作出的一切都有重量一樣，可以把我牢牢抓住，釐清我的思緒，並強迫我盡可能精確。」

我更深入辦公室，因為我已經徹底醉到忘記這樣很沒禮貌了，打字機的架子上還有一落紙放在那沒拿起來，上面就只寫著一個字：**完**。打字機旁則是一大疊將近一英尺高的紙張。

雅典娜猛然出現在我身邊，兩手各拿著一個酒杯，「噢，那是第一次世界大戰計畫啦，終

---

8 應指演員葛妮絲．派特洛（Gwenyth Paltrow）曾代言販售的一種玉石材質陰道肌肉訓練球，標榜為古代中國后妃的保養祕方。

於寫完了。」

對於她手上正在進行的寫作計畫，雅典娜以保密著稱，直到寫完之前都不會公布，不會有試讀者、沒有訪談、也不會在社群媒體上分享片段，就連她的眾經紀人和編輯們，頂多也只能看到一份大綱而已，得等到她完成整部作品才行。「作品必須在我體內孕育，直到長成」，她有次跟我說，「如果我在完整成形之前向世界揭露，作品就會死去。」（竟然沒人因為這麼詭異的比喻嗆她，我感到相當震驚，但我猜雅典娜不管說什麼都可以吧。）她在過去兩年間唯一透露的資訊，就是這本小說和二十世紀的軍事史有關，還有這對她來說是個「巨大的藝術挑戰」。

「天啊幹，」我說，「真是恭喜妳。」

「今天早上才剛打完最後一頁，」她語氣愉快，「還沒有半個人讀過哦。」

「連妳的經紀人也沒有嗎？」

她冷哼了一聲，「傑瑞只會處理雜事跟簽支票而已啦。」

「很厚一疊耶。」我走近書桌，伸手要拿第一頁，接著馬上把手縮回來，真是又蠢又醉，我不能就這麼四處亂碰人家的東西。

但雅典娜沒有理智大斷線，反而點頭准許，「妳覺得如何？」

「妳想要我讀讀看嗎？」

「呃，我想，不是全部讀完啦，現在，」她開懷大笑，「畢竟**非常**長，我只是，我只是很高

興終於完成了，這疊紙看起來真的很美對不對？很沉，就是……承載著意義。」

她開始語無倫次了，她就跟我一樣醉，但我完完全全瞭解她的意思，這是本大書，從很多層面上來說都是，這是那種會在世上留下痕跡的書。

我的手指在那疊紙上盤旋，「我可以……？」

「當然、當然……」她熱切點頭，「我得習慣一下這東西在外頭，我得分娩才行。」

她真是莫名堅持這個怪比喻欸。我深知讀稿子只會讓我的嫉妒火上加油，但我還是克制不住自己，我從最上頭拿了一疊十或十五張紙並快速瀏覽過去。

老天啊，真的是很棒沒錯。

我微醺的時候不太有辦法閱讀，我的視線一直滑到每一段的結尾處，但就算只是草草讀過一遍，我也分得出這本書一定會大放異彩，文筆細密紮實、自信滿滿，完全沒有她出道作幼稚的失誤，她的敘事聲音已然成熟，尖銳又鋒利，每一段描述、所有用字遣詞，彷彿都在歌唱。

這比我能寫出的所有東西都還更棒，也許我這輩子都無法寫出來。

「妳喜歡嗎？」她問。

她很緊張，雙眼大張，幾乎像是受驚了，邊撥弄著她的項鍊邊盯著我看，她有多常出現這樣的舉動？在她這麼做的同時，大家又有多常被迫奉上讚美之詞？

這樣很小氣，但我還是不想給她這樣的認可，她的把戲只對崇拜她的評論家和粉絲有用，

對我可沒效。

「我不知道耶，」我冷淡地說道，「我喝醉時真的沒辦法閱讀。」她看起來頗為氣餒，但只有一下子而已，我看著她匆忙掛上一個笑容，「嗯嗯，哎呀，真是太蠢了，妳當然是不會想要……」她對著她的酒杯眨眼，接著對著我，然後又對著她的客廳，「呃，那妳想要就只是……來混一下嗎？」

所以我人在這，就只是在和雅典娜．劉混一下。

結果當她喝鏘時，她原來也不過是普通到令人震驚，她沒有用海德格、漢娜．鄂蘭、還是那好幾個她超愛在訪談時羅列的哲學家來考我，反倒是大講特講她就那麼一次幫Prada在巴黎客串走秀有多麼好玩跟享受（那次完全是出於偶然，總監只是看到她坐在某間咖啡館外面，然後問她要不要加入而已），我們各種瞎聊名人，兩個人都宣稱時下最夯、淚眼汪汪的小奶狗型男同志事實上一點都不吸引我們，但凱特．布蘭琪倒是可以踩在我們身上，永遠都可以。她稱讚我的穿搭風格，問我去哪裡買鞋、買胸針、買耳環的，還對我的省錢撇步大為驚嘆，「我有一半的東西都還是去Talbots買的，我真是個老女人。」我用我學生們的故事讓她捧腹大笑，他們是一群長滿粉刺、眼神呆滯的孩子，只要他們ＳＡＴ再考高個兩百分，就能靠著父母留下的人脈大搖大擺卡進一間沒那麼好的常春藤名校，還有他們找人捉刀的申請大學論文，全都只是在練習捏造某些個人經歷過的困境，但很明顯他們的人生根本就從來沒遭受過半點挫折。我們

還交流了各種故事，有關糟糕的約會、我們大學時認識的人、還有我們竟然莫名其妙都搞過普林斯頓的兩個男生。

我們最後癱在她的沙發上，笑得有夠用力，肋骨都痛起來了，我之前從沒發覺和雅典娜在一起其實可以這麼好玩，和她在一起時，我從來沒有這麼像**自己**過，我們至今已經認識彼此超過九年了，但我在她面前總是如此防備，部分是因為我擔心她會發現我其實連她以為的一半聰明或有趣都不到，另一部分則是因為大一那年發生的事。

但是今晚，長久以來的第一次，我不覺得我有需要過濾我說出的每個字，我並沒有使出渾身解數，忙著讓他媽的雅典娜．劉刮目相看，我就只是在和雅典娜混一下而已。

「我們應該更常聚的，」她一直在說，「茱妮，說真的，我們以前怎麼會從來沒有這樣過啊？」

「我也不知道，」我說，接著試圖想要有深度一點，「可能是害怕我們會有多喜歡彼此吧。」說這話實在很蠢，而且根本就和事實相距甚遠，但這很顯然讓她很樂。

「可能吧，」她說，「有可能。噢，茱妮，人生苦短，我們為什麼要築起藩籬呢？」

她的雙眼閃閃發光，她的嘴唇濕潤，我們並肩坐在她的蒲團墊子上，膝蓋靠近到都要碰在一起了，有那麼一瞬間我以為她就要靠過來吻我了，而**這**會是個多麼棒的故事啊，我心想，真是個大轉折，但接著她縮了回去、大叫一聲，這時我才發現我的威士忌杯拿得太斜，酒已經灑

得滿地都是了。感謝上帝這全是硬木地板，因為要是我毀了雅典娜其中一張昂貴的地毯，我乾脆直接從陽台跳下去算了，她大笑起來，然後跑去廚房拿紙巾，我則是又啜了一口好讓自己冷靜下來，並對自己奔騰的內心納悶不已。

接著突然間就午夜了，而我們正在做鬆餅，從頭開始哦，沒有用混好的盒裝鬆餅粉，還拿了好幾坨斑蘭葉萃取物妝點現在已經變成霓綠色的麵糊，因為雅典娜．劉才不會做一**般**的鬆餅勒。「就像香草，只不過更棒，」她解釋道，「又香又草本，就像妳深深吸進一大口森林芬芳，我真不敢**相信**白人竟然還不懂班蘭葉的好。」她把鬆餅從平底鍋上翻起來，放到我的盤子上，雖然燒焦又奇形怪狀，聞起來卻超香，這時我才發覺我實在是超餓，我雙手並用狼吞虎嚥吃了一塊，然後抬起頭看見雅典娜正盯著我。我抹抹手指，擔心我讓她覺得很噁，但她接著爆笑出聲並向我發起一場大胃王挑戰，之後就有個計時器在計時啦，我們盡全速狂塞黏糊糊的半熟鬆餅，並在空檔猛灌牛奶，好把一大坨一大坨的鬆餅沖下我們的喉嚨。

「七塊，」我上氣不接下氣，正在喘口氣休息一下，「七塊，妳吃了——」

但是雅典娜並沒有在看我，她眨眼眨得非常用力，眉頭都皺在一塊了，一隻手摸著她的喉嚨，另一隻則狂拍我的手臂，她的嘴唇分開，並吐出一種無聲又病態的嗚咽。

她噎到了。

哈姆立克法，我懂哈姆立克法，至少，我覺得我懂吧？我小學之後就再也沒想起這玩意

了，但我還是跑到她身後，並用雙臂抱住她的腰部，然後雙手用力朝她的腹部壓，這應該要讓鬆餅順利移動才對，**幹他媽的**，她還真瘦，可是她還是一直搖著頭，猛拍我的手。鬆餅沒有噴出來，我又用力壓了一次，再一次，這行不通，沒有用，我突然想到還是可以掏出我的手機上網Google「哈姆立克法」，也許還可以看個YouTube教學影片，可是沒時間了，這樣搞會花上一輩子。

雅典娜正朝流理台猛撞，她的臉已經變成紫色的了。

我想起幾年前曾經讀到某篇新聞，說某個姊妹會的女生在鬆餅大胃王比賽的時候噎死，我還記得我那時坐在馬桶上，著魔般地滑過各種細節，因為這感覺像是一種突如其來、荒誕不經、令人震驚的死法。**鬆餅就像是她喉嚨裡的一大塊水泥**，緊急救護技術員當時這麼說道，一大塊水泥。

雅典娜猛一拽我的手臂，指著我的手機，**救命**，她用嘴型表示，**救命**，**救命**——

我的手指不住顫抖，我試了三次才成功解鎖我的手機撥九一一，他們問我我的緊急狀況是什麼。

「我和一個朋友在一起，」我倒抽一口氣，「她噎到了。我試過哈姆立克法，東西沒有出來——」

在我身旁，雅典娜找了張椅子彎身撐著，胸骨猛撞椅背，想要自行哈姆立克，她的動作越

發狂亂，**她看起來就像在幹椅子**，我心裡冒出這個愚蠢的念頭，但看起來似乎沒效，她的嘴巴什麼東西都沒有飛出來。

「女士，請問您的位置是在？」

噢，幹，我根本不知道雅典娜的住址，「我不知道，這是我朋友的家，」我試著思考，「呃，對面有賣墨西哥玉米餅的，還有書店，我不知道確切位置……」

「您可以更精確一點嗎？」

「杜邦！在杜邦圓環，啊，離地鐵站一個街區，有個精緻的旋轉門——」

「是在公寓大樓裡嗎？」

「對——」

「獨立大樓嗎？還是麥迪遜大樓？」

「沒錯！是麥迪遜大樓，就是這棟。」

「請問是幾號？」

我哪知道，我轉向雅典娜，但她已經整個人蜷縮在地板上了，並用一種慘不忍睹的方式前前後後撞來撞去，我遲疑了，在過去幫她和去確認門牌號碼之間拉扯。但我接著想起，是九樓，在這麼高的地方，你可以從陽台看見整個杜邦圓環，「九〇七號，」我用力吸氣，「拜託，快點過來，我的天啊——」

「目前已經有一輛救護車往妳那邊出動了，女士。患者意識清楚嗎？」

我轉頭往後看，雅典娜已經不再踢腳了，現在唯一在動的東西就只剩她的肩膀，正瘋狂起伏抖動，彷彿她中邪了一樣。

接著這些動作也停下來了。

「女士？」

我放下手機，眼前天旋地轉，伸手去搖她的肩膀：一點反應也沒有。雅典娜暴凸的雙眼大張，我連看都不敢看，我把手指探向她的脖子感受脈搏，什麼也沒有。調派員又說了些什麼，但我聽不懂她說的話，我連我自己的想法都搞不懂，而接下來發生的一切，在用力敲門和急救員衝進公寓之間發生的一切，都只是黑暗又混亂的一片模糊。

＊

我直到隔天清晨才回到家。

死亡證明很顯然要花上很久的時間，急救員得確認過所有該死的細節，才能正式在他們的拍紙簿上寫下：**雅典娜．劉**，二**十七歲**，**女性**，**因為一塊他媽的鬆餅噎死**。

我提供了證詞，我得非常努力才能直視我面前急救員的雙眼，她的眼睛是非常淡的藍色，還有大塊大塊的黑色睫毛膏卡在上睫毛上，為了讓我的注意力從我身後廚房裡的擔架上移開，

穿制服的工作人員還在雅典娜的屍體上蓋了一塊塑膠布。**我的天啊，夭壽哦，那是屍袋，這是真的，雅典娜掛了**。

「大名？」

「茱恩。抱歉，茱妮帕．海伍德。」

「年齡？」

「二十七歲。」

「妳和死者的關係是？」

「她是，她生前是，我的朋友，我們大學時就認識了。」

「那妳們今晚在這裡的活動是？」

「我們在慶祝，」眼淚扎著我的鼻子後方，「我們在慶祝，因為她剛跟Netflix簽約，而她實在是開心得要死。」

我莫名害怕他們會用謀殺罪逮捕我，可是這真是太蠢了，雅典娜噎到了，而那坨球狀致死物（他們一直把那東西叫作球狀致死物，「球狀致死物」到底是哪門子鬼字啊？）就好端端卡在她喉嚨裡面。沒有任何掙扎跡象，她讓我進門，有人看見我們在酒吧裡互動友好，**打給葛拉罕酒吧的那個人啊**，我想這麼說，**他會證實我的說法**。

但我到底幹嘛還得設法替自己辯護啊？這些細節根本就不重要，又不是我幹的，我沒有殺

死她，這真是太荒謬了，我竟然為此擔心也很荒唐，世界上沒有陪審團會判我有罪的。

最後，他們終於讓我離開。清晨四點，有名警官（在某個時間點警方也來了，我猜只要出現屍體就一定會這樣吧），他說可以載我回羅斯林的家，整趟車程中的大多數時間，我們都保持沉默，我們停在我家門口時，他慰問了我一下，我有聽見，但沒辦法消化。我跌跌撞撞走進我的公寓，扯掉鞋子和胸罩，用漱口水漱了一下口，然後就癱倒在床上，我哭了一陣子，是嚎哭般的激烈啜泣，好發洩我體內這股撕心裂肺的糟糕能量，接著我吃了一顆褪黑激素，不久之後又吃了兩顆安眠藥，最後終於想辦法睡著。

與此同時，在我亂扔到床邊地上的包包裡，雅典娜的手稿就像袋燒紅的木炭一樣安放其中。

二

哀悼是件弔詭的事，雅典娜只是個朋友而已，又不是摯友，我這麼說感覺很賤，但她就只是對我沒那麼重要，而且她也沒有在我的心中留下一個大洞，害我現在需要繞過去還什麼的。我並沒有感受到我爸過世時那種同樣黑暗又令人窒息的失去，我不會掙扎著想要呼吸，也不會在天亮時就這麼清醒躺著，天人交戰爬下床是否值得，我不會痛恨我遇上的每個陌生人，懷疑他們怎麼可以就這麼繼續過日子，彷彿世界沒有天崩地裂一樣。

雅典娜之死並沒有摧毀我的世界，就只是讓我的世界變得……更奇怪了。我一如往常過著日子，大多數時候，如果我不要想這件事想得太過頭，只要我不要老掛念著回憶，我基本上就沒什麼事。

不過，我當時依然**在場**。我親眼看著雅典娜死掉，頭幾個禮拜我的感受比較少是由悲慟宰制，而是一種敬畏的震驚，這件事竟然真的發生了，我真的看著她的雙腳咚咚敲著她家的硬木地板，她的手指蜷起緊抓著脖子，在急救員抵達之前，我也真的坐在她的屍體旁邊整整十分鐘，

我真的看著她的雙眼暴凸、眼神震驚、彷彿對一切都視若無睹。這些回憶並不會讓我想哭，我沒辦法把這描述成痛苦，但我確實會瞪著牆壁然後碎念著「到底是三**小啊**」，一天好幾次。

雅典娜之死肯定是上了新聞，因為我的手機猛跳出各種朋友試圖以合適的方式表達關心**（嘿，我只是來關心妳一下，妳一切都還好吧？）**，還有點頭之交想要挖出所有勁爆的細節**（我的天啊，我在推特上看到了，妳當時人真的在、那、裡嗎？）**。我根本沒力氣回覆，只能用一種顫慄又驚嘆的厭惡，看著我通訊軟體角落的紅色數字越衝越高、越衝越高。

在我姐洛莉的建議之下，我參加了當地的一個扶助團體，並預約了一個專精哀傷處理的心理諮商師，但這兩件事都只是讓我感覺更糟，因為他們假設了一種從來就不存在過的友誼，而且也很難解釋我為什麼沒有因為雅典娜之死更傷心欲絕，所以我都沒再繼續去了。我不想聊我有多想她，或是少了她我的日子感覺有多空洞，問題在於我的生活感覺起來其實完全正常，只除了一個特別令人困惑的事實，那就是雅典娜他媽的**死了**，她不在了，就是這樣而已，而且我甚至都不知道該對此作何感想。所以只要這股憂鬱在夜晚緩緩降臨，我就會開始酗酒跟暴食，有好幾個禮拜我也因為那一大堆冰淇淋和千層麵整個人腫了好幾圈，但事情最糟也只是這樣而已。

事實上，我反而因為我的心理韌性這麼強大頗為吃驚。

我只有崩潰一次，是在事發後一週，我不知道是什麼原因觸發了這次崩潰，但我確實花了

一整晚在YouTube上看了好幾個小時的哈姆立克法教學影片，並把裡面的動作和我當時做的比較，試圖回想我的雙手是不是有擺在同樣的位置，還有我是不是壓得夠用力。我本來可以救她的，我不斷大聲說出這句話，就像馬克白夫人為了她手上該死的血漬在那大呼小叫一樣，我本來可以保持冷靜，讓自己學會怎麼好好做哈姆立克法，正確地把我的拳頭放在她的肚臍眼上，清除堵塞的異物，然後讓雅典娜可以再次順暢呼吸。

我就是她死掉的原因。

「才不是，」清晨四點我打給洛莉時，她這麼說，我那時已經哭得超慘，根本就沒辦法好好講話，「不、不、不，妳一秒都不准給我這麼想，懂了沒？妳一點錯都沒有，**妳並沒有殺死那女孩，妳是無辜的**，妳聽懂了沒？」

我口齒不清回答時感覺就像個還在蹣跚學步的幼兒，「好、對、好哦。」

但這就是我現在需要的東西：孩子般的盲目信心，認為世界就是這麼單純，還有假如我不是故意要做壞事，那麼這一切就半點都不是我的錯。

「妳會沒事的吧？」洛莉咄咄逼人，「妳想要我打給蓋莉醫生嗎？」

「不用，天啊，不用，我沒事。不要打給蓋莉醫生。」

「好吧，就只是，她跟我們說如果妳的狀況開始退步——」

「我才沒有在退步。」我深吸一口氣，「不是那樣的，我沒事啦，洛莉。反正我跟雅典娜其

實也沒那麼熟，沒事的。」

事件爆出的幾天後，我在推特上發了篇長文解釋發生了什麼事，感覺就像是從什麼範本上抄來的，從我過去著魔般滑過的無數喪友貼文中汲取靈感，我用上了「悲劇性事件」、「還無法好好消化」、「對我來說感覺依然很不真實」這類說法，我並沒有詳細描述細節，這樣就太低級了。我只是寫說我有多震驚、雅典娜對我的意義、我之後會多想念她。

陌生人不斷告訴我他們有多抱歉、我應該別對自己那麼嚴厲、歷經這麼創傷的事件後像我這麼不知所措完全情有可原，他們說我是個好人，為我送上擁抱和祝福，還問說可不可以替我的心理諮商創一個GoFundMe募資活動，那筆錢對我還滿有吸引力的，但我心裡實在是不舒服到無法答應。有個人甚至還說要開車過來我家，下個月每天都幫我帶家常菜來，不過我無視了這項提議，因為你在網路上是誰也無法信任的，而且天知道，搞不好他們其實是要過來毒死我的也說不定？

我的推特貼文一天就狂吸了三萬個讚，這是我在推特上獲得過最多的關注，有許多都是來自文學界的名人以及擁有認證藍勾勾的網紅，這一切全都讓我詭異地興奮，看著我的追蹤者人數一分一秒越來越多。但接著這卻讓我感到噁心，就像單純出於無聊而開始自慰後一樣，所以我就把我所有電子裝置上的推特都刪掉了（**為了我的心理健康，我決定暫時離開，但還是感謝大家的關心**），並發誓至少要過一個禮拜再重新登入。

*

我參加了雅典娜的葬禮，雅典娜的媽媽邀請我上台致詞。她在事發後幾天打給我，她告訴我她是誰的時候我手機都差點掉下來了，我突然害怕起她會開始審問我，或指控我殺死了她女兒，但她反倒是一直道歉，彷彿雅典娜在我在場的時候死掉很沒禮貌似的。

葬禮辦在市區外洛克維爾的某座韓國教堂，我覺得這實在很怪，因為我以為雅典娜是華人，但隨便啦，我也相當震驚，出席的人很少是我這個年齡層，大部分是年紀大的亞洲人，八成是她媽媽的朋友吧。我沒認出半個作家，也沒有半個大學時代的人，雖然這場葬禮有可能只是公祭而已，雅典娜真正的熟人參加的很可能都是亞美作家協會舉辦的線上儀式吧。

棺材是蓋著的，感謝主。

很多悼詞都是用中文說的，所以我只好尷尬地坐在那，探頭探腦四下觀察什麼時候該笑、該搖頭、該落淚的線索。輪到我時，雅典娜的媽媽介紹說我是她女兒最親近的摯友之一。

「我家雅典娜過世那晚，茱妮人就在現場，」劉太太說道，「她盡全力想要救她。」

要讓我開始爆哭，就只需要這樣而已，**可是這是件好事啊**，我腦中一個糟糕又憤世嫉俗的聲音說著，哭泣讓我的悲慟看似真誠，稍微扭轉了我根本就不知道自己在這幹嘛的事實。

「雅典娜渾身散發著萬丈光芒，」我說，而且這真的是肺腑之言，「她魅力四射、超凡脫

俗，看著她就像直視太陽一樣，她實在太過光彩奪目，盯著看太久甚至會刺傷眼睛。」

我苦撐過隨後的半小時，然後就找了個藉口離開，這麼多刺鼻辛辣的中式食物跟沒辦法或是不想要講英文的老人已經到達我忍受的極限，我道別時，劉太太緊緊抱著我，一邊抽泣。她逼我承諾要保持聯絡，讓她知道我過得如何，被她淚水弄糊的睫毛膏沾到我的天鵝絨上衣，留下了大塊大塊的污漬，我洗了五六次都洗不掉，所以我最後就把那天穿的整套衣服都丟掉了。

＊

我取消了我那個月剩下的所有家教課程（我在真理升大學補習班兼差，負責教ＳＡＴ課程和代寫一般的申請論文，對所有還沒有更好前途的常春藤名校畢業生來說，這就是預設的過渡期工作）。我的老闆很不爽，而那些預約了我服務的家長可想而知也氣炸了，但我真的沒辦法坐在一間無窗的房間裡，跟嚼著口香糖、戴著牙套的小屁孩在那邊對什麼閱讀測驗選擇題的答案，我就是沒辦法。「上禮拜我親眼看著某個朋友在地板上抽動、最後死掉欸，」某個學生的老媽打來給我抱怨時我整個理智斷線，「所以我覺得我完全可以請個喪友假，行嗎？」

接下來幾週我都沒出門，待在我的公寓裡，一整天都穿著睡衣，至少點了十幾次Chipotle墨西哥速食，並看了一堆舊的《辦公室瘋雲》，直到我可以一字不漏引述裡面的台詞，只是為了找點事做讓我的腦袋冷靜下來。

我也閱讀。

雅典娜完全有理由興奮，《最後的前線》呢，簡而言之，就是部大師傑作。

我得稍微挖開一個維基百科的兔子洞，才能釐清我自己究竟身在何處，這本小說是有關「一戰華工」被埋沒的貢獻和經歷，即第一次世界大戰期間，受到英軍徵召，並派往同盟國前線的十四萬名中國工人。其中許多都因炸彈、意外、疾病死去，且大多數在抵達法國後遭到虐待，薪水被訛詐，被迫住在骯髒又擁擠的宿舍，沒辦法找口譯，其他工人還攻擊他們，很多人最後都沒能活著回國。

文學圈裡流傳著一個笑話，說所有「真正的作家」，在某個時間點都會寫一本恢弘壯闊、野心勃勃的戰爭小說，我猜這本就是雅典娜的，她自信十足，還擁有講述一個這麼沉重的故事所需的淡雅詩意文筆，卻不會淪為鋪張、幼稚、虛偽。大多數年輕作家所寫的壯麗戰爭史詩，讀起來都會像是畫虎不成反類犬，表現得彷彿是小孩開大車一般，但雅典娜的戰爭史詩，聽起來卻宛如直接來自戰場的回聲，每一聲都**真實無欺**。

她稱此為技藝上的大躍進，用意不言而喻，她迄今為止的小說採用的都是線性敘事，全都是以單一主角的第三人稱過去式述說，不過雅典娜在此做了一件類似克里斯多夫·諾蘭在他的電影《敦克爾克大行動》裡做的事：她並非跟隨一個特定的故事，而是將各式迥然不同的敘述及視角層層堆疊在一起，形成一幅瞬息萬變的馬賽克拼貼，代表一個齊聲吶喊的群體。效果可說

如同電影上演，你幾乎都能在你腦中觀賞了，是種紀錄片的風格：挖掘出過去的眾聲喧嘩。

一個嚴格而言沒有真正主角的故事，不應該這麼引人入勝才對，但是雅典娜的文句實在太迷人了，我不斷在故事中迷失，繼續往前讀，而不是把文字謄打到我的筆電上。這是個披著戰爭故事外衣的愛情故事，而其中的細節極度鮮明、栩栩如生，很難相信這竟然不是一部回憶錄、她不是就這麼把鬼魂在她耳邊述說的話語給抄下。我現在瞭解為什麼這本書要花這麼長的時間撰寫了，詳盡又費心的事前研究如同血液般流淌貫穿在每個段落之中，從當時統一配發的毛帽，到那些工人用來大口喝茶的陶瓷馬克杯等等。

她擁有一種堪稱巫術的能力，能將你的視線牢牢釘在書頁上，我必須知道瘦弱的學生口譯阿鄭，還有那個排行第七家裡不想要的兒子小李，到底發生了什麼事。讀到結局時，我不禁熱淚盈眶，因為我發現劉東最後並沒有成功回鄉，和等待他的妻子團聚。

可是這本書還是需要花很多功夫修改，這遠遠稱不上是第一版草稿，甚至都沒辦法稱為真正的「草稿」呢，我說真的，比較像是一大堆優美至極的句子、直白闡述的主題、偶爾出現的「（接著他們遠行——之後再完成）」融合在一起。但雅典娜已經留下夠多的麵包屑，我可以跟隨她的足跡，我看得出一切的終點，而結局燦爛無比，完全是令人屏息的燦爛耀眼。

耀眼到我忍不住想試圖完成這本書。

這起初只是在瞎鬧而已，是個寫作練習，我並沒有花很多時間重寫稿子，而是想看看我能

否填補字裡行間的空白，想看看我是否擁有足夠的技術，去調和濃淡、精雕細琢、推想發展，直到整幅圖像變得完整。我本來只是想玩玩故事中段的其中一章，那章有超多未完成的場景，唯有當你和整體的文風，以及作者本人親密無間，才能看出要述說的究竟是什麼。

但接著我就只是一直繼續下去，我情不自禁，大家都說編輯糟糕的草稿，遠比無中生有創作還容易，這話是真的，直到這時我才對我的文筆充滿**自信**，我不斷找到和雅典娜拋棄式的描述相比，還遠遠更為適合文本的遣詞用字。我找出敘事步調拖沓之處，並無情刪除不著邊際的灌水部分，我畫出情節的敘事骨幹，就像個明確又威力強大的音符。我處處潤飾、剪裁、妝點，我讓文本**唱起歌來**。

我知道你不會相信我，但我真的從來沒有一刻心想，**我要奪走這個故事，並據為己有**，又不是說我坐下來好好構思了什麼邪惡的計畫，要用我死去朋友的作品發一大筆橫財。並不是，說真的，一切感覺都**自然而然**，彷彿這就是我的天職，宛若冥冥之中自有呼召，我一開始起頭，這感覺就像是世界上最顯而易見的事情，我應該要完成、並接著潤飾雅典娜的故事。

之後的事，誰知道呢？也許我也可以為了她出版這個故事。

我他媽超認真，每天都從破曉寫到午夜過後，我先前從來沒有在任何寫作計畫上投注過這麼多的心力，甚至連我的出道作都沒有。文字就像炙熱的炭火一樣在我的胸口中燃燒，為我提供燃料，而我必須馬上傾瀉所有，否則就會遭到反噬。

我花了三個禮拜完成第一版草稿，然後休息了一週，這整週我成天就是去散很長的步跟讀書，只為了拋下成見，換上澄澈清明的眼光，接著我到Office Depot去把整本書印下來，這樣我就能拿紅筆再整個重新檢查過一次。我慢慢翻過一頁又一頁，咕噥著把每個句子都唸出來，以感受文字的聲音、文字的形體，最後熬了一整晚再把改動謄回去Word上。

隔天早上，我寫了封電郵給我的版權經紀人，布雷特・亞當斯，我已經好幾個月沒跟他聯絡了，因為我刪光了他所有友善卻迫切地問我第二本書寫得如何的信：

嘿，布雷特：

我知道你在等我第二本書的消息，但我其實有

我停頓了一下，接著把最後一句刪掉。

我是要怎麼跟布雷特解釋這一切？要是他知道雅典娜寫了第一版草稿，他就必須去跟雅典娜的經紀人傑瑞聯絡，接著針對她的文學遺產，就會出現一連串混亂又麻煩的協商。我並沒有書面證據，可以證明雅典娜想要我完成這本書，雖然我頗為確定這會是她偏好的安排，畢竟有哪門子的作家會想要他們的作品永不見天日、不為世人所知的啊？然而，在沒有准許證明的情況下，我的版本很可能永遠都不會受到正式認可。

不過話又說回來，天底下也沒半個人知道是雅典娜寫了第一版草稿的，對吧？這本書受到正式認可的方式，跟要是沒有我的話，這個故事很有可能根本就不會重見天日的這個事實，難道一樣重要嗎？

我可不能讓雅典娜最偉大的作品，以這種第一版草稿的劣質狀態送印，我就是不能，這樣我算是哪款朋友啊？

嘿，布雷特：

稿子來啦，跟我們先前討論過的方向有點不太一樣，但我找到了新的敘事聲音，而且我也很喜歡。你覺得如何呢？

祝好，茱恩

搞定，寄出，我的電郵應用程式發出**咻**一聲，我蓋上螢幕，把我的筆電推過書桌，因自己的膽大妄為而喘不過氣。

＊

等待是最難熬的部分，我週一寄出那封電郵，布雷特直到週四才回我，告訴我他把週末空

下來了，可以看一下，我分不出他是不是說真的，還是他只是在拖延，這樣我就不會一直煩他。等到下週一到來時，我焦慮到一個不行，每分鐘感覺都像永恆，我在我公寓外頭的街區走來走去一百萬趟了，甚至搞到把我的手機丟到微波爐裡，這樣我才不會受到誘惑，時時刻刻都想去看。

我一開始認識布雷特，是在推特的一個推廣活動上，每年有幾天時間，作家們會針對他們的書，寫一篇推特發文長度的投稿簡介，並加上活動的主題標籤，這樣經紀人就可以直接瀏覽主題標籤，並對他們覺得有點意思的發文按讚。我當時寫道：

梧桐樹上：珍妮和蘿絲這對姊妹正經歷她們人生中最糟糕的夏天，她們的父親行將就木，她們的母親則始終缺席，兩人擁有的，就只有彼此，以及後院一扇神秘的門，是通往另一個世界的入口。#成人#成長#文學小說

布雷特跟我索取稿子，我寄了出去，並提到我手上已經有一紙出版合約了，一週後他提出要打個電話跟我聊聊，他讓我滿吃驚的，因為他有點稱兄道弟的感覺，言談間充滿「超屌」跟「興奮死啦」這類字眼，而且他似乎超級年輕。他兩年前才剛從漢彌爾頓學院畢業，有個出版碩士學位，才剛到他待的經紀公司沒幾個月而已，但這間經紀公司聲譽卓著，轉到他手上的客

戶好像也真的很喜歡他，所以我就決定跟他簽約了。這就是原因，再加上我也沒有其他更好的選擇了。

這些年來他對我都還算可以，我總是覺得我對他來說並不是這麼優先跟重要，尤其是因為我也沒有讓他賺到那麼多錢，但我所有的電郵他至少都會在一週內回覆，而且我的版稅跟相關權利的情況他也不會騙我，這類恐怖故事你可是隨時隨地都會聽說。沒錯，當我讀到簡短唐突又公事公辦的電郵時，確實是會滿尷尬的，比如**嘿茱恩，所以說妳的書出版社並不會出平裝版，因為他們不確定能夠繼續賣下去**，或**嘿茱恩，所以說沒什麼人在問有聲書權利，那我現在就暫時不會再繼續推囉**，**只是想說跟妳更新一下**，還有，我當然偶爾也想過要離開布雷特，再重寫投稿簡介，找另一個會更把我當人看的經紀人，但是要再次自己一個人自力更生、在整個產業裡竟然沒有半個人支持，實在是太恐怖了。

我猜布雷特是期望我會默默放棄寫作這條路吧，我願意付出任何代價，只為看見我在他信箱裡投下這顆震撼彈時，他的表情如何。

週二午夜左右，他終於回我信了，信很短。

嘿茱恩，

哇嗚，這真的很特別。我並不怪妳拋下一切只為完成這個計畫，這跟妳以前的守備範

園有點不一樣，但對妳來說可能會是個很棒的成長機會。我不覺得蓋瑞特適合這本書，我們絕對應該要廣發出去，這部分我來處理就好。

我只有一些編輯上的小建議，請參見附檔。

祝好，布雷特

布雷特的編輯調整很輕微，沒什麼攻擊性，除了文句上的編輯之外，大部分都是為了敘事步調做出的刪減（雅典娜真的是會**很**沉溺在她自己筆下的敘事聲音裡）、調換某些回憶場景的順序，好讓敘述變得更線性、並在結局時重複強調特定的主題。我拿了幾瓶罐裝濃縮咖啡坐下來，並在七十二小時內把一切都改好，文字很容易就會浮現，改稿通常就像是拔牙，但我這次其實還頗為享受，這次寫作為我帶來的快樂，我已經多年沒有感受到了。也許是因為我刪掉的是其他人的文字吧，所以不會覺得像是在殺死自己的心肝寶貝，也可能是因為原始的素材已經非常**棒**了，我於是覺得我是在雕琢鑽石，把稜角打磨拋光，使其閃耀。

接著我把稿子寄回給布雷特，他先寄去給蓋瑞特，因為嚴格來說，他擁有第一個拒絕的權利，而蓋瑞特也跳過了，就跟我們希望的一樣，我覺得他甚至連檔案都懶得打開。布雷特再來馬上把這本小說寄給五六個編輯，全都是在大出版社中握有決策權力的資深編輯（「這是我們的夢幻名單。」他這麼稱呼，彷彿這是在申請大學，他從來沒有把我的任何作品傳給半個「夢

幻名單」上的人過）。然後我們就等著。

*

三週後，哈潑柯林斯（HarperCollins）的某個編輯，把我的書拿到了選書會上，也就是所有重要人士圍著一張桌子決定要不要簽下某本書的會議。那天下午，他們打給布雷特報了一個價格，數目讓我聽了下巴差點沒掉下來，我都不知道大家會為了買書付這麼多錢，但接著賽門與舒斯特（Simon & Schuster）也想參一腳，再來是企鵝蘭登書屋，然後是亞馬遜（沒有半個腦子清楚的人會選亞馬遜的，布雷特跟我保證，他們只是來抬價的），還有各間不知為何依然存在、沒有倒閉的知名小型獨立出版社。我們進入競價階段，數日持續飆高，他們在談付款期程、預付版稅沖銷完畢的額外加給、全球版權或北美版權[9]、有聲書版權，這都是我的出道作售出時甚至連提都沒提到的東西。最終一切塵埃落定，《最後的前線》賣給了伊甸出版社，這是間中型的獨立出版社，以快速出版著名獲獎小說聞名，成交金額則是比我作夢想過這輩子能賺到的還多。

布雷特打來告訴我這個消息時，我躺在我家地板上久久無法起身，直到天花板不再旋轉為止。

我在《出版人週刊》上有篇版面超大的成交公告，布雷特開始講起其他對外國版權、影視

版權、多媒體版權的興趣，我甚至都搞不懂這些名詞到底是什麼意思，除了就像挖到石油，油田裡會噴出更多錢之外。

我打給我媽和我姊炫耀，而雖然她們並不真正了解這個消息代表的意義，她們還是很高興我接下來幾年會有些穩定收入了。

我也打給真理升大學補習班，讓他們知道老娘要永遠離職了。

我因為寫作認識、一年差不多連絡兩次的朋友們，也傳訊息跟我說**恭喜**，但我就是知道字裡行間根本就充滿醋意跟嫉妒，伊甸的官方推特帳號也大肆宣傳這個消息，我又多了幾百個新的追蹤者。我跟真理補習班的同事出去喝酒，我甚至都沒這麼喜歡這些人，而且他們很顯然也不想再聽到更多跟這本書有關的事了，但是酒過三巡之後，一切也不重要啦，因為我們是在為我慶祝。

這整段時間我都在想，**我成功了，我幹他媽成功了**，我正過著雅典娜的生活，我正在用我應得的方式體驗出版生涯，我打破那道玻璃天花板了，我擁有我夢寐以求的一切，而這感覺就跟我一直以來想像得一樣美好。

9 譯註：在歐美版權交易中，出版社可選擇直接簽下全球版權，即其他地區後續的翻譯權利也必須向原版出版社購買，或只簽下北美版權，也就是經紀人及作家保留其他地區的翻譯權利。

三

我知道你在想什麼，小偷、剽竊犯，也許還有——因為所有壞事肯定都是出於種族動機的嘛——**種族歧視**。

聽我說。

這並沒有聽起來這麼糟糕。

抄襲是一種簡單的解決方式，也就是在你沒辦法自行把文字給串在一起時作弊，但我做的事可不**簡單**，我把書中大多數部分都給重寫了，雅典娜的初期草稿混亂又原始，到處充滿只寫到一半的句子，有時候我甚至無法分辨她某一段到底是要寫到哪裡去，所以我就直接整段刪掉。又不是說我幹走了一幅畫然後據為己有，我繼承的是一幅草圖，顏色只是胡亂上了一點，並不均勻，而我根據原作的風格接續完成。想像一下假如米開朗基羅在西斯汀禮拜堂留下了大片未完成的部分吧；想像一下要是拉斐爾必須出手介入，把剩下的部分完成。

這整個計畫都很美妙，某種程度上來說，是種前所未見的文學合作。

所以就算稿子是偷來的又怎樣？就算我是徹頭徹尾的剽竊又怎樣？

雅典娜死掉時，還沒有任何人得知手稿的存在，這部作品永遠都不會出版的，就算真的出版了，以原本的狀態，也永遠都會是以雅典娜未完成的手稿為人所認識，像費茲傑羅的《最後的大亨》一樣受到過度炒作且令人失望。我提供了一個機會，讓這本小說得以問世，卻不會受到合著作者永遠難逃的評斷，而且我在上面投注了這麼多心血，努力了這麼多個小時，為什麼封面上寫的不應該是我的名字呢？

畢竟，我都在謝辭裡感謝雅典娜了，她是我珍愛的朋友，我最重要的啟發者。

而且搞不好雅典娜也會想要這樣，她總是熱愛像這種超鏘的文學騙局，很愛講詹姆斯・提普崔二世[10]是怎麼騙過所有人，讓大家以為她是男兒身，或是有多少讀者到現在都還認為伊夫林・沃[11]是女的。「大家接觸文本時抱持這麼多偏見，是由他們自認對作者的理解導致，」她曾這麼說過，「我有時候會想，如果我假裝是個男人，或是個白人女性，那我的作品會得到什麼

10 譯註：James Tiptree Jr.（1915-1987），美國科幻名家，本名Alice Hastings Bradley，曾多次榮獲雨果獎，並入選科幻名人堂，起初不但以男性筆名發表作品，更和娥蘇拉・勒瑰恩等同時期作家頻繁通信。科幻大師羅伯特・席維伯格曾稱提普崔的作品不可能出自女性之手。

11 譯註：Evelyn Waugh（1903-1966），英國作家，代表作包括《慾望莊園》（*Brideshead Revisited*）等，此處應是因其名字Evelyn之故，這個名字中文較常譯為女性化的「艾芙琳」。

樣的迴響。文本本身可能完完全全一模一樣，但待遇可能就會是書評毒藥和成功大作的天壤之別，為什麼會這樣子呢？」

所以也許我們可以把這視為雅典娜高明的文學惡作劇，因為我以一種帶給往後數十年的學者們滿滿好料的方式，把讀者和作者之間的關係變得更加複雜了。

好啦，最後一點可能有點想太多了。而要是這席話聽起來像是我在給自己的良心拍拍，那也沒差；我很肯定你寧願相信我那幾個禮拜都飽受掙扎，不斷和罪惡感拉扯吧。

不過事實是，我實在是太興奮了。

好幾個月來的第一次，我又因為寫作感到開心了，我感覺像是獲得了第二次機會，再度開始相信我的夢想，也就是如果你潛心雕琢技藝、說出一個好故事，那麼業界就會負責剩下的一切。你所需要做的，就只是動手開始寫，如果你夠努力，寫得也夠好，那麼有力人士就會在一夜之間把你變成一顆文學新星。

我甚至還開始把玩我的幾個舊靈感了呢，這些點子現在感覺很新鮮，活力四射，我還能想出十幾個全新的發展方向，可能性感覺無窮無盡，就像開新車上路或是在新筆電上工作。不知為何，我吸收了雅典娜文筆中所有的直率和感染力，我覺得自己就像肯伊．威斯特說的，更猛、更棒、更快、更強了，我現在感覺就像是那種會聽肯伊．威斯特的人。

我曾經聽過某個暢銷奇幻作家的演講，她宣稱她克服創作瓶頸萬無一失的措施，就是讀個

一百頁左右非常棒的文字，「這樣會讓我手癢，想要看到一個很棒的句子出現，」她當時說道，「讓我想要見賢思齊。」

這正是我在編輯雅典娜的作品時心中的感受，她讓我變成了一個更好的作家，這實在是很詭異，我竟然這麼快就吸收了她的技巧，彷彿她一死，一身才華需要釋放到某個地方，結果最後就來到了我體內。

我現在覺得我是在為我們兩人而寫，我覺得我是在傳承她的火炬。

這樣的辯解對你而言足夠了嗎？還是你依然深信我是什麼有種族歧視的小偷？

隨便啦，簡而言之，以下就是我真正的感受。

在耶魯念書時，我曾經跟一個哲學系的研究生交往，他研究的是總體倫理學，他會撰寫有關思想實驗的論文，那些實驗超級扯，我常常覺得他乾脆去寫科幻小說算了，還更有搞頭，比如說我們是否對未來尚未出生的人類擁有義務，或是假如對活人不會造成傷害的話，你是否就可以去褻瀆屍體之類的。他某些論述有點極端——像是他就覺得，如果在財富重分配上可以達成的好處凌駕一切，那我們就根本沒有道德義務要去遵循死者的遺囑；還有如果用墓園的土地來蓋社會住宅之類的建設，在道德上也完全沒有值得強烈反對的理由。他研究的共通主題，便是在什麼情況下，某個人屬於道德上的主體，值得受到考慮。他寫的東西我很多都看不懂，但他的中心宗旨還頗具吸引力：我們不欠死人一分一毫。

尤其是當死者同樣也是小偷兼騙子時。

管它去死，我就直說了：奪走雅典娜的手稿感覺就像是補償，是歸還她從我這邊搶走的東西。

四

出版進度宛如牛步，直到動也不動。那些真正的興奮時刻——進入競價階段、敲定交易、過濾來自潛在編輯的各種電話、挑選最後定案的出版社，是陣令人暈頭轉向的旋風，但剩下的部分卻讓你花大把時間盯著手機、等待新消息。大多數的書最久可能在跟出版社簽約兩年之後才上市，我們時常在網路上看到的重大消息（書約！電影約！影集約！獎項提名！）就算不是好幾個月以來業界眾所皆知的祕密，至少也有好幾個禮拜了，所有刺激和驚奇感都是為了社群媒體流量捏造出來的。

我簽完合約之後，《最後的前線》還要再過十五個月才會出版，在那之前都是編製流程。成交後兩個月，我收到來自編輯的修稿信。我在伊甸的編輯名叫丹妮拉・伍德豪斯，她是個聲音低沉、不講廢話、語速很快的女人，在我們第一次通電話時讓我既驚嚇又興味盎然，我記得去年她在某場會議上捲入爭議，她當時形容同台的一名女性「很可悲」，因為那個女的認為出版業內的性別歧視仍然構成阻礙，在那之後，一堆網紅都將她視為女性公敵，並要求她不

辭職的話，至少也要公開道歉，（她兩件事都沒做）。而這似乎沒有影響到她的職涯，光是去年，她就出版了三本暢銷書：一部有關嗜殺又性感的家庭主婦內心世界的長篇小說、一本描述某個古典鋼琴家和惡魔交易以換取傳奇生涯的懸疑小說、一本蕾絲邊養蜂人的回憶錄。

我一開始對簽給伊甸出版社有點猶豫，特別是因為這是間獨立出版社，不屬於五大出版集團，也就是哈潑柯林斯、企鵝蘭登書屋、阿歇特（Hachette）、賽門與舒斯特、麥克米倫（Macmillan），但布雷特說服了我，說如果在中型出版社出書，我會是隻小池子裡的大魚，會得到我在第一家出版社從未享受過的關懷和關注。果不其然，和蓋瑞特相比，丹妮拉還真的是挺寵我的，我所有電郵她都不超過一天——甚至常常在一個小時內——就會回，而且總是回得很深入，她讓我覺得我好像是個大人物了。當她告訴我這本書會大賣時，我知道她是真心誠意的。

我也很喜歡她的編輯風格，她要求的大多數修改都是簡單的釐清說明，**美國讀者會知道這個字是什麼意思嗎？這段回憶該放在這麼前面的章節裡嗎，畢竟我們都還沒遵循正確的時間順序認識角色？這段對話寫得很妙沒錯，但對於推進故事有幫助嗎？**

說真的，我鬆了口氣。終於有人敢打雅典娜臉了，指出她那些故意搞得很難懂的句構還有文化指涉，真的是哦，雅典娜就喜歡讓她的讀者「用功」，而針對解釋文化這件事，她曾經提到她並不覺得「有需要讓文本離讀者更近，反正讀者有Google，而且也完全有能力可以自己靠

近文本」。她會一整句都用中文寫，還完全不翻譯，她的打字機並沒有中文按鍵，所以她會留下空間，然後直接用手寫上去，我花了好幾個小時搞OCR（自動文字辨識），好上網查那些中文字，但就算這樣大費周章，我還是得刪掉將近一半的這種內容。她用中文的說法稱呼家庭成員，而非英文，所以你會在那邊疑惑某個角色到底是叔叔伯伯，還是遠房親戚（我到現在已經讀過好幾十份中文親屬稱謂系統指南了，他媽的根本一點道理都沒有）。

雅典娜在她其他所有小說裡也都會這麼做，她的粉絲稱讚這種手法是才華洋溢又充滿真實性，是身為一名離散族群作家以必要的行動干預英語以白人為尊的現狀，但這真的不是什麼好技巧，這讓文字讀起來令人挫折又難懂。我深信這背後全都是為了要替雅典娜還有她的讀者服務，讓他們覺得自己比實際上還更聰明。

「搞怪、高不可攀、掉書袋」就是雅典娜的招牌，我則決定我的會是「大眾商業取向、精采易讀，卻仍舊富有精緻的文學性」。

最困難的部分則是把所有角色弄清楚，我們更改了將近十幾個角色的名字，以減少混淆的情況，有兩個不同的角色都姓張，還有**四個**姓李，雅典娜給了這些角色不同的名字區別，但她只會偶爾用名字稱呼，還有其他我認為是綽號的名字（阿鄭、阿朱，除非阿是個姓氏而我搞錯了什麼），或像大劉和小劉，這讓我陷入無限迴圈，因為我以為劉是個姓氏，那大跟小在這邊到底又是什麼意思？為什麼有這麼多女性角色也都叫作小什麼的？而要是這是姓氏，這是代表

所有人都有血緣關係嗎？這是什麼**亂倫**小說嗎？不過最簡單的解法，就是直接給他們不同的名字就好了，而我花了好幾個小時查閱各種中國歷史和命名網站，以找到在文化上適合的名字。

我們也刪掉了好幾千字不必要的背景故事，雅典娜喜歡用一種根莖式的風格寫作：往回跳十或二十年以探討某個角色的童年、在冗長又無關的章節中徘徊於中國的鄉村場景、介紹和主線劇情沒有明顯關聯的各種角色出場，接著在整本小說剩下的部分完全遺忘他們。我可以懂她是想要為她筆下角色的生命增添深度，讓讀者知道他們從何而來，以及他們存在其中的生活網絡，但她做得實在太過頭了，會讓人從主線敘事中分心，閱讀應該要是令人享受的經驗，而不是一件乏味煩悶的工作。

我們也軟化了書中的用語，刪掉了所有出現的「中國佬」和「苦力」，**也許妳的用意是要嘗試顛覆**，丹妮拉在註解中寫道，**但在這個年頭，這麼歧視的語言真的是沒必要，我們可不想惹毛讀者**。

我們還淡化了某些白人角色的形象，不，這並沒有你想像得那麼糟，雅典娜原文中的偏見強烈到令人尷尬，那些法國和英國士兵的種族歧視簡直嚴重到卡通化的程度，我懂她是想要強調與同盟國交戰前線的歧視現象，但這些場景真的是陳腔濫調到有夠不可置信的，會讓讀者超級出戲。我們於是把其中一個白人惡霸改成中國人，還把一個台詞比較多的中國工人改成充滿同情心的白人農夫，這替故事增添了深度，是細緻的人性，雅典娜也許是太貼近這個創作計

畫，因而產生了盲點。

在原本的草稿中，有好幾個工人因為在英軍手下受到虐待而被迫自殺，其中一人便跑到上尉的掩體裡上吊，那名上尉發現屍體時，要口譯去對其餘工人下令，如果非得要上吊不可，就去自己的掩體裡吊，因為「我們不喜歡把掩體裡搞得這麼亂」。這整個場景很顯然是直接取自真實史料，雅典娜的手稿邊邊有手寫的筆記強調：**記得在謝辭裡提到，不可能憑空捏造出這種破事的，我的天啊**。

這是個渲染力強大的場景，我第一次讀到時也渾身寒毛直豎，但丹妮拉覺得這太過火了，**我懂他們是軍人，而且他們很沒教養，但這感覺就像什麼悲劇色情**，她評論道，**為了敘事步調刪掉？**

而我們最大幅度的修改，是在全書的後三分之一處。

這裡的敘事步調真的頗為無力，丹妮拉的評論如是說，**我們有需要這所有關於《凡爾賽條約》的脈絡嗎？感覺很突兀，重點肯定並不是中國的地緣政治，對吧？**

在全書結尾處，雅典娜原本的草稿真的是假掰到令人無法忍受，她在此拋下了代入感更強的個人敘事，反而用五花八門的方式對讀者當頭棒喝，描寫那些工人怎麼樣遭到遺忘跟忽視。死於戰爭中的工人不能埋葬在歐洲士兵附近，也沒有資格領取軍事勳章，因為他們名義上並非戰鬥人員，還有，雅典娜最生氣的部分，就是中國政府在一戰結束後的《凡爾賽條約》中還是

被惡搞了，山東本來是德國的租界，後來竟然變成了日本的租界。

但是誰搞得懂這麼多啊？在主角缺席的情況下，實在很難對這種利害關係產生共鳴，最後四十頁讀起來更像是篇歷史論文，而非扣人心弦的戰時敘述，感覺相當突兀，彷彿是隨便找了篇大四生的期末報告拼在結尾。雅典娜確實一直都滿愛說教的啦。

丹妮拉想要我全都一併刪掉，就用阿鄭搭上航向家鄉的船隻當成小說的結局吧，她建議，這是個令人印象深刻的尾聲意象，同時也接續著先前埋葬場景的氣勢，剩下的部分可以放在後記裡，看看吧，或是可以當成一篇雜文，我們可以在接近出版前給通路當行銷素材，還是當成平裝版的額外素材，給讀書會用？

我覺得這麼做很不錯，於是著手刪除，接著，只是為了要多秀一下，我在阿鄭的場景後面又加了一小段尾聲，只有一句話，是取自其中一名工人後來在一九一八年寫給德皇威廉二世的信件，祈求世界和平：**我深信四海一家即為天意**。

這真是太讚了，丹妮拉針對我的一百八十度大修改寫道，**跟妳合作真的是很融洽，大部分作家一說到要大砍他們的寶貝作品，意見都還挺多的**。

這話讓我眉開眼笑，我想要我的編輯喜歡我，我想要她覺得跟我合作很融洽，不會覺得我頑固又有公主病，而且我有辦法完成她提出的每一處改動，這會讓她更有可能簽下我未來的其他作品。

而這也不完全是為了逢迎權威，我確實覺得我們讓這本書變得更棒、更易讀、更流暢了，原本的草稿會讓你覺得自己很笨、時而出戲、因其自以為是的態度感到受挫，散發著雅典娜所有最討人厭特質的臭氣，新版則是一個能夠引發普世共鳴的故事，每個人都可以看見自己置身其中。

這整個編輯過程花了三輪，時間超過四個月，到最後，我對這部作品已經如此熟悉，熟悉到我都分不出雅典娜是在何處擱筆，我又是從何處起筆，或是哪些文字是出自哪個人之手。我也做了研究，我到現在已經讀了十幾本亞洲種族政治和前線中國勞工史的書，我也駐足深思書中的每一個字、每一個句子、每一個段落，次數多到數不清，我幾乎都能一字不漏記起來了，靠，我來回閱讀這本小說的次數，八成比雅典娜本人還多。

而這整段經驗教會我的，則是我真的**能**寫。丹妮拉最喜歡的某些段落，都是我原創的，比如說有一段，有個貧困的法國家庭誣賴一群中國工人從他們家裡偷了一百法郎，這些工人堅決要替自己的民族和國家給人留下好印象，於是自掏腰包籌募了兩百法郎捐給那個家庭，即便他們很顯然是清白的。雅典娜的草稿只有稍微帶過這次誣陷，我的版本卻把這個場景變成了一個暖心的例子，體現了中國人的美德和誠實。

我在災難般的出道作經驗後破滅的所有信心和生命力，也全都回來了，我的文字才華洋溢，我到現在已經鑽研寫作將近十年了，知道該怎麼構成一個直接又有力的句子，也知道該怎

麼架構一個故事，讓讀者全程都目不轉睛。我辛勤努力磨練了我的技藝好多年，或許這本小說的核心概念不是我的，但救了這本書的是我，我從淤泥中淘出了金子。

但問題在於，永遠不會有人理解我在這本小說中投注了多少心血，要是哪天第一版草稿其實出自雅典娜之手的消息有走漏，那全世界看著我做的所有努力、我寫下的所有美妙句子時，他們始終就只會看見雅典娜．劉而已。

不過絕對沒有人需要知道這件事的，對吧？

＊

隱藏一個謊言最好的方式，就是藏在大家眼皮子底下。

我早在小說出版之前就先打好基礎了，早在初期的版本發送給書評家和書評部落客以前，我就從來都沒有隱瞞我跟雅典娜的關係，而我現在甚至還更大方公開了。畢竟，我目前最為人所知的身分，就是她死掉的時候在她身邊的人。

所以我大力強調我們的友誼，每次訪談我都會提到她的名字，我對她的死所感受到的悲慟，成了我起源故事中的基石，好啦，也許我有點過度渲染細節了，三個月喝一次酒變成每個月，有時候則是每個禮拜，我手機裡也只有存兩張我們的自拍而已，而且我從來都不想要分享，因為我很討厭我在她身旁看起來有多老土，但我還是把照片上傳到我的ＩＧ上，並用了黑

白濾鏡，還寫了一首感人肺腑的致敬詩附在下面。我讀過她所有的作品，她也讀過我的，我們常常會交流想法，我把她視為我最重要的啟發，而她針對我草稿的回饋，可說是我身為作家的成長根基，我對大眾就是這樣說的。

我們看起來越親近，我和她作品的相似就顯得越不可疑，懂嗎，雅典娜的足跡佈滿這整個計畫，我沒有將其抹去，只是提供了一個替代的解釋，說明背後的理由。

「我的出道作大暴死之後，我在寫作上就一直很掙扎，」我告訴「愛書狂」網站，「我不知道我是不是還想要繼續走這條路。當時就是雅典娜說服我再拿這份稿子賭一把看看的，而且她也協助了我所有的研究，她在中文的第一手資料中理出方向，也幫我到國會圖書館查找文獻。」

這絕對不是在**說謊**，我發誓，絕對不像聽起來的樣子這麼病態，只不過是基於現實稍微多延伸腦補了一點而已，是對整幅背景圖像做出正確的描述和詮釋，這樣社群媒體上潛伏的瘋狂暴民，才不會搞錯意思。況且，火車已經出站了，在這個時候自首會害死這本書，而我可不能對雅典娜的文學遺產做出這種事。

沒有任何人起疑，雅典娜的孤僻幫了我一大把，她確實有其他朋友啦，從她葬禮後我在推特上讀到的一連串哀悼看來，但他們全都分散在不同國家、不同洲，她在華盛頓特區這裡沒有其他會固定約出來的朋友，表示沒有人可以出來反駁我對我們關係的說法。全世界似乎都已經準備好要相信我是雅典娜最要好的摯友了，而且誰知道呢？搞不好我還真的是。

而且沒錯，雖然這真的是超諷刺的，但是我們友誼存在的事實，對未來可能會出現的反對聲音來說，也是個很好的擋箭牌，如果有人敢批評我模仿她的作品，那他們就是在追殺一個還在哀悼中的好友，而這就讓他們成了沒人性的怪物。

雅典娜是死去的繆思，而我呢，身為哀慟的朋友，被她的鬼魂糾纏，寫作時根本沒辦法不借用她的聲音。

看吧，誰敢說我講不好故事的？

我還用雅典娜的名義，在亞美作家協會的年度工作坊設立了一個獎學金，雅典娜某年夏天參加過一屆，還有三年則擔任客座導師，協會的會長佩姬．陳，在我打過去詢問雅典娜的事情時聽起來一頭霧水又疑心重重，但等她發覺我是要給錢時，語氣就及時迅速改變了。從那之後，她就一直在轉推我的書的各種相關新聞，廢文狂轟濫炸著我的推特動態，一大堆**大恭喜！**和**等不及讀這本了！！！#衝吧茱恩！**之類的。

她的熱情讓我有點不太自在，特別是她其他的貼文都是明確針對出版業裡的種族歧視，以及整個產業對非主流邊緣作者的惡劣對待。不過，如果她要這樣利用我，那我也要利用她回去。

＊

同時，我也盡職在做我自己的調查工作。

我做了一大堆研究，讀完每一篇雅典娜在她的草稿中引用的參考資料，直到我在普通人能夠做到的限度內儘可能成為一戰華工的專家，我甚至試著自學中文，但無論我多努力，方塊字還是全都跟鬼畫符一樣無法辨識，而不同的聲調感覺則像是精雕細琢的惡作劇，於是我就放棄了。（不過，這也沒什麼啦：我找到某個先前的訪談，雅典娜在其中也承認她本人的中文甚至也不怎麼流利，而要是連雅典娜・劉都沒辦法讀第一手資料了，呃，那我幹嘛需要做得到啊？）

我替我的名字、雅典娜的名字、我們倆的名字連在一起的組合設了Google快訊，我搜尋到的大多數結果都是出版社的新聞稿，什麼新鮮事也沒說，就是各種關於我出版合約的大消息、紀念雅典娜的作品、偶爾提及我的作品如何受她影響。某個人寫了一篇又長又深入的文章討論文學史上的友誼，看見我和雅典娜竟然跟J・R・R・托爾金和C・S・路易斯，還有夏綠蒂・勃朗特和伊莉莎白・蓋斯凱爾[12]相提並論，讓我不禁發笑。

有好幾個禮拜，我感覺都像是清清白白，沒有人問我是怎麼接觸到我的原始素材，甚至似乎也沒半個人知道雅典娜之前在寫的作品是什麼。

某天，我在《耶魯日報》上看到一則新聞標題，讓我整個胃都往下一沉。

「耶魯大學取得雅典娜・劉的撰稿筆記」，標題如此寫著，以下則摘自報導第一段：「已逝

---

12 譯註：Elizabeth Gaskell（1810-1865），維多利亞時代英國作家，代表作為《北與南》（*North and South*）。

小說家暨耶魯大學校友雅典娜．劉的筆記本，很快將成為史特靈紀念圖書館馬林文學典藏的一部份，這些筆記本是由其母派翠西亞．劉捐贈，她也對女兒的筆記本能夠受到母校紀念致謝……」

幹、幹、幹、幹。

雅典娜的大綱全都是寫在那些愚蠢的Moleskine筆記本裡，她曾經公開提過這個創作過程，「我所有的腦力激盪和研究都用手寫進行，」她這麼表示，「這讓我更能深入思考，找出主題和關聯。我覺得這是因為實際書寫的這個行為，會強迫我的腦子慢下來，並檢視我潦草寫下的所有文字，其中蘊藏的潛力，接著，等我用這種方式寫滿六七本筆記本以後，我就會拿出打字機，開始好好打草稿。」

我不知道我為什麼從沒想過要把筆記本也都給拿走，當時東西就放在書桌上，至少有三本，其中兩本就打開躺在稿子旁邊，我那天晚上實在太慌亂了，我想我當時以為筆記本會和她其他的物品一起送到什麼倉庫去。

但是送到公共檔案庫？我是說，媽的，我很確定一定會有一卡車人進去裡面寫有關她的論文，第一個進去的人就會馬上看見《最後的前線》的各種筆記。我敢肯定筆記內容也廣泛又詳盡，絕對會讓我穿幫的，接著這整個騙局就會東窗事發。

我沒時間讓自己冷靜下來了，沒辦法好好把事情想個透徹，我得速戰速決、防患未然。我

的心跳超快，馬上伸手拿起手機打給雅典娜的媽媽。

＊

劉太太很美。大家說的千真萬確，亞洲女人都不會老，她現在肯定已經五十五歲左右了，但看起來卻像根本還沒過三十歲生日，你可以在那優雅又嬌小的骨架和有稜有角的顴骨中，看見雅典娜本應長成的纖細姿容。在葬禮上，劉太太的臉痛哭得腫到不行，所以我都沒注意到她有多動人，現在一近看，她長得真的非常像她女兒，讓我不禁混淆了起來。

「茱妮，見到妳真是太開心了。」她在門階上擁抱我，聞起來像是乾燥花的味道，「快進來吧。」

我在她的餐桌旁坐下，而在我坐下之前，她就已經倒了一杯冒著熱氣、香氣四溢的茶擺好，她纖細的手指則捧起她自己的杯子，「我瞭解妳想談的是雅典娜的物品。」

她還真是開門見山，我懷疑了一會兒她是不是盯上我了，她現在一點也不像我在葬禮上遇見的那個溫暖又友善的女人，但我接著注意到她疲倦又鬆弛的嘴唇，還有她的黑眼圈，我才恍然大悟她只是硬撐著度過那天而已。

我早就準備好一整個火藥庫的閒聊了：雅典娜的故事、耶魯時期的軼事、有關悲傷的看法，還有當你生命中的一大支柱一夕之間傾頹時，要撐過每一天、每一分、每一秒是件多麼艱

難的事。我瞭解失去，我也懂得要怎麼跟別人談論失去。

不過我也直接切入正題，「我讀到您要把雅典娜的筆記本全數捐給馬林文學典藏對嗎？」

「沒錯，」她昂起頭，「妳覺得這個主意不好嗎？」

「不，不是的，劉太太，我不是這個意思，我只是……我在想您介不介意告訴我，您為什麼會做出這個決定呢？」我的臉頰熱辣辣的，我沒辦法承受她直視我，於是轉開視線，「我是說，如果您想談的話。我知道這一切都很……都很難真正去談論，我真的懂，而且又不是說您跟我有多熟……」

「幾週前，我收到負責這項計畫的圖書館員寄來的電郵，」劉太太說道，「她叫瑪蕎麗．齊，人非常好的一個女孩子，我們通了電話，而她似乎頗為熟悉雅典娜的作品。」她嘆了口氣，並啜了口茶。出於某些未知的原因，我一直在想她的英文怎麼會這麼好，只透出一絲絲腔調，而且她的詞彙也很豐富，句構也複雜又多樣，雅典娜總是大書特書她的父母當初是怎麼連一句英文都不會說，就移民到美國的，但劉太太的英文在我聽來完全沒有問題，「嗯，這些事情我懂得不多，但公共檔案庫感覺是個讓大家懷念雅典娜的好方法，她這麼有才華，唉，這妳也知道的，她的心智用這麼美好的方式在運作。我確定有些文學學者可能會對做研究有興趣，雅典娜也會喜歡這樣的，每當學者提到她的作品，她總是這麼興奮，她說這比……這比大眾的崇拜還算是更棒的認可。這是她自己說的。總之，也不是說我要拿這些東西去做什麼重要的事

啦。」她朝角落點了點頭，我隨著她的視線望去，然後我胸口一緊，筆記本就放在那，隨便堆成一疊，裝在一個大紙箱裡，就擺在一大袋米底下，還有個東西看起來像是顆還沒剖開的光滑西瓜。

狂野的幻想淹沒我的腦海，我可以抓起筆記本拔腿就跑，在劉太太理解發生什麼事情之前，我就已經跑下半個街區了，我也可以趁她出門時在這整個地方灑滿汽油，然後放火燒掉東西，沒有人會起疑。

「您讀過裡面的東西了嗎？」我小心翼翼地問道。

劉太太又嘆了口氣，「沒有，我有考慮過，但我……這非常痛苦，妳也知道的，就算是在雅典娜還活著的時候，我也不太有辦法讀她寫的小說，她從她的童年取材了這麼多，從她父親和我告訴她的種種故事，從那些……那些我們過去發生的事，我們家族的過去。我確實讀了她的第一本小說，而我就是在那時發覺，從別人的觀點閱讀這些回憶，是件多麼難熬的事。」她喉嚨一緊，伸手碰碰衣領，「這讓我不禁思索，我們當初是不是應該不要讓她承受這一切痛苦。」

「我懂，」我說，「我的家人對我的作品也是一樣的看法。」

「真的嗎？」

並沒有，這是個謊言，我不知道是什麼理由驅使我這麼說的。我的家人根本就不在乎我寫

了什麼，我祖父總是抱怨整整四年都得付我在耶魯讀那個沒用英文學位的全額開銷，我媽至今也還會一個月打一通電話來問說我是否決定好要去嘗試其他能讓我真正賺到錢的事，比如法學院或顧問工作。洛莉確實有讀我的出道作，雖然她根本就看不懂，她一直問我為什麼故事裡的姊妹這麼讓人受不了，這讓我滿頭問號，因為那對姊妹本來應該是要代表**我們倆**才對。

但劉太太此刻想要的，是陪伴和同情，她想聽到合宜的話語，而話語畢竟是我擅長的領域。

「他們覺得自己跟內容太接近了，」我說，「我的小說也大量取材於我自己的生活。」這部分是真話，我的出道作幾乎稱得上是自傳式作品，「而我的童年也不盡然平順，所以他們很難去……我是說，他們不喜歡有人提醒自己犯下的錯誤，他們不喜歡從我的觀點看事情。」

劉太太點頭如搗蒜，「這我可以理解。」

我看見我趁虛而入的方法了，而且竟然這麼顯而易見，簡直唾手可得。

「而且，對，某種程度上這也是為什麼我今天想來找您聊聊。」我深吸一口氣，「我就跟您實話實說了，劉太太，我不覺得提供她的筆記本對大眾公開會是個好主意。」

她眉頭一皺，「這話怎麼說？」

「我不清楚您有多瞭解您女兒的寫作過程……」

「不大瞭解，」她回答，「幾乎完全不瞭解。她很討厭在完成之前談論她的作品，甚至連我

提一下她都會發脾氣。」

「沒有錯，就是這樣子。」我接口，「雅典娜在創作故事時非常注重隱私跟保密，這些故事是源自這麼痛苦的歷史，我們有次曾經聊過，她把這個過程描述成挖開她的過去尋找傷痕，然後再把傷口扯開，讓它再次流出鮮血。」我們其實並沒有這麼深入又私密地聊過寫作，我是在某篇訪談中讀到撕開傷口這部分的，但這是事實，雅典娜對她正在創作中的作品，真的是抱持著這樣的看法，「她沒辦法向任何人展示這樣的痛苦，直到她千錘百鍊，完美雕琢好她想要講述的方式，直到她對於敘事擁有徹底的控制，直到她精雕細琢出一個她覺得自在的版本和論述為止。可是那些筆記本是她最一開始的想法，赤裸又未經修飾，所以我就是忍不住想要……我也不知道，我覺得把東西捐給公共檔案庫，會是一種侵害，彷彿把她的屍體公開展示。」

也許這裡的意象我有點加太多料了，不過還是奏效了。

「我的天啊，」劉太太用一隻手遮住嘴巴，「我的天啊，我真不敢相信——」

「當然這還是取決於您，」我匆忙補充，「這完全是您的權利，您想要怎麼處理都可以。我只是覺得，身為朋友，我有義務要告訴您，我不覺得雅典娜會想要這樣。」

「我懂了。」劉太太雙眼紅腫、眼眶泛淚，「謝謝妳，茱恩。我甚至從來都沒想過——」她沉默了一會兒，盯著她的茶杯，之後用力眨眼，然後迎上我的視線，「那麼，妳想把東西拿走嗎？」

我往後縮了縮，「**給我嗎？**」

「把東西放在身邊真的讓我很心痛，」她的肩膀垂了下來，整個人彷彿就要凋萎了，「而且因為妳這麼了解她……」她搖了搖頭，「噢，我到底在說些什麼啊？這真是個不情之請，算了，當我沒說過這回事吧。」

「不，不是，只不過……」我應該說好嗎？這樣我就能完全掌控雅典娜《最後的前線》的筆記了，天知道還有其他什麼東西，未來其他小說的構想？甚或是完整的草稿？

不，最好不要這麼貪心，我已經得到我想要的了，再拿更多，我就會冒著形跡敗露的風險。劉太太也許很低調謹慎，但要是《耶魯日報》報導出來，無論是用多無害的方式，說我現在拿到了所有筆記，那又會發生什麼事呢？

而且我又不是打算透過資源回收雅典娜的作品，來建立我的整個寫作生涯，《最後的前線》是個特別又愉快的意外，是兩種天才模式的融合，而我從此之後不管寫出了什麼作品，就都是完全屬於我自己的了，我可不需要這種誘惑。

「我沒辦法，」我輕聲說道，「我感覺就是不太對。也許您可以把東西留給其他家人？」

我想要的是她把那些東西付之一炬，灰燼跟雅典娜的骨灰一起灑掉，這樣就永遠不會有人發現，不會在數十年後有什麼好奇的親戚，在筆記裡到處刺探，挖出一些應該永遠塵封的破事，但是我得讓她覺得是她自己想出這個主意的。

「已經沒有其他家人了，」劉太太又搖了搖頭，「沒半個人了，在她父親回中國後，就只剩我跟雅典娜，只有我們兩個相依為命而已。」她擤擤鼻子，「這就是為什麼我答應圖書館那邊的人，妳懂的，他們至少可以把東西從我手上拿走。」

「我只是不信任公開檔案庫，」我說，「妳永遠不會知道他們會揭露什麼。」

劉太太雙眼瞪大，突然之間她似乎非常困擾，而我好奇她現在究竟作何感想，但我知道最好不要刺探，我已經達成我此行的目的了，剩下的事我會交給她的想像力去處理。

「我的天啊，」她再度重複道，「我真不敢相信……」

我的胃翻攪了起來，她看起來悲慟欲絕，耶穌基督啊，我到底是在**幹嘛**？剎那間我一心只想趕緊離開，管它什麼死筆記本，這真他媽太糟糕了，我不敢相信我竟然有種跑到這裡來，「劉太太，我不是要給您壓力——」

「沒有，」她砰一聲用力放下茶杯，「不是的，妳說的對，我才不會公開展示我女兒的靈魂呢。」

我吐氣，小心翼翼地盯著她，我贏了嗎？有可能就這麼容易嗎？「如果您這麼覺得——」

「我心意已決了。」她怒瞪著我，彷彿我即將要說服她別這麼做一樣，「這些筆記本將永遠不見天日，永遠。」

我又待了半個小時才離開，和劉太太閒話家常，告訴她我自從葬禮之後過得如何，我跟她

聊《最後的前線》，聊雅典娜對我的作品帶來多少啟發，還有我希望她會以我寫出的東西為榮。但她一點也不感興趣，她不斷分心，問了我三次要不要再來點茶，雖然我已經說過不用了，而且她很顯然想要自己靜一靜，但因為太拘禮而不敢開口請我離開。

當我終於起身離開時，她正盯著那些紙箱，明顯對於裡面裝著的東西相當　畏懼。

＊

接下來幾週，我密切關注馬林文學典藏的網頁，仔細尋找任何有關雅典娜・劉收藏品的蛛絲馬跡，但是什麼也沒有。一月三十號來了又去，這本來是那些筆記本向大眾公開的日子，某天，我到《耶魯日報》的網站搜尋，卻發現原先的公告已經被撤下，沒有任何說明，連結網址點進去已經無法顯示網頁了，彷彿整件事從未存在過。

五

那週三，我和我新的公關暨行銷團隊開了第一次線上視訊會議。

我緊張到快吐了，我前一次和行銷人員合作的經驗很爛，那次是個面黃肌瘦的金髮女人，名叫金柏莉，從頭到尾只會寄給我來自部落客的訪問邀請，而且那些部落格的追蹤人數大概都只有五個左右吧。我問她還有沒有更多行銷方式，比如說在某個大家真的有聽過的網站上曝光一下時，她總是說，「我們會去研究一下，不過要看對方有沒有興趣」，金柏莉就跟其他所有人一樣，很早就知道我的出道作沒救了，她只是不忍心當著我的面講。而且她半數的信都把我的名字寫錯成「珍恩」，我離開我舊的出版社時，她寄了封簡短又沒禮貌的電郵給我，只寫著，**先前跟妳合作真的是很愉快**。

但是這一次，所有人的熱情都讓我相當驚訝，負責公關的艾蜜莉，還有負責數位行銷的潔西卡，在會議一開場就告訴我她們有多愛這本書。「這本書真是**煥發**出年紀更大的作家擁有的莊重氣息，」潔西卡滔滔不絕表示，「而我覺得我們非常可以把定位落在女性喜愛的歷史小

說，跟適合男性讀者的軍事小說之間。」

我震驚不已，潔西卡好像真的有讀過我的書，這還是頭一遭，以前金柏莉似乎總是很疑惑我寫的到底是小說還是回憶錄。

接著，她們一步一步跟我介紹行銷策略，我吸收困難，因為實在太鋪天蓋地了，她們在講的是臉書廣告、Goodreads廣告、甚或是地鐵站廣告，雖然還不知道這年頭是不是還有人會注意地鐵站的廣告啦。他們也在書店的陳列展示上砸下重本，這代表從書出版的那一天起，當大家走進全國各地的邦諾書店（Barnes & Noble），第一個映入眼簾的東西，就會是我的書。

「這本書呢，絕對會是這一季**最夯**的書，」潔西卡向我保證，「最起碼，我們正使出渾身解數想辦法要達成這個目標。」

我實在是目瞪口呆，成為雅典娜就是這種感覺嗎？從一開始就有人告訴妳，妳的書會大成功？

潔西卡用一些日期和死線來總結行銷計畫，她們在此之前會需要我提供行銷素材，之後大家陷入短暫的沉默，艾蜜莉在按她的原子筆，喀啦喀啦，喀啦喀啦，「所以說我們想要問妳的另一件事呢，就是，呃，定位的問題。」

我發覺我應該要答話，「好喔——抱歉，請問妳的意思是？」

她和潔西卡互看了一眼。

「嗯，重點在於，這本書有很多情節都是發生在中國，」潔西卡說，「而有鑑於近期的各種討論，關於呢，妳知道的——」

「文化真實性，」艾蜜莉插話道，「我不知道妳有沒有在追網路上的一些討論，書評部落客跟書評的推特帳號最近有時候……很敏感很挑剔啦……」

「我們只是想要在任何潛在的爭議爆發之前搶先一步，」潔西卡說，「或是像滾雪球一樣越滾越大之前啦，可以這麼說。」

「我日日夜夜都在做研究，」我說，「妳們也知道的，我又不是用什麼刻板印象在寫作，這又不是那種書——」

「當然了，」艾蜜莉圓融地說，「可是妳……就是說，妳並不是……」

我懂她要說什麼了，「我不是華人。」我沒好氣地回答，「如果妳要問的是這個的話，這不是『為自身發聲』，或無論妳想怎麼稱呼。這會是問題嗎？」

「不會，不會，完全不會，我們只是想要確定好方方面面。然後妳也不是……其他種族嗎？」這幾個字從她嘴裡吐出來的那一刻，艾蜜莉的臉就縮了起來，彷彿她知道自己不應該這麼說。

「我就是白人。」我澄清道，「妳的意思是說，因為我寫了這個故事，而且我是個白人，我們就會因此惹上麻煩嗎？」

我馬上就後悔這樣表達我的想法了，我太直接、太有防衛心了，不安全感簡直展露無遺。艾蜜莉和潔西卡兩人都開始瘋狂眨眼，面面相覷，就像巴不得對方會先開口。

「當然不會啦。」艾蜜莉終於說道，「當然不會，所有人都有權利去述說任何故事，我們只是在思考該怎麼定位妳，這樣讀者才會信任作品。」

「嗯，他們完全可以信任作品本身啊，」我說，「他們可以相信書頁上的文字，還有為了述說這個故事投入的辛酸血淚。」

「對，說得好，」艾蜜莉說，「我們沒有要否定這點的意思。」

「當然沒有。」潔西卡幫腔。

「再次重申，我們認為人人都有權利去述說任何故事。」

「我們不是在審查，我們伊甸出版社這邊的文化不是這樣子的。」

「好喔。」

艾蜜莉接著把話題轉移到我現在住在哪、我最遠願意到哪巡迴之類的，整場會議在那之後很快就草草結束，我都還沒機會重新展現我的風度，艾蜜莉和潔西卡再次告訴我她們有多期待這本書、跟我開會有多愉快、她們又有多等不及和我繼續合作。然後她們就下線了，我只能瞪著空蕩蕩的螢幕。

我感覺糟糕透了，馬上發信給布雷特，大肆發洩我所有的焦慮，他在一個小時後回覆，跟

我保證不用擔心，他說她們只是想要確認清楚可以怎麼定位我。

結果，她們想給我的定位是「閱歷豐富」。潔西卡和艾蜜莉後來寄給我們一封更長的電郵，詳細闡述她們下週一的計畫：**我們認為茱恩的背景非常有趣，所以我們想要確保讀者也知道這點**。她們強調了我小時候住過的所有地方——南美、中歐、美國的五六個城市，這是我爸身為建築工程師無盡的旅居途中停留的各個地點（艾蜜莉真的很愛「游牧」這個字）。她們也在我新寫好的作者介紹裡，強調了我在和平工作團當志工的那年，雖然我從來都沒接近亞洲過（我是派去墨西哥，把我國中程度的西文湊合著用，而且很快就回來了，因為我得了一種讓人渾身脫力的腸病毒，必須撤離送醫）。她們還建議我用茱妮帕·宋這個筆名出版，而不是我的本名茱恩·海伍德。（「妳的出道作並沒有接觸到我們想吸引的同一個客群和市場，最好是另起爐灶比較好，而且茱妮帕這個名字實在是非常、非常與眾不同。這是哪款名字啊？聽起來就像原住民，就差那麼一點了。」）沒有人提到大眾對「宋」和「海伍德」可能會有什麼不同的印象，也沒有人明確說出「宋」很容易就會被誤認成中文姓氏，但這其實只是我的中間名，是我媽在她八〇年代的嬉皮歲月中想到的，我甚至只差那麼一點點就要被取名叫茱妮帕·寧靜·海伍德了。

艾蜜莉協助我跟《電子文學誌》提案一篇有關作者身分及筆名的文章，我在其中解釋道，我選擇將自己重新包裝成茱妮帕·宋，是為了紀念我的出生背景，還有我媽對我人生的影響，

「我以茱恩．海伍德之名出版的的出道作《梧桐樹上》，故事的根源是我對父親過世的悲慟，」我這麼寫道，「而以茱妮帕．宋這個筆名出版的《最後的前線》，則象徵我在創作旅程上跨出的一大步。這就是我對於寫作最深愛的一點——寫作提供了我們無窮無盡的機會，可以重塑自我、以及我們述說的私密故事，讓我們能夠面對自身的傳承和歷史的各種面向。」

我從沒說謊，這點非常重要，我從來都沒有假裝是華人，或是捏造我沒經歷過的生活經驗，我們所做的並不是詐騙，我們只是在暗示我擁有合適的資格，這樣讀者才會認真看待我本人和我的故事，這樣才不會有人因為某些有關誰有資格寫什麼的過時偏見，拒絕拿起我的作品。而要是有人先入為主，或是用錯誤的方式聯想，這難道不是更深入說明了他們究竟是怎樣的人，而不是在針對我嗎？

＊

而編輯流程也更加順暢了，丹妮超愛我的修改成果，她在第三校做的修改要求，都只是一些輕微的對白改動，還有建議我加一張人物卡司表，這就是個花俏的說法啦，指的是列出書中出現的所有角色，並附上簡短的介紹，這樣讀者才不會忘記誰是誰。接著稿子就送到校對人員手上了，從我的經驗看來，他們都是些超人般的鷹眼怪物，可以揪出肉眼看不到的不連戲錯誤。

我們只有碰上一個小插曲，就在我的稿子校對完畢的一週前。

丹妮拉莫名其妙寄了一封電郵給我：**嘿茱恩，希望妳一切都好，妳敢相信我們離出版竟然只剩六個月了嗎？想跟妳提件事，問問看妳的意見，坎蒂絲建議我們找個華人或來自華人離散族群的文化敏感度讀者，我知道到這時候已經有點晚了，不過妳有想要我們幫妳再仔細檢查一下嗎？**

文化敏感度讀者指的是那些收錢針對稿件提供文化方面諮詢及評論的讀者，比方說，有個白人作家寫了本書，裡面有個黑人角色，那出版社接著可能就會請個黑人文化敏感度讀者，去檢查文本中呈現的形象，是否有意或無意間帶有種族歧視色彩。這種作法在過去幾年間越發流行，因為有越來越多白人作家由於運用種族歧視的形象及刻板印象，遭受批評和抨擊，這是個避免在推特上引發爭議的好方法，雖然有時候也會適得其反啦，我至少就聽過兩個作家身上發生的恐怖故事，他們被迫取消出書，就因為這種單一又主觀的意見。

我看不出來有什麼必要，我回覆道，**我對我做的研究很有信心。**

我的信箱馬上又跳出回覆，**我是坎蒂絲，接續前信，我強烈認為我們應該要請個熟悉相關歷史和語言的讀者，茱恩並不是華人離散族群，如果我們完全都不找個更適合來糾錯的讀者，來檢查書裡的中文用語、取名習俗、描述種族歧視的段落，那我們就會冒著造成真正傷害的風險。**

我忍不住嘖嘖了起來。

丹妮拉的編輯助理坎蒂絲．李，是伊甸出版社裡唯一不喜歡我的人，她從來都不會表現得太明顯，讓我有理由可以抱怨，她寫電郵始終彬彬有禮到不行、也會按讚跟轉推我在社群媒體上發表關於這本書的所有消息、每次視訊會議時也總是會微笑著跟我打招呼。但我看得出來這全都是被迫的，在她僵硬的表情、粗魯的文字中，絕對藏著些什麼。

搞不好她認識雅典娜，也許她也自以為有個作家夢，白天是個被壓榨又過勞的基層出版工作者，私底下卻也有份受到華裔背景啟發的稿子，而她嫉妒成功的是我不是她。我完全可以懂，在出版業內，這是一種普世性的動因，但這根本就關我屁事。

再次重申，我對我在準備本書期間所做的研究很有信心，我不覺得都到了出版時程的這個階段，還為了文化敏感度讀者推遲進度有其必要，尤其是我們把試閱本寄給初期讀者的時程也很趕。打完寄出。

這件事應該這樣就搞定了才對，但一小時後，我的信箱又跳出通知了，又是坎蒂絲，她更加堅決，這封信署名給我、丹妮拉、整個出版團隊。

給大家：

我想要再次強調，我覺得我們該為這部作品找個文化敏感度讀者，這真的非常重要，在目前的氛圍跟風氣下，讀者注定會懷疑一個使用非自身族群題材的寫作者，而且也有很

> **充分的理由。我瞭解這會延宕出版時程，但找個文化敏感度讀者，可以防止茱恩遭控文化挪用，或是更糟的，文化吸血，這會顯示茱恩是真心誠意想要代表華人離散社群。**

老天啊，文化挪用？還**文化吸血**咧，她到底是**哪根筋不對啦**？

我把她的信轉給布雷特，**你可以叫她別多管閒事嗎**？我問。在這種越發緊張的交鋒中，版權經紀人可說是完美的中介，可以讓你不用弄髒手，由他們捅刀，**我覺得我立場表明得很清楚了，所以她到底幹嘛還要一直拿這件事煩我啊**？

布雷特提議，或許啦，比起找個外頭的人進來，我們可以直接請坎蒂絲擔任文化敏感度讀者，但坎蒂絲簡短又失禮地回覆說她是韓裔美國人，又不是華裔美國人，而布雷特這樣的假設，換作在其他情境，就會是種族微歧視了，（也是到了這個時間點，我才百分之百確定坎蒂絲存在的目的，完完全全就是為了要抱怨什麼種族微歧視）。丹妮拉於是介入調停，他們當然會遵照我身為作者的判斷，要不要請文化敏感度讀者完全是依據我的決定，而我也很清楚表明我不想請了，所以我們會繼續按照原先的出版時程，一切都沒問題的。

隔週，坎蒂絲又寄了封信給我，為她的語氣道歉，同時副本給丹妮拉，這才不是什麼真心誠意的道歉，事實上，還他媽的像極了被動式攻擊：**如果妳因為我的編輯建議感到冒犯，我實在很抱歉，如妳所知，茱恩，我只是想盡可能協助《最後的前線》的出版，力求盡善盡美而已。**

我白眼都翻到外太空去了，但我還是決定以德報怨，這場仗我已經打贏了，而且霸凌一個可憐的編輯助理絕對沒好處，我的回覆言簡意賅：

謝囉，坎蒂絲，我真心感謝。

丹妮拉之後又單獨回信給我，通知我坎蒂絲已經不再參與這個計畫了，我以後不必再跟她聯繫，《最後的前線》後續的所有溝通，都可以直接透過丹妮拉本人、艾蜜莉和潔西卡。

我很抱歉妳得處理這種事，丹妮拉寫道，**坎蒂絲很顯然對這個計畫抱有強烈的情緒，而這影響了她的判斷。我想讓妳知道，我已經和坎蒂絲好好談過了，針對尊重和作者之間的界線，而我也會確保這種事永遠不會再發生。**

她聽起來實在真心抱歉，有那麼一會兒我都開始尷尬緊張了起來，擔心我把這件事搞得太過頭了，但這和我得到的欣慰相比，可說微不足道，因為終於有這麼一次，我的出版社是堅定站在我這邊的。

＊

你曾經見過某個你認識的人，從沒沒無聞突然搖身一變成為半公眾人物嗎？是個琢磨得光

鮮亮麗、有人設的人物，且數十萬人都耳熟能詳？也許是某個中學時代的音樂家終於成名，或是某個影星，你後來認出其實是那個大一時跟你住在同一層，有飲食失調症的金髮女孩？你可曾懷疑過一夕爆紅背後的機制？某個人是怎麼從一個真正的活人，一個你真的認識的人，變成一連串行銷和公關重點，受到自以為認識對方但實則不然的粉絲著迷和吹捧，即使他們理解這點，也無論如何依舊心醉神迷？

我們大學畢業一年後，我就看著這一切發生在雅典娜身上，就在她第一本小說準備出版的過程中。雅典娜在耶魯時本來就是號人物了，她是個校園名人，在當年的祕密情人節告白臉書社團中，固定都會有人跟她示愛，不過她那時候還沒紅到有維基百科條目，也還不是你一提就會讓一般讀者眼睛發亮認出來的名字。

《紐約時報》大版面刊登了一篇她的報導，題為〈耶魯畢業生和蘭登書屋簽下六位數大約〉，中間還放著一張雅典娜的照片，她穿著透到要露兩點的低胸上衣，在史特靈紀念圖書館前擺拍，從此之後，一切都改變了。他們還引用了當時在耶魯兼課的某個知名詩人的說法，封她「堪稱譚恩美及湯亭亭[13]等作家的繼承者」，她的聲勢水漲船高，推特追蹤者人數暴增到五六千人，IG追蹤者則是突破六位數大關，她接受《華爾街日報》和《赫芬頓郵報》名過其實

13 譯註：Maxine Hong Kingston（1940-），華裔美國作家，曾獲頒美國國家書卷獎。

的訪問，有一次，我搭車去看醫生時，還震驚地聽見她晶瑩剔透、聽不出背景、偶爾過分假掰、帶點英國腔調的聲音，飄過我搭的Uber。

一聲令下，創造神話的流程就即時開始，她的出版團隊認為這種建構出來的人設非常適合行銷，再加上一點恰到好處的新自由主義剝削，複雜的訊息簡化成吸睛的短句，作者介紹則精挑細選出古怪卻有趣、帶點異國情調的部分。事實上，這種事在所有成功的作家身上都會發生，但當你和原始素材來源原先就已經是朋友，見證過程只會變得更詭異，雅典娜．劉只用一台雷明頓牌打字機寫稿（這是實話，不過她是大四才開始這麼做的，在她從一個知名的訪問學者身上得到靈感之後），雅典娜．劉年僅十六歲時，就入圍全國性寫作比賽決選（這也是事實，但說真的，每一個可以把句子好好串在一起的高中生，遲早都會在這種比賽裡得名的，要打敗其他小孩又不難，畢竟他們對於藝術的定義，不外乎就是抄襲怪奇比莉的歌詞）。雅典娜．劉是個神童、是個天才、是下一個轟動大人物、是她這個世代的聲音，以下是六本雅典娜．劉沒有會活不下去的書（一成不變地總是包含普魯斯特在內），以下是五個雅典娜．劉推薦的高CP值筆記本品牌（她只會寫在Moleskine上啦，但如果你很窮的話，歡迎來看看其他這些品牌哦）！

這真的是超狂的，我曾經傳訊息給她，並附上某篇《柯夢波丹》近期刊登的文章連結，**我都不知道《柯夢波丹》的讀者竟然真的識字欸**。

哈哈哈哈我懂！她回覆道，**甚至連我都認不出封面上的那個女生了，他們快把我修圖修死了，我的眉毛才不是長那樣咧。**

簡直就是「超現實」嘛，當時引用布希亞還很酷，彷彿你真的完整讀過他的著作一樣。

就是說啊，她回，**雅典娜零號、雅典娜一號，我就是項藝術作品，全都是建構而成的，我是雅典娜・德芮**[14]。

所以等到換我出版小說時，我抱有種種狂野的期待，認為出版業會替我和《梧桐樹上》做同樣的事，某部上好油嘎嘎運轉的機器將會建立好我的公開人設，我連根手指都不用抬，行銷部門會親手帶著我，教導我在出席他們替我安排好的所有重要媒體訪問時，究竟該怎麼樣正確穿搭和應對進退。

結果，我的出版社反而是直接把我丟進火坑。針對自我行銷，我所學會的一切，都是在某個新人作家的Slack群組對話中學到的，裡面的每個人都跟我一樣迷失，不斷丟上各種他們從網路世界的角落撈出來的陳舊部落格文章。你絕對要有個作者網站才行，可是WordPress跟Squarespace到底哪個更好？電子報是會帶動銷售，還是在浪費錢？你應該要請個專業人士來拍作者照，還是用你iPhone上的人像模式拍張自拍照就夠用了？你應該要替你的作家身分另外開

14 譯註：此處玩的梗是美國歌手拉娜・德芮（Lana Del Rey），因此也比照她的慣用譯名翻譯。

一個獨立的推特帳號嗎？你可以在上面發廢文嗎？如果你跟其他作家公開槓上，是會讓你的銷量完蛋，還是會提高你的知名度？在推特上公開筆戰還是件很酷的事嗎？還是說這種事情現在只專屬於Discord了？

不用說，那些重量級的訪談從沒實現過，最接近的就是有個叫馬克的傢伙邀請了我，他的podcast有五百個追蹤者，而當他開始在那邊大聲嚷嚷什麼當代類型文學的過度政治化時，我馬上就後悔答應了，並開始擔憂他搞不好是納粹份子。

但這一次，我從伊甸出版社得到了遠遠超越先前的協助。艾蜜莉和潔西卡隨侍在側，隨時準備好回答我所有問題，沒錯，我在我所有社群媒體平台上應該都要很活躍，沒錯，我每篇貼文都應該要附上預購連結，推特的演算法會降低附連結貼文的觸及率，但你可以附在下面的推文或個人簡介那邊，這樣就能搞定。不，星號書評其實一點意義也沒有，可是沒錯，我還是應該要大吹特吹，因為人為的宣傳依然是宣傳，沒錯，書已經寄給所有主要的書評平台了，而我們預期至少有一些會刊出正面評論，不，我們八成沒辦法敲到《紐約客》的專訪，但或許將來再出個幾本書，我們就可以去談談看了。

我現在也真的有點錢了，所以我請了個攝影師來拍一組新的作者照，我舊的那組是我姊的大學同學拍的，她是個業餘攝影師，名叫梅琳達，剛好人在我家附近，並幫我打了一點折，比我在網路上找到的其他人還便宜。我用好幾種不同的方式扭著我的臉，試圖召喚出嚴肅的著名

女性作家照片中，那種撩人、神祕、嚴謹的氛圍，效法珍妮佛．伊根[15]、唐娜．塔特[16]。

雅典娜在作者照片裡，看起來永遠都跟模特兒一樣：秀髮隨意飄散在臉龐周圍、肌膚如搪瓷般白皙又晶瑩、飽滿的嘴唇微張，嘴角又微微翹起，彷彿她知道某個你還不懂的玩笑、一邊眉毛抬起宛如在說，**掂掂我的斤兩啊**。如果你美若天仙，書就很容易賣，但我很久以前就已經跟一項事實和解了，那就是我的長相只是還算順眼而已，而且只有在正確的角度和光線下才是這樣，所以我嘗試了第二好的方法，也就是「以一種非常深沉又才華洋溢的方式，受盡折磨和困擾」。但實在很難將這些想法傳達給鏡頭，梅琳達把成果寄給我時，我嚇都快嚇死了，我看起來就像要憋住噴嚏，或像是我得去拉個屎，卻害怕到不敢告訴任何人。我超想整組都再重拍一次，這次或許背景可以放張鏡子，這樣我就能看見我自己到底在銃三小，但我覺得這樣浪費梅琳達的時間心裡過意不去，所以我挑了張我看起來最像是個人類、而且最不像我自己的，並為造成她這所有困擾付了五十塊。

這次我則是斥資五百塊，請來華盛頓特區的專業攝影師凱特，我們在她的工作室拍照，她

15 譯註：Jennifer Egan（1962-），美國作家，代表作包括《時間裡的癡人》（*A Visit from the Goon Squad*）、《霧中的曼哈頓灘》（*Manhattan Beach*）等。

16 譯註：Donna Tartt（1963-），美國作家，代表作包括《祕史》（*The Secret History*）、《金翅雀》（*The Goldfinch*）等。

運用了各式各樣我前所未見的燈光設備，但願能成功讓我的痘疤消失。凱特活潑、友善、專業，她的指示也都清楚又明確，「下巴抬高，臉部放鬆一點，現在我要來講個笑話，妳想怎樣反應都可以，反正不要注意鏡頭就對了。讚啦，噢，這張很美。」

幾天後，她寄給我一堆上了浮水印的照片供我挑選，我很驚訝我看起來竟然這麼正，尤其是在我們到外頭拍的照片裡，在日落前的最後一抹微光下，我的膚色看起來是美麗的古銅色，使人有點分辨不出我的種族。我的眼神端莊文靜地瞥向一旁，腦中充滿深奧又謎樣的想法，活脫脫就是個能夠寫好一本一戰華工小說、妥善運用這題材的人，我看起來根本就是茱妮帕．宋。

遵照艾蜜莉的建議，我也開始在社群媒體上刷存在感，到目前為止，我只有在推特上隨便亂發各種廢文跟有關珍．奧斯汀的笑話而已，我先前根本就沒半個追蹤者，所以我想發什麼垃圾都沒差。但既然現在我是要為了我的出版合約吸引關注，我就想要給人適當的印象，我想讓部落客、書評家、讀者們瞭解，我是那種呢，你知道的，在乎正確議題的人。

我仔細研究雅典娜還有我們共同好友的推特動態，以找出我該追蹤哪些業內人士，我又該參與哪些對話跟交流，我會轉推有關珍珠奶茶、味精、BTS、某部叫作《陳情令》的電視劇的貼文，我也學到反對PRC（也就是中華人民共和國）很重要，但卻要支持中國才行（不過我完全不確定兩者差別在哪就是了），我還學會「小粉紅」跟「坦克黨」[17]是什麼意思，並確

保我不會在無意間轉推到支持的相關貼文；我譴責新疆現正發生的暴行，我和香港站在同一陣線。我一針對這類議題發聲，就開始每天多出幾十個追蹤者，而當我注意到我有許多追蹤者都是有色人種，或是個人簡介寫著「＃BLM」跟「＃解放巴勒斯坦」這類東西時，我就知道我走在正軌上。

而就像這樣，我的公開人設脫胎成形，掰掰茱恩・海伍德，沒沒無聞的《梧桐樹上》作者，哈囉茱妮帕・宋，本季大書的作者，才華洋溢、謎樣神祕、已故的雅典娜・劉的摯友。

＊

《最後的前線》出版的前幾個月間，伊甸出版社的行銷團隊使出渾身解數，確保全美國都知道這本書的存在。

他們寄出ARC，即「優先試閱本」，給伊甸出版社的其他大牌作家，而即便不是每個人都有時間讀過，有好幾個暢銷作家確實說了些好話，像是「引人入勝！」和「無法抗拒的聲音」，丹妮拉之後都會把這些推薦語印在書衣上。

封面則是在出版日大約一年之前就定案了。丹妮拉當時請我去Pinterest上找點想法，彙整

17 譯註：tankie，泛指支持威權主義共產國家者，在此表示支持中共。

在一起給設計師，（作者通常會對封面主題和大致上的設計概念出點主意，不過除此之外，我們也得接受我們對封面設計根本一竅不通，還是讓設計師去發揮，不要干涉吧）。我在Google上東翻西找各種一戰華工的照片，並找到幾張這些工人本尊的好看黑白照片，其中有一張我覺得特別迷人：七八個工人聚在一起，在相機前開懷大笑。我把照片寄給丹妮拉，**這張如何？**我問道，**這張版權現在已經進入公領域了，所以我們不需要去清權。**

不過丹妮拉和美術部門並不覺得這是適合的氛圍，**我們不想要書看起來像是非虛構類的歷史書**，她回覆，**如果換作是妳在逛書店，妳會拿這本起來翻嗎？**

最後，我們挑選的是更為現代的主題。「最後的前線」用巨大的大寫印刷體印出，抽象的雙色背景描繪出的圖像看似是某座著火的法國村莊，**我們想要的是大膽、史詩感、浪漫的色彩**，丹妮拉寫道，**而你會在書衣內側的邊邊看到那些中國人角色，這會讓讀者明白，他們對這本書可以有點不一樣的期待。**

封面感覺沉重、嚴肅、充滿吸引力，不知怎地既同時類似過去十年間出版過的每一本一戰小說，卻又是某種全新、令人期待、原創的產物，**簡直完美**，我回信給丹妮拉表示，**真的無懈可擊**。

而現在出版日逐漸接近了，我也開始四處看見相關廣告，Goodreads、亞馬遜、臉書、IG，他們甚至在地鐵上買了個廣告。要不是他們本來就沒告訴我，不然就是我忘了，因為當

我走下往法蘭克尼亞—春田方向的列車，並看見我書的封面貼在對牆上，我實在吃驚到不行，整個人直接石化在月台上。**那是我的書，那是我的名字**。

「《最後的前線》，」我身後的某個女人對她旁邊的人大聲唸了出來，「茱妮帕・宋著，哇噢。」

「看起來不錯，」那男人說，「我們應該買來看看。」

「嗯嗯，」女人回答，「也許吧。」

那瞬間我全身爆出一陣狂喜，而即便這超級陳腔濫調，你會以為我是在模仿什麼CW電視網影集試播集的女演員，我還是兩手握拳，然後高高跳到半空中。

好消息不斷傳來，布雷特寫信給我更新外國版權的銷售情況，我們已經賣出德國、西班牙、波蘭、俄羅斯版權了，**法國還沒，不過我們正在努力**，布雷特表示，**但反正也沒人能在法國賣幾本書啦，要是法國人喜歡妳哦，那妳肯定是鑄下什麼大錯了**。

《最後的前線》也開始擠進五花八門的書單，像是「夏季十大好書」跟「令人迫不及待的出道作」之類的，還有超讚的，PopSugar網站的「今夏十五大海邊必讀好書」，**並不是每個人去海邊都想讀一戰的書**，我在推特上開玩笑寫道，**但要是你跟我一樣怪胎，你可能會很享受這份書單！**

我的書甚至入選了某個全國性讀書俱樂部，是由一個共和黨白人正妹經營的，她最有名的

經歷就是身為某個知名共和黨政治家的女兒[18]，而這讓我在道德上有點感冒，但我接著想說，如果這個讀書俱樂部的讀者群大多數都是支持共和黨的白人女性，那麼選一本能夠拓展她們視野的小說，不是也滿棒的嗎？

而在英國，《最後的前線》則入選了「讀癮書盒」，我都不知道書盒是一個這麼大的產業，但很顯然讀癮書盒這類訂閱制服務，會把書放在可愛的箱子裡寄出去，還會附上一些贈品，且每個月的訂戶都多達數萬名。《最後的前線》的讀癮書盒版會擁有特製的毛邊書口，隨書還附贈一個零殘忍純素皮革托特包、一個具有收藏價值的玉製中國生肖鑰匙圈（只要另外付一筆費用，你就可以在線上進行心理測驗，判斷你是屬於哪個生肖）和一組永續環保、單一產區的台灣綠茶。

邦諾書店也決定要做獨家的特別簽名版，這表示在書上市的四個月之前，我會收到八個巨型包裹寄到我公寓來，裡面裝著扉頁，也就是空白的書名頁紙張，等我簽完之後，會再直接裝訂到印好的書裡面。幾千份扉頁得花上一**輩子**才簽得完，所以我之後兩個禮拜都在搞「喝酒簽書夜」，我會坐在電視前面，右手邊是一大疊紙跟一瓶梅洛紅酒，然後邊看《璀璨帝國》邊用擠成一團的大字簽下「茱妮帕·宋」。

這些就是暢銷書正在誕生中的跡象嗎？我不禁這麼想。肯定是的，但為什麼從來沒有人會打從一開始就告訴你，你的書對出版社來說有多重要呢？在《梧桐樹上》推出之前，我拚命努

力去做那些部落格跟podcast訪談，希望我在行銷上投注越多心力，我的出版社就會給我的努力更多獎勵。但現在，我看清了，作家投注的努力跟一本書成不成功沒有半毛錢關係，暢銷書都是人家先選好的，不管你做什麼，都沒屁用，你只需要好好享受一路上的各種福利就好了。

＊

出版日兩個月前，初期的書評開始蜂擁而至。

我把這變成了每晚的習慣，一一滑過所有新的Goodreads評論，只為那一點點血清素帶來的快感，大家都告訴作者永遠不要去看Goodreads，但根本沒人會遵照這項建議，我們沒有半個人可以抗拒，就是想要知道我們的作品接受度如何。而從各方面看來，《最後的前線》都是戰果輝煌，平均評分是健康的四點八九星，且五星評論多半狂捧到不行，相當正面，這使得偶爾出現的含糊三星評論根本就不會為我造成困擾。

話雖如此，某天晚上，我仍是看見了某個讓我差點心肌梗塞的東西。

一星。《最後的前線》得到第一筆一星評論了，來自一個叫作坎蒂絲李的使用者。

不可能吧，我點進她的檔案，懷疑是否只是巧合，結果並不是，坎蒂絲李、現居紐約、在

18 譯註：此處應是在影射美國總統小布希之女珍娜·布希（Jenna Bush，1981-）創辦的讀書俱樂部。

出版業工作，喜愛的作家：戈馬克・麥卡錫、瑪莉蓮・羅賓遜[19]、鍾芭・拉希莉[20]。她在Goodreads上並不特別活躍，前一則評論是二〇一四年時評分了某本詩集，表示這件事絕非意外，她不是手滑點到而已，很顯然，坎蒂絲還特地費心登入，然後給了我的書一星評論。

雙手顫抖的我馬上把評分截圖下來，並寄給我的編輯。

嘿丹妮拉，

我知道妳說過不要去看Goodreads，但有個朋友傳了這個給我，而我有點小擔心。這看起來實在是相當沒有職業道德的行為，我猜嚴格來說，坎蒂絲絕對有權利在她下班時間任意評論我的作品，但是在發生了敏感度讀者的事情之後，這感覺是故意的耶……

祝好，茱恩

丹妮拉隔天一早馬上就回我。

謝謝妳讓我知道，這真的是很不專業沒錯，我們內部會自行處理好這件事。

我到現在已經頗為熟悉丹妮拉寫信的語氣了，可以分得出她什麼時候真的很不爽，就是簡

短又破碎的句子，她甚至都沒附簽名檔，丹妮拉真的**氣炸了**。

很好，熱辣辣的自我辯護在我胃裡攪成一團，坎蒂絲根本活該，先別說敏感度讀者的那團鳥事了，是什麼樣的精神變態才他媽會這樣惡搞作者的感受啊？她難道不知道出版一本書壓力有多大、多令人害怕嗎？我得意了一會兒，想像我今早在伊甸出版社的辦公室掀起了一場多慘烈的腥風血雨。而雖然我永遠不會對女性同業把這種話大聲說出口啦，這個產業的現況已經夠艱困了——但我還是希望我害那個婊子被炒了。

19 譯註：Marilynne Robinson（1943-），美國女作家，代表作包括《基列》（*Gilead*）系列等。

20 譯註：Jhumpa Lahiri（1967-），印度裔英國女作家，代表作包括短篇故事〈醫生的翻譯員〉（Interpreter of Maladies）等。

六

幾個月變成幾個禮拜再變成幾天，接著書就出版了。

上一次出書，我學到一個慘痛的教訓：對大多數的作家而言，你的書的上市日，其實會是失望透頂的一天，前一個禮拜感覺會像是朝著某種偉大盛事前進的倒數，以為新書上市是一場熱鬧的開幕儀式，好評會立刻湧來，銷量也會一飛衝天到各家排行榜的頂端，並且就此停駐。但事實上，上市日帶來的只是巨大的失落而已，走進書店並看見你的名字出現在架上很有趣沒錯，這點是真的（除非你的書不是新書主打，還深埋在其他書堆裡，甚至連封面都沒有露出來，或更慘的，大部分的書店連進貨都沒進貨），可是除此之外，完全不會有任何立即的回饋和意見。買了書的人根本還沒有時間讀完，大多數銷售都是預購，所以在亞馬遜或Goodreads或其他所有你一個月來跟發瘋一樣狂刷猛刷的網站上，都不會有什麼實質的動靜，你體內累積沸騰了這麼多希望跟能量，但沒有半點……找得到地方發洩。

此外，也不會有某個特定又壓倒性的覺悟時刻，讓你發覺你的書沒救了。只會有上千次小

小的失望沮喪，隨著時間經過一個疊著一個，當你把你的銷售數字和其他作家比較時，當你每次順路去附近的書店確認，卻不斷看見同一批沒人買的簽名版好端端擺在書架上時。只會有你的編輯一連串細水長流的電郵表示「銷售和我們預期相比動得有點慢，但我們希望會有起色」，接著就是徹頭徹尾又無法捉摸的無聲靜默，只有越發嚴重的恐懼和失落感，直到一切苦澀到再也無法承受，直到你開始覺得自己實在有夠蠢，竟然相信自己有辦法當個作家。

總之，我從《梧桐樹上》的出版學會的，就是不期不待、不受傷害。

不過這一次感覺很特別，這一次我學到的是，像雅典娜這樣的作家所體驗到的世界，有多麼截然不同。我出版日的那天早上，伊甸就寄了一大箱香檳到我公寓來，**恭喜妳**，丹妮拉附上的手寫字條寫著，**妳實至名歸**。

我拆了一瓶起來，邊拿著拍了張自拍照，並上傳到ＩＧ上，圖說是：**就、是、今、天！覺得感恩、無法招架、緊張兮兮，很感激能擁有業界最棒的團隊**。這篇文一個小時就得到了兩千個讚。

看著這所有愛心堆積起來，讓我血清素大氾濫一波，我總是覺得出版日就應該要像這樣。那天一整個早上，各種陌生人不斷在祝賀的貼文、書評、我的書在邦諾書店新上市的書堆中，或在地獨立書店陳列時露出封面，還附上店員推薦標籤的照片裡標記我。在某間書店標記我的照片裡，我的書簡直就是堆成了一座**金字塔**，圖說寫著：**下定決心第一天就要賣一百本《最後**

的前線》！走著瞧啦啦啦啦。

一般認為，拿社群媒體來評估一本書的表現，可說是個糟糕的指標，比如說推特就反映不出更大的購書族群，而且那些似乎很有聲量的書，通常都可以用作者團隊過度在推特上刷存在感來解釋，按讚數跟追蹤者人數不見得能順利轉化成銷售量。

可是這麼多聲量難道真的不代表任何意義嗎？我在《NPR》、《紐約時報》、《華盛頓郵報》上都有書評呢，換作是當時的《梧桐樹上》，我連有篇《柯克斯書評》都要偷笑了，而且還只是情節摘要而已，沒什麼其他內容。相較之下，這次全世界彷彿都在談論《最後的前線》，就像他們知道這本書一定會大舉成功一樣，而我懷疑這是否就是整個出版產業運作中，最後一個晦澀難解的部分：成為大書的那些書之所以成為大書，是不是因為所有人在某一刻都決定，他們就是認為這本書會是時下最夯的大書——而且並非出於什麼合理的理由。

但不管有多麼沒道理，我還是很高興這在我身上行得通。

當晚，我在濱水區附近的政治與散文書店已經安排好一場新書發表會，我來這邊當聽眾十幾次了，這是那種前總統和各式名人巡迴簽書時會來演講的書店，幾年前，我就來這裡聽過希拉蕊．柯林頓朗讀。雅典娜的出道作也是在這裡辦新書發表會的，艾蜜莉告訴我她幫我訂了政治與散文書店時，我都對著螢幕尖叫出聲了呢。

在我走進大門之前，我得好好穩住自己。《梧桐樹上》的出版社曾經幫我規劃過「橫跨多

個城市」的書店巡迴打書之旅，但我當時造訪的每間書店，讀者從來都沒有超過十個人，而那真的是痛苦萬分，認真痛苦，要撐過朗讀跟問答環節，邊看著聽眾在你話講到一半的時侯離席。更糟糕的還有活動結束後坐下來簽一疊賣不出去的存貨，書店經理還邊在旁邊徘徊跟尬聊，說什麼八成是因為今天假日啦，大家忙著去血拚，他們沒有足夠的時間宣傳，所以才這麼少人來參加。第二站之後，我就想乾脆取消算了，但是取消整個打書巡迴行程感覺更丟臉，最好還是苦撐過去。可是每分每秒，你都會發覺自己是如此無足輕重、所懷抱的希望是如此愚蠢，因此心越來越往下沉。

不過今晚呢，書店座無虛席，甚至都沒地方站了，還有人盤腿坐在走道上，我差點都要回頭走人了，我在入口處徘徊，確認著手機，想確定時間和日期是正確的，因為這根本就不可能是真的吧，我的時間是和莎莉．魯尼排到同一天嗎？但是書店經理看到了我，並引導我到後頭的辦公室裡，他給了我一瓶水和幾顆薄荷糖，這時一切才踏實了起來，這並沒有搞錯，這一切是真的，而這所有人到這裡來都是為了要看**我**。

我走出去到前頭時，掌聲在我周遭迴盪，書店經理介紹我，接著我站到講台上，雙膝顫抖，我這輩子從來沒在這麼多人面前講過話，謝天謝地，我在問答環節之前要先朗讀，所以我有點時間可以振作一下。我從小說的中段挑了一段，這是個獨立完整的小段落，對讀者來說可以當成一個很輕鬆的切入點，最重要的是，這是其中一個大部分都由我撰寫的場景，這些是我

的句子，我的才華。

「奉派來指揮阿龍這個小隊的英國軍官，似乎一直都很擔心這些外國人隨時隨地都會反抗他，」我的聲音起初顫顫巍巍，不過慢慢平穩了下來，我咳起嗽，從水瓶啜了一口水，然後繼續往下讀，我沒事的，我可以的，「『好好管好他們。』他派駐到這裡時他的同事曾建議道，『他們工作沒什麼問題，但你得確保他們不會惹麻煩』，所以他下令這些人不准離開他們鐵絲網圍住的區域，什麼理由都不行，除非經過特別許可。於是阿龍在法國度過的前幾個禮拜，只好躡手躡腳閃過各種警報和會絆倒人的鐵絲，同時心想：如果他是來這裡幫忙打仗的，那為什麼會遭受像囚犯一樣的對待。」

一切都進展得很順利，你可以看得出自己掌控全場，某種肅穆的靜默、某種張力出現了，彷彿你緊緊吊著每個人的胃口，還把繩子越拉越緊，我的聲音平順流出，清晰、有魅力、又有點飄顫，恰好讓我顯得柔軟且具有人性，卻依然鎮定。而我也知道我穿著灰色絲襪、棕色靴子、我特別為今晚挑選的緊身紫紅色高領毛衣，看起來肯定美極了，我是個認真的年輕作家，我是個文學新星。

我念完時全場響起熱情的掌聲，問答環節也同樣順利，問題要不是很好接，讓我有機會炫耀（「妳研究一個這麼冷門的歷史主題，該怎麼跟正職平衡？」、「妳是怎麼讓書中的歷史設定感覺起來這麼豐富又容易理解的？」），就是明目張膽在拍馬屁（「妳這麼年輕就這麼成功，是

怎麼繼續保持很接地氣的？」、「簽下金額這麼大的出版合約後，妳有感受到任何壓力嗎？」）。

我的回答都有趣、有邏輯、深思熟慮、謙虛：

「我都不知道我有在平衡什麼，我還是搞不清楚今天到底禮拜幾，今晚稍早我還忘了我自己的名字呢。」哄堂大笑。

「當然啦，我大學時寫的所有東西都是徹頭徹尾的垃圾，因為大學生根本就不知道該怎麼寫作嘛，只會寫身為大學生的浪漫。」更多笑聲。

「至於我撰寫歷史小說的技巧嘛，我認為我是從賽迪雅．哈特曼所謂的批判性虛構技巧中得到靈感的，這是種寫作方法，目的就是要格格不入、違背常理，要在我們覺得抽象的檔案歷史紀錄中，注入同理心和寫實性。」意味深長又欽佩的點頭讚許。

他們愛死我了，一秒也沒辦法把目光從我身上移開，他們是為我而來的，我說的一字一句他們都會緊緊抓住，他們全心全意為我神魂顛倒。

而有史以來第一次，這一切真的感覺踏實了起來，我成功了，事情發生了，這行得通，我成了天選之人的一員，有力人士認為我算是個咖，我因為我和聽眾之間的關係整個嗨到不行，他們笑我就跟著笑，也跟著他們問題的用字遣詞唱和。我忘了我預先準備好的假掰回答，現在完全是掙脫了束縛，而從我嘴裡吐出來的每一個字都處處機鋒、討人喜歡、引人入勝。我帥翻了。

接著我看見了她。

就在那裡，就在前排，有血有肉，彷彿投下她自己的陰影，這麼切實又臨場感十足，我絕對不可能是在妄想。她圍著條祖母綠披肩，這是她的招牌造型之一，且用一種讓她的肩膀看起來集纖細、脆弱、優雅於一體的方式，環繞在她苗條的骨架上，她優雅地縮在塑膠折疊椅上，並將閃閃發亮的黑髮撥到肩後。

是雅典娜。

我耳中的血流如雷乍響，我眨了好幾次眼，迫切希望她只是個幽靈，但我每次重新睜開眼睛，她都還在那裡，用她莓紅色的明豔嘴唇饒富興味地衝著我笑。**是 Stila 牌 Stay All Day 系列的唇膏**，我腦中冒出這個狂野的想法，因為我就是知道，因為在新書發表會之前，我讀了十幾遍雅典娜在《Vogue》上分享化妝技巧的那篇蠢文章，**Beso 牌的粉底**。

冷靜一點，搞不好有其他解釋，也許是她的姊妹，某個跟她長得一模一樣的人，堂表親，還是雙胞胎？但是雅典娜並沒有半個姊妹，她這一代也沒有任何遠親，她媽媽已經很明確表示過了，**就只有我跟我女兒相依為命**。

咒語破除。我頭暈目眩、口乾舌燥，七零八落結束剩下的問答，我已經完全失去我對聽眾擁有的駕馭力了，某個人問我，我在耶魯時有沒有什麼課堂作業影響了《最後的前線》，而我突然之間竟想不起來我修過的半堂課名。

我不斷往下瞥向雅典娜，滿心希望她會消失，希望她只是我的想像力搞出的把戲而已，但每次我望去她都還是**好端端坐在那**，用她那種冷酷又難以捉摸的方式看著我，評斷著從我口中說出的每一個字。

接著時間到了。我坐著等掌聲結束，想盡辦法試著不要昏倒，書店經理引導我到簽名人龍最前頭的一張桌子旁，而我在臉上硬擠出笑容，跟一個讀者接著一個讀者打招呼。面帶微笑、眼神接觸、閒聊一下、同時在不要拼錯自己名字以及署名對象名字的情況下簽好一本書，這可說是門藝術，我現在已經在書上市前的預簽活動上累積了一些經驗，而在狀況好的時候，我完全可以搞定一切，只會出現一兩次尷尬的沉默而已。可是今天，我一直笨手笨腳的，我問了同一個人「所以說，你今晚過得還好嗎？」兩次，還把其中一個讀者的名字簽得有夠醜，醜到書店直接免費讓他換一本。

我怕死雅典娜可能會手上拿著書出現在我面前了，我不斷探頭在隊伍中尋找她的祖母綠披肩，但她似乎人間蒸發了。

難道沒有半個人注意到嗎？只有我看見她嗎？

書店的員工看得出來有什麼事情不對勁，他們沒有先諮詢我，便催促剩下的排隊人潮加快腳步，並提醒所有人長話短說，因為時間已經不早了。我們終於結束時，他們也沒有約我去吃晚餐或喝一杯，僅僅是跟我握了握手，然後說謝謝我來而已，書店經理提議說要幫我叫台Uber

回我的公寓，我心懷感激地接受。

回到家後，我把鞋子踢掉，然後整個人蜷縮在床上。

我的心怦怦狂跳，呼吸也又淺又快，腦中的嗡嗡聲大到我幾乎都聽不見我自己的想法了，我的腦子底部也隱隱抽痛，彷彿靈魂不斷出竅又回來，我可以感覺到恐慌發作即將來襲，不，不是來襲，簡直是**大爆走**。我過去一小時已經默默經歷一次發作了，但直到現在才身處一個足夠私密的環境，能夠體會各式完整症狀，我的胸口緊縮，視野也退縮成針孔狀。

我試圖將蓋莉醫生教我的清單逐項執行，我看見什麼？這條米色的棉被，一邊有我的粉底和睫毛膏弄出來的一條一條污漬。我聞到什麼？我今天中午叫的韓國菜，現在還放在桌上，因為我在活動開始之前實在太六神無主了，根本就吃不下，還有我鼻子底下剛洗好的床單散發出的乾淨清潔劑味。我聽見什麼？外頭的車聲，我耳膜裡自己咚咚咚的心跳聲。我嘗到什麼？臭掉的香檳，因為我剛發現今早喝剩的半瓶。

這一切全都讓我稍微冷靜了一點，但我腦中仍舊萬馬奔騰，胃也還是因為噁心想吐而縮成一團，我應該要想辦法起來去浴室的，至少應該沖個澡然後把臉上的妝卸乾淨，但我實在頭暈目眩到起不來。

我反而是伸手拿起手機。

我在推特上搜尋雅典娜的名字，接著是我的名字，然後是我們兩個的名字一起出現的組

合，只有名、只有姓、姓跟名一起，有標記、沒標記，我搜尋有沒有人提到政治與散文書店，我也搜尋了每一個我記得名字的書店員工的推特帳號。

但卻一無所獲。看見雅典娜的人就只有我一個，推特上的所有人在聊的只有這場活動辦得有多讚、我聽起來多熱情又多口才流利、他們讀《最後的前線》時又有多興奮難耐。而我搜尋「茱恩＋雅典娜」的結果，在過去一小時內只找到一則新貼文，我認為應該是某個讀者發的：

茱妮帕・宋今晚朗讀的《最後的前線》段落，實在是超級讚的，而且她為什麼會覺得這本書是在向她的朋友致敬，背後的理由也昭然若揭，確實，她提到她的創作歷程時，感覺就像是雅典娜・劉的鬼魂，也正和我們一起坐在台下聆聽。

七

隔週三，我攻佔《紐約時報》暢銷書榜第三名，丹妮拉傳電郵來通知我這個消息：**恭喜妳，茱恩！這邊大家都不意外，但我知道妳很焦慮，所以這就是正式證明啦。妳做到了：）**

布雷特幾分鐘後也傳訊息來，**唷呵呵呵！**

公關部門的艾蜜莉也在推特上大宣傳，這引發了一陣令人開心的推特貼文、ＩＧ發文、各種私訊，伊甸出版社的官方帳號也把我標記在一篇推特貼文裡，還附上那張兩名女士在一瓶香檳旁跳上跳下的ＧＩＦ圖片，**茱妮帕·宋，紐約時報暢銷作家！**

我的天啊。

我的**老天爺**啊。

這就是我一直以來想要的一切，我們從預購的數量就已經知道我有很高的機率會打入暢銷榜，但是看到證據白紙黑字印出來還是讓我狂喜了好一陣子，這就是我獲得認可的證明，我是個暢銷作家了，我成功啦。

我整整半個小時都坐在書桌前，茫然瞪著我的手機，看著越來越多的恭賀訊息湧入，我想打給某個人，然後把我滿心的喜悅尖叫給他們聽，但我不知道該打給誰，我媽才不在乎，或者她只會假裝在乎，並問一些暢銷書榜是怎麼運作的蠢問題，這會讓我感覺更差，洛莉會替我開心沒錯，但她不會理解這為何是個這麼大的成就。我通話紀錄往下數的第四個名字是某個前任，他工作剛好來華盛頓特區出差，打給我是想約炮，我當然不可能告訴**他**這種事，而我也沒跟半個作家朋友夠熟，這個消息怎麼樣都會變成無差別炫耀，但告訴我的非作家朋友也不會帶來什麼滿足感，我想要的是某個瞭解這些事，真正知道這**真他媽是件大事**的人。

我花了一分鐘才發覺，我本來應該會去電的第一個對象、唯一能夠理解這個消息的價值、又不會報以小氣的嫉妒或虛偽的支持的人，其實是雅典娜。

恭喜妳啦，我告訴她的鬼魂，因為我負擔得起這樣的慷慨大方，因為到了現在，她出現在我新書發表會上令人困擾的景象已經褪色，被我眼下惡毒的愉悅給擠到了記憶的邊緣。此時此刻，我已經很容易就可以把那幅景象歸咎於緊張兮兮的幻覺，而徹底遺忘發生過這件事還更簡單呢。

於是我沒有打電話給誰，而是直接發推特告訴大家這個消息，我寫了一篇很長的貼文，有關為什麼打入暢銷榜對我來說意義重大，特別是在我第一本書的失敗之後，有關在出版業中又長又痛苦的浮沉打拼，一切終於、終於獲得回報了。**並不是每個人都能在一夕之間成為暢銷作**

家，我提出睿智的觀察，**對我們之中的某些人而言，這需要多年的辛勤努力、希望、夢想，我總是希望屬於我的時刻會降臨。而現在，就在此時此刻，我想屬於我的時刻真的到來了。**

大量的按讚和恭喜回覆，正好就是填補我的空虛所需要的東西，我坐在我的螢幕前，看著數字不斷往上飆高，享受著每一次我又有一波通知響起，就會出現的一絲血清素爆衝。

最後，我終於得去尿個尿，這迫使我把視線從螢幕上扯開，我起身時，也從Baked & Wired麵包店點了一盒十幾個杯子蛋糕，叫他們今天有賣的口味全都給我來一個。蛋糕送來後，我拿了支叉子坐在地板上開吃，直到嘗起來有味道為止。

*

《最後的前線》以第六名之姿又在榜上撐了一個禮拜，再下個禮拜則是第十名，之後就穩坐在那一整個月了，這代表我擠上榜並非意外，我賣得很好，也賣得很穩定，伊甸出版社在我預付金上的投資沒看走眼。我呢，用所有可能的標準來衡量，都是一大成功。

一切都不一樣了。我現在已經躋身一個截然不同的作家階層，光是下個月一個月內，我就收到了五六個邀請，請我去各種不同的文學活動上演講，而參加過幾個之後，我發覺我還滿享受的。我以前其實很討厭這類場合，大牌作家的聚會，頒獎典禮、研討會、各種活動，都像是中學開學第一天，但是還更糟糕，因為酷小孩們真的就是那麼酷，而世界上最丟臉的事莫過於

你因為書賣得不夠多本、沒有獲得足夠的行銷、好評也不夠多，就被排擠在某個對話圈之外，其他所有人也都不會把你當個人看。在我頭幾次參加的某個文學研討會上，我一臉害羞地跟某個我從中學起就很愛讀他作品的作家自我介紹，但他竟然對著我的名牌瞇起眼睛，碎念著說「噢，我不覺得我有聽過妳的大名」，然後就立刻轉過身去。

而現在一夕之間，我已經夠有份量可以受到正視了，現在，酒吧裡的男生會跟我搭訕並請我喝酒，（我們把文學活動的喝酒行程稱為「酒賽」，是個讓等了一整年的人們可以貼近廝混的水坑，還可以互相較勁預付金多寡和再刷的本書及次數）。某個小出版社的編輯在廁所堵到我，跟我說她有多愛我的作品，簡直是頭號粉絲，影視經紀人給我他們的名片，並鼓勵我保持聯絡，而那些從我的第一本小說一敗塗地之後，就開始冷落我的作家們，也表現得好像我們是最好的朋友一樣，**噢，我的天啊，妳過得如何啊？時間真的是過很快耶，嗯？嘿，妳會考慮幫我下一本書推薦一下嗎？妳可以把我介紹給妳的編輯嗎？**

在今年夏天的BookCon上，你可以把這想成是出版業的畢業舞會啦，我也收到好幾個會後派對的邀請，就在賈維茲中心附近，我在那被人傳來傳去，介紹給一連串一個比一個還更重要的業界人士，直到我發現自己身處丹妮拉和她旗下的其中三個暢銷作家之間：瑪妮・金伯，她寫了好幾本暢銷書，主角是名性感的金髮女服務生，負責打擊超自然犯罪，還有在各式骯髒破舊的酒吧裡跟吸血鬼談戀愛；珍・沃克，她才剛上完《今日秀》暢談她的回憶錄，寫的是在她

如何在三十歲之前就成為有錢有勢的執行長；海蒂．史提爾，一個嚴肅卻美麗的羅曼史小說家，我小時候在Target大賣場的書架上就看到過她的作品了。

「是我亂猜的，還是說剛出道的作家真的都越來越年輕啦？」瑪妮問，「他們看起來跟孩子沒兩樣。」

「這年頭他們大學一畢業就有人簽走啦，」海蒂搖了搖頭，「無意冒犯，茱恩，我的羅曼史社團有個女孩還在念大二咧，她甚至都還沒大到可以喝酒。」

「不過，這樣真的好嗎？」珍也問道，「他們都還沒時間長好額葉，就給他們出版合約耶？」

「上次還有一個簽書時來排隊，問我能不能幫忙推薦，」珍繼續說，「你們敢信嗎？是我從來都沒聽過的書，某個我也從來沒聽過的小出版社出的，她就這樣拿著一本裝訂好的試讀本跑來找我，滿臉笑容，彷彿我會二話不說答應一樣。」

瑪妮一聽驚恐地顫抖起來，「那妳怎麼說？」

「我說我包包裡沒空間裝紙本書了，但她可以請她的經紀人寄EPUB檔給我的經紀人，但我當然永遠都不會打開啦，」珍發出了一個**嗚呼**的聲音，「直接丟到資源回收筒去。」

她們全都笑成一團。

「還真是高招。」海蒂說。

「對他們好一點啦，」瑪妮說，「他們又沒有行銷支援，可憐的小傢伙。」

「是啊，真的很慘，」丹妮拉也嘆了口氣，「我真的很討厭看到這些小型出版社簽到很棒的小說，卻只是讓他們羊入虎口。」

「真是殘忍，」珍說，「他們的經紀人應該更瞭解的才對，這個產業就是吃人不吐骨頭。」

「對啊，我也這麼**覺得**。」

我們全都點頭贊同，並啜著酒，因為我們並不屬於不幸的多數而鬆了口氣，話題接著轉向那間最近炒掉一半員工的獨立出版社，包括所有的編輯，只剩一個資深的，還提到他們旗下的作家，是不是該留在這逼近的大洗牌中碰運氣，或是想辦法收回版權，然後跳船到另一間出版社去。結果呢，出版業的八卦其實還滿有趣的嘛，當你是在對別人的不幸瞎猜臆測的時候。

「所以說，妳是為什麼會對一戰華工產生興趣的呢？」瑪妮問我，「在妳的書推出以前，我從來都沒聽過他們。」

「大部分的人都沒聽過啦。」我挺得意的，因為瑪妮竟然還知道我的書是在講什麼而受寵若驚，但我不會繼續探問她的想法，作家之間這樣才有禮貌，別問其他人是不是真的讀過你的書，或者只是假裝讀過，「我在耶魯時修了一堂東亞史的課，有個教授在討論的時候剛好提到，我認為竟然沒有半本英語寫的小說是在講這個的，實在很令人震驚，所以就想說，我乾脆自己幫正典來點必要的增補吧。」最前面的部分是真的，其他都是假的，我那門課大多數時間都在念日本藝術史，也就是一堆情色觸手，但對類似問題來說，這仍是個很方便的托辭。

「跟我的作法一模一樣耶，」海蒂驚呼道，「我會尋找歷史之中的縫隙，那些沒有其他人在談的東西，這就是為什麼，我寫了一本主角是商人和蒙古女獵手的史詩奇幻羅曼史，《鷹女孩》，明年會出，我再請丹妮拉寄一本給妳。思考英語圈的讀者還沒有接受過哪些觀點，實在是件很重要的事，妳也知道的吧？我們必須為邊緣庶民的聲音、那些受到壓抑的敘事討個公道。」

「沒錯，」我說，我有點驚訝海蒂竟然知道「邊緣庶民」這個字，「而要是少了我們，這些故事就無人述說了。」

「就是這樣，**說得真好**。」

派對快結束時，我在排隊等著拿大衣的隊伍中，撞見了我的前編輯，他走上前來給我一個擁抱，彷彿我們是最要好的朋友，好像他沒有親手殘忍屠殺我的第一本書寶寶，故意搞得一敗塗地，然後把我一個人丟在外頭自生自滅一樣。

「恭喜妳啊，茱恩，」他邊說邊露出大大的笑容，「有幸看見妳成功真是太讚了。」

過去一年來，我時常在想要是再度遇見蓋瑞特，到底要跟他說些什麼，我還是他旗下的作者時，總是管好自己的嘴巴，不會到處亂說話，我很擔心自斷生路，怕他散播謠言說我根本就難以合作。我曾希望我可以當面對他說他讓我覺得自己有多渺小，還有他那些簡短、無禮、瞧不起人的電郵，是怎麼讓我深信出版社已經放棄我的作品了，以及他是如何用他的漠不關心，讓我差點放棄了寫作這條路。

但是最棒的復仇就是成功給他看。蓋瑞特的出版社正在苦苦掙扎中，除了把那些來自已逝名家文學遺產管理人的作品當成救生艇巴著之外，他已經徹底跟暢銷榜絕緣了，等下一波經濟不景氣到來，如果他就這麼失業的話，我也是不意外。而且我也知道業界的悄悄話背地裡是怎麼說他的，**蓋瑞特・麥金塔原本有茱妮帕・宋在他旗下耶，但他竟然把《最後的前線》拱手讓人，是要有多蠢才會這麼做啊？**

「謝啦。」我說。然後因為我實在忍不住，「我在伊甸出版社得到的支持真的讓我很開心，丹妮拉超讚的。」

「嗯嗯，她很優秀啊，我們在哈潑的時候一起實習過。」他沒有多講細節，只是一臉期待對著我微笑。

我驚覺，他是想要跟我閒聊欸，我才不需要讓他刮目相看呢，我已經夠有料了，**他**是想要其他人看見**我們**在一塊。

「對啊，」我露出緊繃的笑容回答，「她真的很棒。」接著，因為我現在被弄得不太爽，而且也因為我想傷他傷得更重，「她完全懂我的遠見，你知道的，以一種合作融洽的方式，我以前從來沒有跟這麼敏銳又中肯的人共事過，我能成功全都是多虧她。」

他聽懂這番話的暗示了，臉開始臭了起來，我們又聊了些場面話，就是各種稀鬆平常的近況交流，我正在寫新的東西啦，他剛簽下某個他很期待的作者什麼的，接著他就搬出藉口，

「我得閃啦，抱歉，茱妮，但我最好在我的英國窗口離開之前去跟她打個招呼，她只待到週末而已。」我聳聳肩並揮揮手，他於是終於走開，希望他這一走也永遠離開我的人生了。

＊

隔年一月，我收到《最後的前線》的第一份版稅報表，我開始沖銷結算了，意思是我已經賣出夠多本書，收入足以抵銷我本來就頗為可觀的預付金，而且從現在開始，未來的所有銷售我都可以抽到固定百分比的版稅。至於銷售數量呢，如果這份報表可信的話，也實在是相當驚人。

我本來到目前為止都還很不敢花掉預付金的，我讀過夠多警世寓言，知道預付金很快就會乾涸，也不保證能夠沖銷結算，或是確保下一紙書約的預付金金額能夠逼近第一本書。話雖如此，我這個月還是好好寵了一下自己，我買了一台新筆電，終於，是一台MacBook Pro，不會在我每次想要開一個超過兩百頁的Word檔時，就發出可怕的怪聲然後自動強制關機；我也搬到另一間更棒的公寓，雖然不像雅典娜在杜邦圓環那邊租的那麼花俏時髦，不過也已經夠棒了，每個來拜訪的人都會以為我是不是繼承了一筆遺產。我去了IKEA，想要什麼就訂什麼，連看都不看價錢，還霸氣付了額外的運費，讓所有東西都直接送來我家，並在TaskRabbit網站上媒合了兩個超帥的大四生來幫我組裝，我讓他們隨便跟我調情，我小費也給得很闊綽。

我還買了個烈酒櫃，我現在也是那種擁有烈酒櫃的人了。

我也寫了張支票，全額還清我剩下的學貸，舔了舔信封黏好後，就寄去給教育部，我這輩子再也不會收到Nelnet寄來催繳學貸的電郵了，感謝上帝。我辦了健保，去看了牙醫，而當我發現得付個幾千塊美金，才能拔掉這所有之前沒檢查出來的蛀牙時，我眼睛連眨都沒眨就付清了帳單。我還去看了家醫科醫生，雖然我根本就沒半點毛病，就只是去健檢一下，就只是因為老娘有錢。

我開始買高級威士忌，即便我喝威士忌時總是會想起雅典娜和那什麼白癡老派喝法，我也開始會在全食超市買東西，並對他們的墨西哥辣椒玉米麵包上癮。我開始在品牌outlet買衣服，而不是慈善二手商店，也把我便宜的Etsy飾品都給扔了，同時不再穿戴任何製作過程有道德瑕疵、不環保永續的珠寶。

而報稅季來臨時，我跑去請我姊洛莉替我處理，她是個會計師，我把我今年的報稅單寄給她，她幾分鐘內就回說，**夭壽哦，妳認真的嗎？**

超他媽認真，我回她，**早跟妳說過寫書是會出頭天的吧**。

*

我也確實知恩圖報。我說我想對亞裔社群做出正面貢獻時，並沒有在說謊，我開了張兩千

塊美金的支票給亞美作家協會，跟我先前承諾的一樣，而只要我的版稅表現都還是這麼好，那我也會繼續每年固定捐獻。我也欣然接受了擔任「新人作家神仙教母」組織導師的請求，這個計畫會將少數族裔作家跟已出道的作家配對，導師進而能夠引領他們度過在產業中面臨的種種波折。

我很高興能夠放送我的慷慨，雅典娜就從沒努力過把梯子往下遞給其他跟她一樣的有色人種作家，真要說的話，她還覺得他們很煩呢，「我的信箱隨時隨地都充滿那些自以為能當作家的人，以為我會花好幾個小時寫信給他們建議啊，就只因為我們大致上擁有同樣的種族背景嗎？」她曾這樣輕蔑地抱怨道，「『嗨劉小姐，我是個高二生，而同樣身為亞美女性，我真的很崇拜您』，閉嘴啦，你根本就一點也不特別，一塊錢就能買到一大把。」

雅典娜似乎對於亞美作家滿心欽佩圍繞在她身旁這件事，不只是有點不爽而已，她好像本身就主動鄙視他們，每當我提起媒體將哪些出道作和她的相提並論，她就一臉嫌棄，她會在那嘴賤抱怨這些小說都缺乏原創性、太過做作、太明顯迎合市場上特定的小眾族裔了，「去寫點別的東西不會哦！」她如此抱怨，「沒人想要又一個自我感覺良好的移民故事啦，可憐哪，大家覺得你的午餐很臭嗎？他們會取笑你的眼睛嗎？天啊，這我以前全部都讀過了，根本就一點原創性也沒有。」

搞不好這是什麼「高處不勝寒症候群」吧，我以前曾經在哪邊讀過，意思是假如有其他跟

他們一樣的人開始成功，那麼身處邊緣群體的成員就會覺得受到威脅。我自己也曾經體會過，每一次我看到出版業界宣布某個年輕女孩的出道作大轟動，我都想把我的眼睛挖出來算了。也許她是害怕某個人會取代或超越她。

但我一定會比雅典娜還更有品，我是會友善互助其他好姊妹的姊妹。

我配對到的是一個名叫艾咪．曹的女孩，她寄了封熱情洋溢的電郵給我，說她有多欣賞我的書，艾咪住在舊金山，所以我們第一次導師時間是在Zoom上進行的。她滿漂亮的，有種稚氣純真的感覺，就像隻可愛的小兔子，像卸下防衛的雅典娜，而我本能般湧起一股衝動，想要把她納入我的羽翼下保護。

她跟我講了她手上正在進行的作品，是本成長小說，主角是一名九〇年代在中西部長大的酷兒韓裔美籍女孩，大量取材自她自身的經驗，「有點像是那部電影《青春未知數》，妳有看過嗎？」她有個很討人喜歡的習慣，每次她講完一個句子都會把頭髮塞到耳後，「我有點擔心，妳知道的，業界對這類故事沒那麼感興趣。就是，成長過程中，我從來沒在書架上看過這種書，而且這比較像是一本平淡的反思式文學小說，不是什麼，嗯，緊張刺激的驚悚小說，所以我也不知道……」

「我不覺得妳有什麼好擔心的，」我向她保證，「真要說的話，現在在出版界，身為亞裔反而比以前都還更有機會出頭呢。」

她眉頭一皺，「妳真的這麼認為嗎？」

「千真萬確，」我回答，「多元性是現在最好的賣點，編輯們對於來自邊緣群體的聲音都**如飢似渴**，妳會因為與眾不同得到很多機會的，艾咪。我是說，一個酷兒亞裔女孩耶？可以在清單上的每個框框都打勾了，他們會對這份稿子垂涎三尺。」

艾咪緊張地笑了笑，「呃，好喔。」

「就全力以赴去寫吧，然後就交出去，」我說，「妳會成功的，我保證。」

我們又聊了一會她的投稿過程到目前為止還好嗎（很多人有點興趣，不過還沒有什麼真正正式的出價），以及她對稿子的感覺（她對她的敘事聲音很有信心，但不確定她是不是嘗試太多重疊的時間線了）。

隨著這一小時即將結束，艾咪清了清喉嚨，並說道：「呃，如果妳不介意我問的話，請問妳是白人嗎？」

我的震驚肯定全寫在臉上，因為她馬上道起歉，「抱歉，我不知道能不能這樣說，我只是，嗯，就是說，**宋**，這有點模糊，所以我只是想要確認。」

「我是白人沒錯。」我回答，但口氣比我想得還要冷淡。她是在暗示什麼？是覺得除非我是亞裔，不然就不能當她的好導師嗎？「宋是我的中間名，我媽取的。」

「好喔。」艾咪說，又把她的頭髮塞回耳後，「嗯，好的，我只是隨口問問啦。」

八

當然，也是有人看我不爽。一本書越受歡迎，也就會受到越來越多人討厭，這就是為什麼，厭惡露琵・考爾[21]的詩已經變成一種千禧世代的人格特質，我的書在Goodreads上絕大多數的評論都是五星，但那些一星評論都**惡意滿滿**——**沒料的殖民者垃圾**，其中一則寫道，**白女賺人熱淚剝削故事公式的全新進化：複製、貼上、改個名字，然後碰，暢銷書誕生**，另一則這麼說。還有第三則，看起來實在是太過人身攻擊了，根本不可能理性客觀：**真是個自大又討人厭的婊子，一直在那大吹特吹自己讀耶魯很屌，我是在Kindle促銷時買的，敢不敢打賭，我退貨時絕對有把我在這本書上花的二點九九美元每一毛都給拿回來。**

我第一次在推特上被某篇差評標記（**那些宣傳全都誤導我了，永遠不會再讀這個作者的任**

21 譯註：Rupi Kaur（1992-），加拿大新銳詩人，以「視覺詩」於社群媒體上崛起，IG追蹤人數超過四百五十萬人。

何東西）時，我傳訊息給瑪妮・金伯和珍・沃克，我在BookCon會後派對上認識的新朋友，她們給了我號碼，並堅持如果我在業界走跳有什麼問題，絕對要聯絡她們。從那之後，我們的聊天群組名稱很不要臉地取名為「伊甸嬌娃」[22]，那裡就是我在需要支持或想聊業界八卦時的首選去處。

妳們是怎麼熬過在網路上被大家講垃圾話的啊？我問，**真的是讓人心情有夠爛耶，好像他們跟我有仇一樣，彷彿我本人親腳踹過了他們的狗還怎樣的。**

守則一：不、要、讀、評、論。瑪妮跟所有年紀大的女人一樣有個奇怪的習慣，她會額外空格跟大寫強調，雖然我永遠都分不出來這是故意的或者只是打錯字啦，**如果他們狗嘴吐得出象牙，他們就會自己去寫書了，他們就是群可、憐、的、小、爛、咖。**

就讓他們在自己的同溫層裡叫破喉嚨吧，珍回覆，**展現憤怒對他們來說是種聯絡感情的活動，讓他們血清素狂飆。我沒開玩笑，真的有研究在講這個。不要被影響到，他們就是一群沒種的人。**

這還真是金玉良言，但願我心理夠堅強、能夠不要這麼在乎其他人對我的看法就好了，我繼續讀過一則又一則Goodreads上的長篇抨擊、惡毒的推特貼文、刷優越感的Reddit發文，我的Google快訊跳出負面迴響的文章時，我也不斷點進去看，即便光是標題就保證裡面肯定只有自以為是的憤憤不平而已。

我就是忍不住，我必須知道世人對我有什麼看法，我必須描繪出我在虛擬世界中的自我輪廓，因為如果我知道傷害有多大，那我至少能知道自己應該擔心到什麼程度。

最廣為流傳的黑特文，是《洛杉磯書評雜誌》上的某篇書評，作者是名評論家，叫作愛黛兒・史帕克斯—佐藤，我其實還挺欣賞她的作品，因為她很擅長指出其他所有人都吹捧成是「這個世代聲音」的各種小說，其實只是自我沉溺又自戀的鬼話連篇。過去對於雅典娜作品最嚴苛無情的評論，有好幾篇都是她發表的（針對雅典娜的出道作：「在此，雅典娜・劉陷入了新手常犯的窠臼，誤將詩意抒情、自我他者化的句子，當成深邃入微的觀察。不幸的是，就算身為亞裔，你還是可能成為東方主義者，問我的意見？我覺得雅典娜・劉應該要趕快擺脫她自己的『黃熱病』」）。而這一次，她是衝著我來的：

「茱妮帕・宋在《最後的前線》中，錯過了一個絕佳機會，沒有去深入挖掘一段遭到遺忘的歷史，反倒是將數千名華工蒙受的苦難，當作通俗劇和白人救贖上演的場所。」她如此寫道，「比如，她本來可以質問運用基督教傳教士說服不識字的年輕中國男子前往海外工作、最終導致他們死去的這個行為，而這些人在法國受到招募的最主要目的，也都是要教化、馴化、保持中國人乖乖聽話合作，結果她竟然是忝不知恥地讚揚這些傳教士在讓工人改宗信仰基督教

22 譯註：此處原文為Eden's Angels，玩的梗應該是《霹靂嬌娃》（*Charlie's Angels*），因此譯為「伊甸嬌娃」。

上所扮演的角色。《最後的前線》幾乎沒有什麼新突破，而是加入了《姊妹》和《大地》這類小說的漫長隊伍，我將其通稱為歷史剝削小說：是虛假捏造的故事，將令人不適的過去，當作娛樂的佈景及道具，目的便是為了取悅白人。」

隨便啦，愛黛兒算哪根蔥啊，竟然敢在這數落我什麼虛假還真實？她的姓氏「佐藤」不是日本姓嗎？難道不是有一整套完整的論述，在說身為華人和身為日本人，完全是兩種截然不同的經驗嗎？

這個臭婊子愛黛兒是不能他媽去吃點鎮靜劑嗎？我傳訊息到伊甸嬌娃群組。

瑪妮：她的姓名縮寫是「王八」[23]欸……所以應該無法吧？

珍：書評家就是透過拖別人下水建立讀者群的啦，這是他們獲得正當性的唯一方式。這是個超有毒的文化，不要蹚渾水，我們格調沒有那麼低。

還有個UCLA的大學生，名叫金柏莉．鄧，也在YouTube上傳了一支十二分鐘的影片，題為「《最後的前線》裡的所有文化錯誤」，一週內就累積了十萬點閱，我出於好奇看了一下子，但與其說我覺得受到冒犯，不如說我沒有留下什麼深刻的印象。影片中充滿一堆瑣碎的東西，比如「中國士兵放假時才不會吃肉餡餅這種食物」（她是又怎樣能知道他們當時吃什麼

的，還有在什麼時間吃？）或是各種針對角色命名的人身攻擊式細節（「阿凱？她是從香港警匪劇裡找到這個破名字的是不是？」），但這根本就都是雅典娜自己寫進去的。影片的評論也一樣屁話連篇，像是**讚啦啦啦啦爽啦**，跟**天啊白女快滾啦**，還有**笑死**，**那個白女要瑟瑟發抖啦**，而且金柏莉後來竟然還有種跑來私訊我的ＩＧ，問我想不想當來賓上她頻道，我於是從中得到了一點報復的快感，幫她上了一課，指導她最好是透過我的公關人員艾蜜莉來聯繫我比較好，接著指示艾蜜莉理都別理她。

另一個線上引戰魔人，則是一個叫作小陳的傢伙，他在Substack上發了一篇文，認為《最後的前線》根本永遠都不應該出版才對，我其實對小陳的名號還頗為熟悉，雅典娜曾經惡狠狠抱怨過他，而且也滿頻繁的。小陳是前一年因為《Vox》上的一篇文章〈夠多離散文學了〉而一夕爆紅，他文中的主張基本上是，目前這一波華裔美國小說家熱潮中，每個人寫的東西都是垃圾，一點價值也沒有，因為他們根本沒半個人真正經歷過天安門大屠殺或是文化大革命這類事件。而這群甚至連中文都不會講的嬌生慣養灣區小屁孩，以為亞裔的身分認同歸根究柢就是沉迷於珍珠奶茶跟ＢＴＳ，惱人透頂，簡直是在削弱離散文學正典所具有的激進顛覆力量。我曾經見識過他在推特上和其他作家瘋狂互嗆起來，**去學學中文啦**，他會理智斷線狂罵，或是**閉**

23 譯註：愛黛兒的全名為Adele Sparks-Sato，縮寫即為ＡＳＳ。

嘴，被洗腦的西方傀儡，他的慣用手法似乎是把文本裡的一切錯誤，都怪罪於作者的某種心理問題，但這所謂的問題根本就是他隔空診斷來的。以我的例子來說，小陳覺得我之所以撰寫《最後的前線》，是因為我是「許許多多的白女之一，就像那些寫《陳情令》同性配對二創文的白女，不僅對外貌陰性化的亞洲男人擁有一種無法解釋的癖好，以為中國歷史是什麼可以東拿一點、西拿一點的東西，從裡面找到耐人尋味的閃亮亮寶藏，就像擺在角落的上好明代花瓶。」

說實在的，他的酸言酸語簡直讓我差點沒笑死，某些書評足夠冷酷無情和優越感爆棚，我會往心裡去，但這篇真的是**有夠**激動、**有夠**不爽，只不過是揭露了小陳自己的不安全感和深不見底、不知從何而來的滿腔憤怒而已。我想像他在地下室裡弓著身子敲打鍵盤，邊對著根本就不存在的觀眾嘲笑跟吐口水，我在想要是小陳有機會親自跟我本人見面，他會怎麼樣，是直接朝我臉上扁一拳，還是囁嚅著什麼愚蠢的場面話然後落跑呢。像他這樣的人，躲在鍵盤後面總是比較有種啦，真正見面就孬掉了。

珍：那種人就只是無法忍受看到女人成功。

瑪妮：真的是厭女到了極點欸。是說，《陳情令》又是什麼啊？

書中有個場景，大約是在第兩百頁左右發生的，所有批評的人都超級念念不忘的，確實，

所有差評至少寫到第三段就會提到這部分。這個場景講的是安妮．華特斯，我從雅典娜的草稿延伸出來的一個角色，是某個YMCA傳教士的十七歲女兒，她獨自一人來到工人們的營地，發送聖經和耶誕餅乾，那些男人已經好幾個月沒有見到老婆或半個同種族的女人了，因而理所當然色瞇瞇盯著她看。她金髮、苗條、標緻，他們當然是怎麼樣都看不夠囉，其中一人於是問說可不可以親她臉頰，而由於是聖誕假期，她便害羞地允許了。

我認為這個場景很動人，讓我們看見受到語言和種族分化的人們，依然能夠在戰火之中共享一個溫馨的時刻，這個場景也修正了丹妮拉初期對這本小說的一個詬病之處，也就是小說幾乎全程以男性視角為中心，**充滿男子氣概戰爭故事的時代已經結束了**，她當時寫道，**我們必須開始重視女性的觀點**。

雅典娜的原始草稿中並沒有這個吻，在她的版本中，安妮是個處處受到保護又焦躁的女孩，覺得工人們是骯髒又嚇人的惡棍，雅典娜筆下的安妮只跟那群男人說了句冷淡的「聖誕快樂」，並把餅乾留在鐵絲網區的邊緣，然後就膽怯地溜走了，彷彿那群男人是會掙脫牽繩的惡犬，一有機可乘就會把她打死。

雅典娜很顯然是想要點出那些工人從和他們同一陣線並肩作戰的人們身上所遭受的種族歧視，但是這整本書裡已經有很多了，開始讓人覺得拙劣又重複，何不加進一個場景，顯示出跨越種族之愛存在的可能呢？我們難道不能更進一步，而不是僅僅對反異族通婚的觀念提出譴

責？

結果很明顯，這是我所能做出最種族歧視的創作選擇了。

愛黛兒・史帕克斯—佐藤表示：「茱妮帕・宋並未探討法國女性和中國工人的跨種族戀愛所可能遭遇的真正挑戰，反而竟選擇將中國工人描繪成禽獸般的生物，無法控制他們對於白人女性的性慾。」

小陳則表示：**是不是所有白女都覺得我們成天想幹她們啊？想像一下這有多自大。相信我，茱妮帕，妳沒那麼辣**。

「我的下一支影片呢，」金柏莉・鄧拖著要死不活的語氣說道，「會來做一支安妮・華特斯化妝教學，我還會戴著薑黃色口罩跟白人的眼淚哦。」

這一連串討論也催生了「安妮・華特斯迷因」，用無精打采、長相普通的白人女性照片，搭配上引用自書中的圖說：「她是個輕巧優雅的小東西，頭髮是日出的顏色，雙眼則像海洋，她經過時男人們都目不轉睛。」而且這類迷因還有很多都配上了酸民們在網路上所能找到我最難看的醜照。

我想要指出這一切究竟是多麼殘忍惡毒又性別歧視，已經到了瘋狂的程度，但伊甸嬌娃們跟我保證，沉默就是我最好的防禦，**當妳讓這些網路白目知道他們傷到了妳，那他們就贏了**，珍說，**妳不能讓他們覺得自己正中要害**。

由於我不能親自發動任何反擊，我時常會在洗澡時假裝排練反駁。

「事實上，」我告訴我的洗髮精罐子，「單單因為中國人遭到歧視，並不代表他們不可能種族歧視別人，而且其實呢，都有白紙黑字詳細記載當時的中國工人和阿拉伯人及摩洛哥人都處不來，根據我的其中一筆資料，中國人會叫他們『黑鬼』。所以說種族之間的衝突**確實**存在，你們知道的吧。」

而針對指控我美化西方傳教士，我則會回覆，「這就跟廣泛宣稱沒有半個中國士兵在基督宗教裡找到慰藉，是一樣的本質主義嘛，那些傳教士通常都帶著種族歧視跟高高在上的態度，沒錯啊，但是我們從各種紀錄和回憶錄中仍然可以得知，真的有人改宗基督信仰。而反過來說，就只因為他們是中國人，便認為改宗絕對不可能發生，這聽起來也滿種族歧視的。」

對於金柏莉．鄧的白痴騙點閱影片，我會反駁：「說實在的，書中有些場景設定在加拿大還真他媽有點道理，因為那些工人是先坐船去加拿大，再到法國去的，妳查個維基百科就可以知道這件事了。」

我沉浸於想像批評我的人一臉吃驚的表情，他們會發覺光是身為亞裔，並不能讓他們成為歷史專家，這種血緣不能轉化成獨樹一格的知識見解，他們特有的文化虛榮和真實性測試，也只不過是排外的一種形式而已，而追根究柢，他們談到這些事的時候，根本他媽不知道自己到底在講什麼鬼。

我已經如此習慣在腦中進行這些爭論，也做得非常好，於是在我的其中一個黑粉真的當面和我對質時，我早就有了超級充分的準備。那晚，我到麻州的劍橋參加某間獨立書店舉辦的歷史小說作家系列講座，聽眾到目前為止都還頗有禮貌，雖然他們的問題都有點挑戰性就是了。台下大多是哈佛和麻省理工學院的學生，而我因為在耶魯度過的時光，印象頗為深刻，這些名校的大學生，總是以為自己很懂，並且把拆公共知識份子的台當成他們最偉大的成就。至今我已經成功化解過各種問題，有關我改筆名（「就像我之前說過的，我選擇用我的中間名出版此書，是為了要象徵一個全新的開始」）、我的研究過程（我現在已經有一連串背得滾瓜爛熟的標準參考書目了）、我和華裔美國人社群的互動（針對這點，我搬出我在亞美作家協會夏季工作坊出資贊助的雅典娜．劉獎學金大書特書）。

接著有個坐在前排的女生接過麥克風，我在她開口之前就心知肚明，場面一定會搞得很難看，她打扮得活脫脫就像那些右派迷因裡的社會正義戰士：染成紫色的頭髮剃掉兩邊、戴著鬆垮的毛帽、編織的保暖袖套、背心上還有十幾個別針和徽章，宣示她對BLM、BDS[24]、AOC[25]的忠誠。（你看看，我們這邊全都是自由派哦，但真的是**別鬧了**）。她臉上掛著一種喘不過氣的狂熱表情，彷彿她已經等了一輩子，就在等這次機會拆我的台。

「嗨，」她說。她的聲音顫巍巍了一陣子，可見她並不習慣在一群真人面前引戰，「我是華裔美國人，而我在讀《最後的前線》時，我認為……我是說，我在其中發現了許多非常痛苦的

歷史沒錯。我想要問妳的是，妳為什麼覺得對一個白人作者來說，這麼做是可以的，我意思是，由一個並不是華人的作者，來撰寫一個這樣的故事，並且從中獲利？妳為什麼認為妳是正確的人選，有資格講述這個故事？」

她放下麥克風，雙頰緋紅，她因為這件事可爽的呢，她無疑認為這是什麼嚴重的公開指控，以為我是第一次聽見這樣的反對，也難怪全場都屏氣凝神，在我們兩人之間輪流互看，彷彿期待我們直接大吵一場。

但我早就準備好答案了，自從我開始寫這本書起，我就準備好這個答案了。

「我認為開始審查作家應該寫什麼，又不該寫什麼，是件非常危險的事情，」我霸氣開場，而這使得人群之中傳來一些贊同的咕噥，但我依然看見不少懷疑的臉孔，特別是來自在場的其他亞裔聽眾，所以我繼續說道，「我很討厭在我們所生活的世界裡，大家會根據某個人的膚色，告訴他們應該寫什麼，又不該寫什麼。我是說，把你們現在說的話顛倒過來，然後聽看看成何體統啊，難道一個黑人作家不能寫一本由白人當主角的小說嗎？那每一個描寫二戰，卻

24 譯註：即抵制、撤資、制裁（Boycott, Divestment and Sanctions）三字的縮寫，是就巴勒斯坦議題向以色列政府施壓的全球性社會運動。

25 譯註：應是指美國民主黨政治人物亞歷珊卓・奧加修—柯提茲（Alexandria Ocasio-Cortez，1989-），支持民主社會主義，為該黨新世代的女性代表人物。

根本沒經歷過那個年代的作家，又怎麼說呢？你可以根據文筆以及對歷史的呈現，批評針砭某部作品，這是當然，但我看不出理由何在，假如我願意花心思研究，為什麼我就不能處理這個主題呢？而如同你們在文本中所見，我確實下功夫研究過，你們可以去查我的參考書目，可以自己去事實查核啊。同時，我也認為寫作基本上而言，是一種同理的練習，閱讀可以讓我們設身處地活在別人的人生中，文學則會搭起橋樑，讓我們的世界變得更大更廣闊，而非更狹隘。至於從中獲利的問題，我是說，難道每一個處理黑暗深沉主題的作家，都應該要因此感到內疚嗎？難道創作者不應該獲得相應的報酬嗎？」

從其他人的苦難中獲利，天啊，這樣講也太沒血沒淚了吧，雅典娜以前也對這點很掙扎，不過是以一種公開又假掰的方式。

「我之所以能夠講述這個故事，完全是因為我的父母和祖父母輩曾經真正經歷過，這讓我在道德上感到困擾，」她某次告訴《出版人週刊》，「有時候我感覺也真的像是在剝削他們的痛苦以獲得自己的利益。我試著用一種向他們致敬的方式書寫，但我依然深知，我能這麼做，完全只是因為我是享有特權又幸運的一代，我有餘裕可以回首過往、沉浸其中，並講述這個故事。」

拜託哦，我總是覺得這番話是在逃避責任，根本就不需要在那裡假掰矯飾，我們全都是禿鷹，而我們其中某些人，我在這裡指的就是雅典娜啦，只不過是更擅長尋找故事裡最有料多汁

的部分而已，更會扯開骨骼及軟骨，找到血淋淋的軟嫩心臟，然後把內裡全都掏出來供人觀賞。

當然，我告訴一群入迷的聽眾，當年英國軍官有權限直接當場射殺鬧事的工人以鎮壓騷動，我心裡也多多少少有點不舒服，描述這種事情感覺既駭人聽聞又不對勁，如同我因為雅典娜之死的貼文得到一大堆讚，感覺也哪裡怪怪的。可是說故事的人就是背負著這種宿命，我們成了這些怪異奇觀之中的節點，負責大喊「快看！」，但大家卻只敢從指縫間偷窺，無法直面黑暗，我們清晰表達的，是其他人甚至都無法分析理解的東西，我們替無從想像的事物賦予了名字。

「我認為我對於自身書寫出的悲劇所感到的不適，在在說明了人類這個群體更巨大的不適，甚至不願承認這種事情真的發生過，」我如此作結，「而極其不幸的是，每個寫戰爭小說的人，都得面對這樣的命運。但我不會讓這阻止我講述其他受到塵封的歷史，總是要有人挺身而出。」

稀稀落落的掌聲傳來，不是所有人都同意我的看法，但也還好，至少沒半個人噓我，面臨這種提問，沒人噓本身就算是種勝利了。那個社會正義戰士女孩看起來還有更多話想說，但書店員工已經把麥克風遞給下個讀者了，那個讀者想知道我是從何處、透過何種方式獲得靈感。我露出微笑，一手托著下巴，然後開始吐出另一個經過完美排練的答案。

誰有資格書寫苦難呢？

*

我有次曾和雅典娜去史密森尼美國國家歷史博物館，看一個韓戰的展覽，當時我還在騙自己我們有可能變成好朋友，我完成「為美國而教」的工作規定的年限後，剛搬到華盛頓特區，我也知道雅典娜因為她在喬治城大學的獎學金，幾個月前已經先搬過來了，於是我興高采烈聯絡她，問她要不要一起出來。她回說她早上要工作，不過下午會去博物館看展，如果我也一起去那就太好了。

參觀韓戰展覽並不是我週五下午首選的消遣活動，但雅典娜想要跟我出去耶，而當時只要雅典娜對我有任何一絲關注，我都還是會覺得有點又驚又喜，所以我和她約三點在大門口集合。

「我真高興妳也搬來了！」她用她那種蜻蜓點水又疏離的方式擁抱我，感覺就像她是什麼超模，已經抱過一整排上百個粉絲了，害她現在不再知道該怎麼好好強調擁抱這個動作了，「我們進去吧？」

「噢，好啊，當然。」就這樣，沒有閒聊，沒有**妳最近過得如何啊**？就只是快速擁抱一下，然後我們就直接走進去參觀博物館的特展了，主題是韓戰時受困北韓的美國戰俘經歷。

我一開始以為這是在開玩笑，**噢，傻瓜，妳該不會以為我真的想在這座悶熱的舊博物館裡閒逛，而不是和妳敘舊吧，認真嗎**？又或者，最好的情況是，我們只會在這裡待個幾分鐘，等她看完不管她想看的什麼，我們就可以轉戰到某間涼爽有冷氣的酒吧，邊啜飲水果調酒邊閒聊什麼，比如說人生跟出版業之類的。但情況很快就變得很明顯，雅典娜想要整個下午都在這裡消磨，她在每一個真人大小的黑白人形立牌前，都會站上十分鐘或更久，邊讀主人翁的人生故事邊用氣音低語，接著她會用手指碰碰嘴唇，嘆氣，並搖搖頭，有次我甚至還看到她把一滴眼淚抹掉呢。

「想像一下，」她一直碎念道，「這麼多生命逝去，這麼多苦難發生，竟都是為了一個他們甚至都不知道自己是否相信的理由，就只因為他們的政府深信骨牌效應是真的，天哪。」

而我們移動到下一件展品後，這整個過程又會全部再重複一次，這裡我們讀到的是受徵召的十九歲軍人瑞奇・邦恩斯最後一封留存於世的信件，他在鴨綠江染上白喉病時，囑咐朋友將他的軍籍牌帶回去給媽媽。

雅典娜就是不肯住嘴。一開始我以為搞不好她就真的只是敏感到不行，她只要聽聞其他人遭逢的苦難，就一定會把自己代入、產生劇烈感受，真他媽是聖女再世。但在看展過程中，我注意到她在一本Moleskine上抄東西，結果原來這全是為了某個寫作計畫在做研究。

「真的是太慘了，」她低聲說道，「他的遺孀才十七歲，根本就還是個女孩，而且已經懷上

他的女兒了，女兒卻終其一生都見不到父親。」諸如此類的一直講一直講，我們龜速逛過展覽，雅典娜每塊展板跟立牌都非得要仔細看，還動不動就表示某個故事究竟是因為哪一點才這麼悲劇性。

最後我終於再也受不了她講話的聲音了，所以我晃到其他地方細看展示的軍服，但我離開展場時卻找不到雅典娜，有那麼一瞬間，我以為她就這麼扔下我了，然後我看見她坐在一張小凳子上，身旁是某個坐輪椅的老人，並在他對著她的奶子講話的時候邊在筆記本上狂抄猛抄。

「那麼您記得那是什麼樣的感覺嗎？」她問他，「您可以替我形容一下嗎？您想得起來的一切都好？」

耶穌基督啊，我心想，**她還真是個吸血鬼**。

雅典娜對苦難很有一套，這項技能在她所有大受歡迎的作品中都展露無遺，她可以看穿種種事實和細節的汙穢及泥濘不堪，看見背後血淋淋的故事，她像蒐集貝殼一樣蒐集這些真實的敘述，拋光打磨，然後再用尖銳又閃閃發光的方式呈現，使讀者既恐懼又陶醉其中。

那次去看展不怎麼愉快，但我也不意外就是了。

我以前就見識過雅典娜偷東西。

她八成連想都沒想過這樣算是偷竊吧，她描述的那種方式，認為這種過程並非剝削，而是某種神祕又深邃的東西，「我試著在一片混亂中理出頭緒，」她某次這麼告訴《紐約客》，「我

認為我們在課堂上學習歷史的方式，實在彷彿是在無塵室裡，這使得那些掙扎感覺極其遙遠，好像永遠不會發生在我們身上，好像我們永遠不會做出教科書上的那些人所做出的同樣決定。我希望把這些血淋淋的歷史搬上檯面，我想要讓讀者能夠面對事實，知道這些歷史依舊和現況相當接近。」

說得很優雅，甚至還算得上崇高，當你這樣措辭，這就不是剝削，而是種志業了。

但告訴我啊，說真的，雅典娜和其他任何人相比，難道更有資格和權利講述這些故事嗎？她根本就從來沒有長期定居在中國過，一次只待幾個月而已，她也從來沒去過戰區，從小在英國的私立學校受教育跟成長，學費是她父母在科技業的工作支付的，還會去南塔克特島和瑪莎葡萄園島避暑，成年之後則是在紐哈芬、紐約、華盛頓特區等地生活。她甚至連中文都不太流利，她自己都曾多次在訪談中承認她「在家裡只會說英文，為了更深入同化和融入」。

雅典娜會在推特上講什麼亞美裔的再現很重要，為什麼模範少數的迷思是錯的，因為亞裔在收入光譜的底端和高處的分布都超出比例，亞裔女性為何持續受到性化和物化並成為仇恨犯罪的受害者，亞裔又是怎麼默默受苦受難，因為他們對白人美國政客來說，根本就不是一個真實存在的選民票源。接著她會回到那間位於杜邦圓環的公寓，坐下來一邊用那台上千美金的仿古打字機寫作，一邊啜飲她的出版社因為版稅開始沖銷結算而寄給她的昂貴麗絲玲白酒。

雅典娜本人根本從來沒受過苦，她只是靠這發了一大筆橫財而已，她後來根據在那次展覽

中蒐集到的資料，寫了一篇獲獎的短篇故事，題為〈鴨綠江邊的呢喃〉，她甚至根本不是韓國人耶。

九

劍橋的事件在推特上燒起一場規模不大的爭議，平常出現的慣犯都參與了，很多貼文用程度不一的憤怒提到事發經過，也很多人帶著自己的意見來參一腳，大多數都是把這當成一個機會，要譁眾取寵跟炫耀看似很深奧的想法，但這些想法實際上卻和事情根本就沒什麼關聯。有些人贊同提問者，我得知她是麻省理工學院的大二生，名叫莉莉・吳，她還寫了一整篇有關這件事的憤怒貼文，並在裡面對我提出各種指控，比如一**個不食人間煙火的白女**，**跟社群缺乏真正的連結**，以及一**個虛偽假掰**、**只關心自己利益的假盟友**。

不過更多人站在我這邊，不是她那邊，她貼文的回覆充滿各種像是**妳的立場在我看來似乎是反向種族歧視……**還有**是哦**，**妳很愛審查制度是不是？容我建議妳不如搬回共產中國吧！**這類的留言，真的是一團亂，我不予置評。到了現在，我已經學會處理負面反彈的最佳方式，就是躲到碉堡裡，默不作聲、毫髮無傷，直到整件事的風頭過去。反正不管怎麼樣，推特上的風向從來就**無濟於事**，只是讓挑釁滋事者有機會可以搖旗吶喊、選邊站、試著炫耀他們智商多

高，然後所有人就會覺得無聊，繼續回去過日子了。

*

一週後，我收到下面這封電郵：

午安，

我是蘇珊．李，美國華人聯誼會洛克維爾分會的活動主辦人員，我最近讀了您的小說《最後的前線》，覺得您對這段受人遺忘的中國歷史，做出讓人印象非常深刻的描繪和理解。我們有許多會員都很有興趣聽聽您的故事，因而希望邀請您參加我們其中一次聚會，我們通常會和受邀的貴賓進行問答活動，之後會提供自助晚餐（您當然不用付費），那麼，請再告訴我您有沒有興趣。

誠摯感謝，蘇珊

我差點就把這封信刪了。到了這個時間點，大多數無償的活動邀約我都會刪掉，除非是來自真的很聲譽卓著的單位，蘇珊．李的語氣讀起來正式又做作，讓我不禁起疑，雖然我也說不上來到底為什麼（在接受任何邀請之前，我總是會稍微擔心一下，對方的單位是不是其實設下

了陷阱，想要綁架我或殺了我）。此外，去洛克維爾還要一路跑到馬里蘭州，如果你不想花個上百塊搭Uber來回，或是在紅線上坐個一小時，那要從華盛頓特區市中心去到那邊，是真的很麻煩，而且對方還沒有付車馬費。

我應該拒絕，也讓自己省得被羞辱的。

但是莉莉．吳的話在我腦中迴盪，「虛偽假掰、只關心自己利益的假盟友」、「不食人間煙火的白女，跟社群缺乏真正的連結」，除了亞美作家協會，也就是那個我有捐款，因此不能徹底迴避我的單位之外，這個華人聯誼會還真的是我在劍橋的失利之後，第一個願意邀請我的亞裔組織。這對我來說可能很不錯，可以向推特上的那些陰謀論邪教教主證明，我對於亞美裔的支持，並不是惺惺作態，我撰寫《最後的前線》，是因為我好好研究過這段歷史，也因為我在乎這個社群，我搞不好還可以認識一些新朋友呢，我想像著ＩＧ貼文上有我吃著外燴中式食物、身旁環繞著華人書迷的光景。

我上網搜尋美國華人聯誼會洛克維爾分會，他們的網站是個陽春的小網頁，用的是Comic Sans字體，背景則是亮紅色，我滑下斗大的標題，看見幾張介紹聯誼會工作、光線極差的照片，和當地商界領袖的自助晚餐、所有人都穿紅色的新年活動、燈光俗豔的卡拉ＯＫ之夜。從我能夠辨識的線索看來，聯誼會成員的年齡介於中年到老年之間，他們看起來非常無害，還稱得上滿可愛的呢。

哎唷，到底是在擔心什麼啊？我又等了好幾個小時，這樣才不會顯得狗急跳牆，然後回信給蘇珊。

嗨，蘇珊，我很樂意去和聯誼會的大家聊聊，四月我還挺有空的，妳覺得哪個日期最方便呢？

*

蘇珊．李對我招手打招呼，我們人在遮蔭林地鐵站的停車場，我對我最近的暴富還不太習慣，所以不能就這麼隨便在Uber上大灑幣，於是我一路搭紅線到末站，她則提議剩下的路程可以載我一趟，一起到聯誼會去。蘇珊是個矮小嬌纖的女子，穿著件非常俐落的西裝外套，我馬上想到金正恩在大外宣中形象幹練又像大姐頭的妹妹金與正，完全只是因為我有次在新聞上看到一張她的照片，穿著類似的西裝，也戴著很像的太陽眼鏡，不過我當然不可能大聲說出這樣的類比啦。

她用紮實有力的握手歡迎我，「嗨，茱妮帕，地鐵坐得還順嗎？」

「可以啊，還行。」我跟著她走向她的藍色轎車，她得把幾本書和幾條毯子丟到後座幫我挪出空間，而且整台車都瀰漫著某種甜膩的草藥味，「抱歉一團亂，好了，妳可以坐前座。」

她欠缺正式的舉止讓我覺得實在不太專業，我有點不爽，蘇珊的舉動就像是去學校接女兒下課，而不是在接送貴賓，但不行，不能這樣想，這是我自己的偏見發作，**他們又不是什麼浮誇的書店**，我提醒自己，**他們只是某個小小的聯誼會，沒有大筆預算，而且他們想跟我扯上關係，其實是在幫我忙**。

「妳會講中文嗎？」我們開上高速公路時蘇珊問。

「啥？噢，不，不會，抱歉，我不會講。」

「妳媽媽沒有教妳嗎？還是妳爸爸？」

「啊，不好意思，」我的胃因為恐懼一緊，「妳一定是誤會了，我的父母都不是華人。」

「什麼！」蘇珊的嘴巴張成一個震驚的完美O形，要不是這整件事如此尷尬，我可能會笑出來，「可是妳姓宋，所以我們以為妳可能……那妳是韓國人囉？我就認識幾個韓國人姓宋。」

「也不是，抱歉。事實上，宋是我的中間名，我其實姓海伍德，我的父母都不是，呃，亞洲人。」我真想死一死算了，我真想打開車門就這麼滾到高速公路上，然後被來往的車流給輾得粉身碎骨。

「喔。」蘇珊沉默了一會兒，我用眼角餘光偷瞄她，卻發現她也在用眼角餘光偷瞄我，「噢，那我懂了。」

我因為造成誤會心情不太好，這是當然，但我也有點防衛，我從來沒有假裝自己是華人

過，我有注意到大家對我通常睜一隻眼閉一隻眼，他們可能以為我是華人，但不想擅自假定或請我澄清，我又沒有故意去欺騙任何人。雖然我額頭上是也沒有大大蓋著「**白人！**」的章啦，不過義務不是該落在別人身上、不要先入為主嗎？某種程度上來說，根據我的姓氏來假定我的種族，不也算是一種種族歧視嗎？

剩下的車程蘇珊和我都沒有開口，我在想她心裡作何感想，她的表情看來頗為緊繃，但也許她總是這麼緊繃也說不定，搞不好所有中年亞裔婦女看起來都是這樣。我們在教會前停車時（我猜美國華人聯誼會洛克維爾分會固定在週四晚上於某間長老教會聚會吧），她問我喜不喜歡中式食物。

「當然啦，」我回答，「超愛的。」

「太好了。」她把引擎熄火，「因為我們就是訂那個。」

室內，金屬摺疊椅在牧師的讀經台前排成一列一列，我吸引了比我預期中還更多的聽眾，這裡有四十，也許五十個人吧，我以為這只不過是個聯誼會，沒想到竟然有整個教堂的會眾。許多人手上都拿著我的簽名書，我走進門時還有幾個人熱情招手，我的五臟六腑感到一波波罪惡感襲來。

「往這邊走。」蘇珊用手勢指引我跟著她走向讀經台，她把麥克風調整到她的高度，我尷尬不已地站在她身後，頗為訝異我們這麼突然就要開始了，我真希望剛剛有人先給我一杯水。

「大家好，」蘇珊說，麥克風發出雜音，她等著回音漸漸消失才繼續說道，「今晚我們有位非常特別的貴賓，我們這名備受尊敬的講者，寫了一本有關一戰華工的美妙小說，你們許多人都已經讀過了，她今天來到這邊，是要替我們朗讀一段，並和我們聊聊身為作家的感受。麻煩大家舉起雙手，和我一起用掌聲歡迎茱妮帕．宋小姐。」

她禮貌性鼓起掌來，聽眾也群起效尤，蘇珊走下讀經台，示意我可以開始了，她還是掛著那個緊繃又僵硬的微笑。

「呃，哈囉。」我清了清喉嚨，**振作點，這又沒什麼**，我到現在已經完成十幾場書店講座了，我可以撐過一場簡單的聯誼會演講的，「我想，嗯，我就先從朗讀開始吧。」

令我驚訝的是，一切進展得還挺順利的。聽眾都溫馴又安靜，在所有正確的時機微笑及點頭，我開始朗讀時有幾個人似乎一頭霧水，他們瞇起眼睛並把頭歪向一邊，而我分不出他們是重聽還是說聽不太懂英文，所以我把速度放得非常慢，並且念得很大聲，只為以防萬一。不過我也因此花了比平常還久上許多的時間，才把我摘錄的段落朗讀完，這使得問答時間只剩二十分鐘而已，但老實說這也讓我鬆了口氣啦，只要可以耗掉時間都好。

話雖如此，其實提問也都滿容易應對的，事實上，大多數都還可說頗為窩心呢，是那種你會從媽媽的朋友那邊得到的問題，他們問說我是怎麼這麼年輕就這麼成功的？我是怎麼平衡我的學業跟寫作生涯的？我在研究期間，還有發現其他什麼有關華工的趣事嗎？某個戴眼鏡的老

人，還非常直白地問我預付金的金額和版稅率如何（「我做了點計算，而我對出版業的商業模式有些想法，我想跟大家分享一下。」他說），我則是告訴他我傾向不要公布這些細節，以此閃避。還有一個人以破碎的英文問說，我認為亞裔美國人該怎麼做，才能在美國的政治生態中，爭取到更多代表他們的聲音？我不知道針對這個問題要回答什麼，所以我含糊帶過什麼社群媒體能見度啊、跟其他邊緣群體結盟啊、楊安澤令人失望的中間路線啊，並希望我連珠砲似的英文，足夠讓他霧煞煞，以為我說出了什麼邏輯連貫的答案。

一位自我介紹名叫葛蕾絲．周的婦女，跟我說她的女兒克莉絲汀娜正在讀九年級，並問我有沒有什麼關於申請大學的建議可以給她，「她熱愛寫作，」她說，「但她適應不了學校，尤其是因為學校裡沒幾個華裔美國人，妳也知道的，而我在想妳可不可以給她一些建議，讓她能夠自在表達自己。」

我偷瞄了蘇珊一眼，她的嘴唇現在抿得非常緊，簡直就是用鉛筆畫出來的。

「就跟她說做自己就好，」我弱弱地提議道，「我在中學時也不太好過，但是，呃，我讓自己一頭栽進我熱愛的事物裡，就順利撐過了。書本就是我的避難所，我不喜歡周遭的世界時，就會閱讀，而我覺得這就是我今天成為作家的原因，我很早就體會到文字具有的魔力，也許對克莉絲汀娜來說，也會是一樣的道理。」

至少，這番話全都是真心話。我分不出葛蕾絲是否滿意這個答案，但她把麥克風傳下去

了。

最後，這一小時終於結束了。我誠摯感謝聽眾，並作勢往門口走去，希望可以在有人把我拖去講話之前開溜，可是我一走下讀經台，蘇珊就突然從我身旁冒出來。

「我本來想說——」我開口，但蘇珊近乎暴力地領著我走向後頭的塑膠摺疊桌。

「來吧，」她說，「趁熱趕快拿點晚餐。」

有志工擺出了一盤又一盤的外匯中式食物，在日光燈下看起來實在超油，讓我的胃都翻攪了起來，我還以為華人應該要對便宜的中式外賣很感冒才對啊，但也可能這只是雅典娜的個人之見，她曾一臉嫌棄表示永遠不會再吃半口從叫作「一號廚房」或「長城快餐」這類的店送來的食物，（「反正妳就知道這一定不道地啦，」她告訴我，「他們這種垃圾就是賣給什麼屁都不懂的白人吃的。」）我用塑膠夾子夾了一份純素春捲，因為這是唯一沒有閃爍著油光的東西，但某個身高只到我肩膀的嬌小老奶奶，堅持我一定也要試試宮保雞丁跟麻醬麵，所以我就讓她在我的盤子上堆了一大堆，同時試著不要反胃吐出來。

蘇珊帶我到角落的某張桌子，請我坐在一名老人旁，她介紹說老人是詹姆斯．李先生，「李先生從妳要來演講的消息一公布之後，就一直非常期待，」蘇珊說，「他甚至帶了他買的書來要給妳簽名呢。每個人都想和妳坐，我知道葛蕾絲就很想用她女兒申請大學的事來打擾妳，但我跟他們說不行。」

李先生對我露出微笑，他的臉又棕又皺，簡直就像顆核桃一樣堅硬，但他的眼神明亮友善，他從包包中掏出一本《最後的前線》精裝版，並用雙手遞給我，「簽名，可以嗎？」

我的天啊，我心想，**他還真可愛**。

「我要幫您署名嗎？」我輕輕問道。

他點點頭，我分不出來他懂不懂我的意思，所以我望向蘇珊，她也點頭允許了。

給李先生，我寫道，**很榮幸認識您。茱妮帕，宋敬上**。

「李先生的叔叔曾是一戰華工的一員。」蘇珊告訴我。

我眨了眨眼，「噢！真的假的！」

「他後來定居在加拿大。」李先生說，所以他確實明白我們的對話，他的英文講得很慢、不時停頓，但他所有句子文法都無懈可擊，「我以前都會跟學校的所有小孩說，我叔叔打過一戰哦，那時我覺得超酷的！我叔叔耶，戰爭英雄！但沒半個人相信我，他們說中國又沒參加一戰。」他伸手握住我的手，我被這個舉動嚇得不輕，只好由著他，「妳比較懂，謝謝妳。」他的雙眼濕潤、晶瑩閃耀，「謝謝妳說出這個故事。」

我鼻子一酸，有股突如其來的衝動想要放聲大哭，蘇珊已經起身去別桌聊天了，而這是唯一給了我勇氣的理由，使我說出接下來說的話。

「我也不知道，」我囁嚅道，「說實話，李先生，我不知道若要講述這個故事，我是不是適

合的人選。」

他把我的手握得更緊，他的表情慈祥不已，讓我覺得自己爛透了。

「妳再適合不過了，」他說，「我們需要妳。我的英文啊，沒有這麼好，妳們這一代英文非常好，可以告訴他們我們的故事，確保他們記得我們。」他點了點頭，一臉堅決，「沒錯，確保他們記得我們。」

他又捏了我的手最後一下，然後用中文跟我說了些什麼，但我當然是一個字也聽不懂。

自交稿以來第一次，我感受到一股深刻的羞恥襲來，這並不是我的歷史、我的遺產，這也不是我所屬的社群，我是個局外人，竟然在錯誤虛偽的理由之下，沐浴在他們的愛之中。應該要是雅典娜坐在這裡才對，對這些人微笑，幫他們簽書，並傾聽她長輩們的故事。

「快吃吧，快吃吧！」李先生滿臉鼓勵朝我的盤子點點頭，「妳們年輕人工作太辛苦啦，妳都吃不夠呢。」

我好想吐，我沒辦法在這群人之間再待半秒了，我必須逃離他們的微笑，他們的好意。

「不好意思，李先生。」我站起身來，並快速步向門口。「我得走了，」我跟蘇珊說，「我得去，呃，我忘記我得去機場接我媽了。」

我在脫口而出的那瞬間就知道這是個糟糕的藉口，蘇珊知道我又沒有車，這就是她一開始必須到地鐵站來接我的理由啊，但她似乎充滿同情心，「當然了，可別讓妳媽媽等太久。讓我

去拿個皮包，我送妳去地鐵站吧。」

「不，不用麻煩了，我不想麻煩妳，我叫台Uber就好——」

「當然不會麻煩！羅斯林這麼遠耶！」

「我真的不想勞煩妳，」我倒抽一口氣，「妳連晚餐都還沒吃完呢。我今天過得很愉快，能夠認識大家真是太棒了，可是我，嗯，我真的應該讓妳好好享受妳的夜晚就好。」

我在蘇珊能夠回答之前就往門口衝，她並沒有追在我身後，但如果她真的追來，我也會往死裡狂奔，直到我在她的視線中消失為止。這樣實在很不成體統，可是我當時唯一能感覺到的，是外頭拂向我臉上的冷空氣所帶來的慰藉。

十

在那之後，我請艾蜜莉代表我拒絕大多數的活動邀請，我受夠學校、書店、讀書會了，以我現在的暢銷程度，親自出席與否都不會造成太大銷量波動，所以我不需要一直拋頭露面刷存在感，只會變成更多爭議的誘餌而已。我唯一繼續參加的一類活動，是文學獎的頒獎典禮，因為即便我現在很想逃避鎂光燈，我還是不想放棄**這些活動**所帶來的肯定感大爆衝。

這個產業中的獎項都又蠢又抽象難懂，不太算是聲望或文筆好壞的象徵，比較像是一種跡象，表示你在一群人數非常少、帶有偏見的投票者中，贏得了人氣獎。獎項什麼也不是，至少，那些常常得獎的人一直是這樣告訴我的，雅典娜每年都會在推特上解釋這一切，總是在她提名某項大獎之後就馬上開始解釋：**噢，我當然覺得很榮幸啦，但務必要記住，就算你沒有入圍決選，也不代表你的作品無足輕重！我們所有的故事都以一種獨特又重要的方式，獨領風騷、獨樹一格。**

我確實真心相信獎項都是狗屁，但這也不會讓我不想得獎啦。

而《最後的前線》呢，簡而言之，根本就是獎項製造機。文筆很好，打勾，能夠同時吸引大眾及「高級」讀者，打勾，但最重要的是，這本書**彌足輕重**，是有關某個及時或敏感的議題，評審委員會可以指出來然後說，**看，我們在乎世界上正在發生的事，而因為文學是我們生活其中的現實必不可少的反映，我們選擇加冕的，便是這個故事**。

我其實有點擔心《最後的前線》在商業上**太過**成功，贏不了半個獎，有人跟我說評審委員會都想要自己看起來比普羅大眾更有品味一點，所以總是會有一本賣超好的暢銷大書，在很明顯本來應該獲勝的類別中，連投票都過不了，而且每個類別的決選名單，也總是會有幾本從來沒人聽過的書出現。但我是瞎操心了，提名消息如涓滴細流般一個接一個傳來：Goodreads讀者票選獎，打勾、全美獨立書店選書獎，打勾，布克獎和女性小說獎是我長遠的目標，所以我兩個都沒進決選時，我也沒有覺得太失望。況且，我也入圍了超多地區性獎項，所以我無論如何都是在關注之海中自在遨遊。

愛黛兒・史帕克斯—佐藤算老幾啊，我分享Goodreads讀者票選獎的消息時，瑪妮傳訊息說。

珍則表示：**讚啦！妳超棒，最棒的復仇就是成功給大家看，真驕傲妳能優雅處理這一切。**

#保持格調繼續得獎！

我每天都會重讀我的入圍通知好幾次，因為上面的文字沾沾自喜：**親愛的宋小姐，我們很**

高興通知您……我還會在我的公寓裡跳舞，排練假想的領獎致詞，並試圖混合優雅的氣質及青春洋溢的興奮，如同雅典娜的致詞中總是散發的：「噢我的**天**啊，我真是不敢相信……不，說真的，我並不覺得我會得獎……」

入圍的消息也帶來了一連串正面的報導。我入選各種BuzzFeed的書單，還可以跟《耶魯日報》做一篇專訪，贏得Goodreads讀者票選獎也讓我的銷售出現可觀的成長，使我後來又重回《紐約時報》暢銷榜，並待了兩個禮拜。我猜獎項的消息也讓好萊塢的人注意到了，因為那週布雷特打給我，跟我說我的影視經紀人想安排一場會議，對象是綠屋製片那邊的幾個人。

「綠屋是啥啊？」我問，「他們合法嗎？」

「他們是間製片公司，做事中規中矩啦，我們之前有跟他們成交過幾次。」

「我從來都沒聽過他們。」我把名字打進Google搜尋，噢，不，他們其實還滿厲害的，主要的人員是三名製片，名下有幾部我認得出來的電影，值得注意的還有其中一名製片暨導演，茱莉．張，去年有部電影入圍奧斯卡，講的是舊金山的華裔移民工人，我在想是不是就是她有興趣，「噢，要命，所以他們其實很大咖嗎？」

「妳應該不會聽過大多數獨立製片公司的名號，」布雷特解釋道，「他們大部分是在幕後操作，會包裝好妳的書，找一個編劇、敲定參與藝人之類的，接著他們會跟片廠推銷，片廠才會大量注資。不過製片公司會預先付妳錢買下改編權，而這是我們到目前為止獲得最強烈的改編

興趣，去聊聊不會死，對吧？下週四如何？」

綠屋製片的人那週末剛好來華盛頓特區參加某個電影節，所以我們安排好在喬治城的某間咖啡店碰面。我提早到，因為我很討厭事前的兵荒馬亂，要在那握手，接著想要點什麼東西，然後在櫃檯那邊掏我的信用卡掏半天什麼的，不過當我出現時，他們已經佔據後頭的某個雅座了。有兩個人來，綠屋製片的其中一位創辦人賈斯汀，還有他的助理哈維，兩人都是金髮、皮膚曬成古銅色、身材健壯，笑起來牙齒白到令人頭暈目眩，他們看起來有可能是兄弟，或是親戚，雖然這八成是因為他們的頭髮都整理成同樣的造型，而且都穿著同款式的V領亨利式上衣，袖子捲到手肘處。茱莉．張似乎沒有出席。

「嘿，茱妮帕！」賈斯汀站起來擁抱我，「很高興認識妳，感謝妳撥空見我們。」

「小事啦。」我說，這時哈維也傾身過來擁抱我，實在是很彆扭，我整個人橫過雅座迎向他伸出的雙臂，得繃緊身子才能在一半的地方抱到他。他聞起來非常清爽乾淨，「反正喬治城超近的。」

「妳常過來這邊嗎？」賈斯汀問。

事實上，並沒有，因為喬治城不管什麼東西都超他媽貴，而且在這個社區橫行的學生都很吵、討人厭、太過有錢了，我只有和雅典娜來過這裡幾次而已，她沉迷於威斯康辛大道上某間酒吧的瑪格麗特調酒。不過我還是挑了這個地方，主要是因為我希望這能讓他們留下深刻印

象，所以我不能表現得像是對附近不熟，「嗯，對啊，超常來的，『市中心』墨西哥酒吧很讚，濱水區也有很多地方的海鮮很不賴，還有M街上的那間馬卡龍店，如果你們晚點有空可以去看看。」

賈斯汀燦笑得彷彿馬卡龍是他在世界上最愛的食物一樣，「哇噢，那我們一定得去試試看才行！」

「絕對要，」哈維說，「等下結束就去。」

我知道他們的舔狗行為用意是要讓我放鬆，但我現在反倒渾身僵硬緊張了起來，好萊塢的人都口是心非，雅典娜某次抱怨過，他們這麼友善又熱情，跟你說你是他們這輩子見過最獨特的稀世珍寶，接著回過頭卻神隱好幾個禮拜。我現在知道她這話是什麼意思了，我完全不知道該怎麼判斷賈斯汀和哈維有多真誠，或他們是怎麼評估我的反應，而他們令人目盲的愉悅表象，也讓人很難讀懂他們的想法，這使得我整個焦慮大爆表。

有個女服務生走過來，問我要點什麼，我太過心煩意亂，沒辦法仔細看菜單，所以也點了一杯賈斯汀正在啜飲的東西，結果是冰的越南咖啡，叫作「西貢小姐」。

「選得好，」賈斯汀說，「這很好喝，很濃，也很甜，我覺得應該是加了煉乳？」

「噢，呃，對。」我把我的菜單遞還給女服務生，「我每次也都點這個。」

「所以！《最後的前線》，」賈斯汀兩手往桌上大力一拍，我嚇到縮了一下，「真是本**超棒**

的書！我很驚訝竟然沒人先搶下版權！」

我不知道對此該怎麼回應，這是表示他覺得我們現在能夠在這邊開會很走運嗎，還是他在釣我，想知道版權沒有更搶手，背後是不是有什麼理由？我應該假裝也有其他人有興趣嗎？

「我猜好萊塢不是太熱衷，不太想在有關亞洲人的電影上冒險吧。」我說，這是個狡黠的回答，但我是真心的，而且我也從雅典娜那邊聽過很多次一模一樣的抱怨，「我很希望這個故事受到改編，登上大銀幕，但我想會需要真正的盟友才能完成這件事，必須是真正瞭解這個故事的人才行。」

「嗯，我們**超愛**這本小說，」賈斯汀說，「非常原創，又非常多元，這年頭我們正好迫切需要多元的敘事。」

「我喜歡馬賽克式的敘事風格，」哈維說，「讓我想到《敦克爾克大行動》。」

「完全就是《敦克爾克大行動》，我最愛的片之一，沒開玩笑，我覺得諾蘭是怎麼樣讓我們一直猜測，這所有敘事線最後到底該怎麼合而為一，這點真的超厲害的。」賈斯汀偷瞄了哈維一眼，「事實上，如果找他來當導演，肯定會很有趣的，對吧？」

「噢，天啊，」賈斯汀滿心同意地點頭附和，「對，這會是美夢成真。」

「那茉莉・張呢？」我問。我有點驚訝他們兩個竟然都沒提起她，難道她不是最顯而易見的導演人選嗎？

「哦，我不知道她有沒有心思和精力弄這個，」賈斯汀撥弄著他的吸管，「她目前有點被工作壓垮了。」

「贏得奧斯卡的副作用啦，」哈維說，「她之後十年的檔期都滿了。」

「哈，就是說啊，不過別擔心，我們心裡已經有幾個很特別又有才華的人選了，有個剛從南加大畢業的孩子，叫丹尼．貝克，才剛用一部講柬埔寨戰爭罪的短片，讓大家眼睛一亮。啊，還有個紐約大學帝許藝術學院的女孩，去年推出了一部學生紀錄片，有關取得中華人民共和國歷史檔案的過程，如果妳覺得由亞裔女性負責一切很重要的話。」

女服務生把我點的西貢小姐擺在我面前，我啜了一口便皺起眉頭，比我想得還要甜很多。

「嗯嗯，聽起來很酷。」我說，心裡卻有些困惑，他們講得好像已經決定要改編這本小說了，這樣的話，我表現得還可以嗎？我還得說些什麼，才能說服他們？「那我可以幫你們什麼忙呢？」

「噢，我們來這裡只是想聽聽看妳還有什麼想法啦，什麼都可以！」賈斯汀雙手交握並往前傾身，「我們在綠屋這邊啊，很在乎作者的願景，我們不是來這裡蹧蹋妳的作品的，或是要把它『漂白』或好萊塢化還是怎樣的。我們一心在意的是原汁原味的故事，所以我們每個階段都想要妳的投入。」

「可以把這想成在做一個願景板，」哈維已經蓄勢待發，手上拿著一支筆懸在一本便條紙

上，「在《最後的前線》電影版中，妳有什麼元素是絕對想要看到的呢，茱妮帕？」

「呃，這個，我猜我還沒有好好想過這件事。」我猛然想起為什麼我在工作相關的會議上，從來不點咖啡，咖啡因會直接跑進我的膀胱，害我現在有股突如其來的劇烈衝動，超級想要去尿尿，「寫劇本真的不是我的領域，所以我也不知道……」

「我們可以從，比如說，妳的夢幻卡司名單開始？」賈斯汀提議，「妳寫作時腦中有一直在想什麼巨星嗎？」

「我，呃，我不知道，真的。」我的臉熱辣辣的，我覺得像是搞砸了一次我根本就懶得費心準備的考試，雖然以後見之明來說，在我跟製片見面之前，我本來就應該稍微先想一下對於電影改編，我到底有什麼需求才對，「我寫作時心裡並沒有什麼特定的演員啦，老實說，我不是那種超級視覺化的人……」

「好喔，那查爾斯．羅伯森上校這個角色呢？」哈維問，「就那個英國使館的專員？我們可以砸錢下去請到真的很大牌的演員，比如班乃迪克．康柏拜區，或是湯姆．希德斯頓……」

我眨了眨眼，「但是他甚至不是主角耶。」查爾斯．羅伯森上校在第一章裡頂多只是個過場的小角色。

「呃，沒錯，」賈斯汀說，「但也許我們可以稍微擴展一下他的角色，讓他在劇情上更吃重——」

「我是說，我猜啦，」我眉頭一皺，「我不確定這要怎麼達成，這會毀掉整個第一幕的步調跟節奏，但我們可以好好研究一下……」

「妳知道的，大場面戰爭史詩的訣竅，就在於你需要某個非常有魅力的角色，並以其為基礎，」賈斯汀說，「如果軍事史是唯一的行銷重點，你就沒辦法擁有廣泛的跨界吸引力。可是只要找個英倫男神，你就能吸引到女性觀眾啦，管他是中年婦女，還是青少女……反正，就是《敦克爾克大行動》的原則嘛，敦克爾克他媽是三小啊？鬼知道啊？我們進戲院是要看湯姆．哈迪的啦。」

「還有『一世代』的哈利．史泰爾斯。」哈維補充。

「沒錯！就是這樣。我們的意思是，你的電影需要一個哈利．史泰爾斯。」

「《蜘蛛人》系列的那個小子如何？」哈維說，「他叫什麼來著？」

賈斯汀也嗨了起來，「湯姆．霍蘭德嗎？」

「噢對，我超想看他演戰爭片的，這是合理的下一步，對他這樣的演藝生涯來說。」哈維往我這邊看了一眼，彷彿他剛想起我的存在一樣，「妳覺得如何呢，茱恩？妳喜歡湯姆．霍蘭德嗎？」

「我，對，我滿喜歡湯姆．霍蘭德的。」我的膀胱快爆開了，我在座位上蠕動，想找到更好的平衡點，「這應該行得通，我猜，一定可以。我是說，我不確定他要演誰啦，但是——」

「至於阿鄭呢，我們想的是可以找個中國生力軍，可能找個流行明星吧，」賈斯汀說，「這樣我們就有中國票房啦，市場超大——」

「不過呢，亞洲流行明星的問題在於，他們英文都超爛，」哈維說，「**哈肉**，真是製片的惡夢。」

「哈維！」賈斯汀大爆笑，「你不可以這樣講啦。」

「啊！被你逮到了！千萬不能告訴茱莉哦。」

「但這不成問題啦，」我插話，「那些工人本來英文就應該要不好了。」

我聽起來肯定是比我想要的還更刻薄，因為賈斯汀很快修正措辭，「我的意思是，我們永遠不會以讓妳不舒服的方式改動這個故事，我們在這邊並不是要做這種事，我們想要徹底尊重原作——」

我搖了搖頭，「不，沒事，我懂，我沒有覺得不受尊重——」

「我們只是在腦力激盪一些主意，好把東西包裝得更吸引人啦，還有要，呃，拓展觀眾——」

我坐回去，並舉起雙手擺出投降姿勢，「聽著，你們才是好萊塢專家，我只是個小說家，剛剛的一切我聽起來都覺得不錯，我樂見其成，你們覺得這適合怎樣包裝都可以。」

我是真心這麼覺得，我從來都沒有想要過度干涉我的電影改編，我完全沒受過編劇訓練，

而且，社群媒體上也總是流傳著各種八卦，說哪個小說家又跟導演吵架了，我才不想被當成大頭症咧。而且搞不好他們說的也真的有道理，誰想進戲院看一群人講中文整整兩個小時啊？我是說，那你不如乾脆去看中國片不就好了？我們在談的是一部為了美國觀眾製作的賣座鉅片，所以容易理解非常重要。

「感謝妳的體諒跟理解，」賈斯汀燦笑，「我們有時候會跟作者聊，而他們呢，妳也知道的……」

「他們挑三揀四的，」哈維說，「他們想要電影裡的每個場景都跟書裡面一樣，而且逐字逐句哦。」

「他們也搞不懂電影是個截然不同的媒介，需要不一樣的說故事技巧，」賈斯汀說，「這是種翻譯，真的，而跨媒介的翻譯，某種程度上來說，本身就不可能忠實了。羅蘭・巴特說過，翻譯即背叛。」

「**Belles infidèles**，」哈維說，「美麗又不忠。」

「不過妳懂這點，」賈斯汀說，「實在是很讚。」

於是討論就這樣結束了。這很讚，我也很讚，我們全都超級、超級興奮一切行得通，我一直在等他們提供更實際的細節，他們的出價是多少？行程規劃又如何？他們是會開始跟那個孩子丹尼・貝克接觸了嗎，比如說，明天就去聯絡？（哈維搞得好像他馬上就會去私訊人家），不

過他們告訴我的全都是一些籠統的想法，使我有種感覺，覺得這似乎不是施壓的正確場合，所以我又往椅背靠了回去，並讓他們幫我點了某種價格超盤的酥皮捲（叫作「無名酥餅」），還開始聊濱水區有多美。最後賈斯汀付了帳，他們兩人都緊緊擁抱我，接著我們就各自離開了。

我慢慢走著，等到他們繞過對街的轉角，然後馬上衝回去咖啡店，並大尿特尿了整整一分鐘。

*

進行得還可以，我散步過橋回羅斯林時，邊把會議的摘要寄給布雷特，**我覺得他們挺喜歡我的，但感覺他們還在釐清一些環節，之後才會真正出價。而且我不覺得有興趣的是茉莉．張，這還滿怪的吧？**

就好萊塢的會議而言，這還挺正常的，布雷特回覆道，**他們只是想認識一下妳這個人，認真的出價之後才會提出來。不確定茉莉那邊是怎樣，雖然看起來主要的興趣確實應該是來自賈斯汀啦，如果有消息我再跟妳更新。**

我迫不及待想得到更多消息，但是事情就是這樣運作的。出版就是**龜速前進**，守門員會擱置稿子好幾個月，會議也是閉門進行，而你則是在外頭期待得要死。出版表示好幾個禮拜都不會有消息，直到你在星巴克排隊或是等公車時，你的手機響起收到電郵的通知，然後人生就此

改變。

所以我走下地鐵站，暫時把我的好萊塢大夢放在一旁，並等著布雷特通知我我就要成為百萬富翁了。

我試著控制我的期望。畢竟到頭來，絕大多數的影視改編合約最後都會胎死腹中，所謂的改編權，指的就只是製片公司擁有獨家的權利，可以把故事包裝成某種片廠可能會想要買的東西，而大部分的改編計畫都會無止盡沉淪在開發地獄中，真的很少人能夠脫穎而出，讓片廠的高階主管開綠燈放行。我是在接下來幾小時間得知這一切的，我在網路上搜尋各種改編過程的文章，幫自己惡補一下業界術語，並試圖評估我究竟應該要多興奮。

我八成是不會獲得一部華納兄弟的電影，應該也當不成百萬富翁了，不過這個聲量還是能幫助我，我還是可以從綠屋的改編出價撈個幾萬塊美金，而且光是靠著影視改編合約的宣傳跟曝光，我又能再多賣個幾千本書。

再說，也總是存在著那個難以捉摸、令人垂涎三尺的「也許」。也許Netflix、HBO、Hulu**會**看上這本書，也許電影會超級賣座，然後他們就會再刷一輪我的書，封面換成電影海報，我還可以穿著量身訂做的禮服去參加首映會，挽著他們找來演阿鄭的帥氣亞洲演員。艾兒．芬妮會演安妮．華特斯，我們會一起在首映會上拍超可愛的自拍，就像雅典娜之前跟安．海瑟薇拍的那張一樣。

為什麼不把眼光放遠，放膽做夢呢？我發現，隨著我不斷達到我的出版里程碑，我的野心也變得越來越大，我已經拿到那筆可觀到不行的預付金，也成功躋身暢銷作家之列，還得到大牌雜誌的專訪機會，以及各種獎項和榮譽。但現在，那杯西貢小姐甜膩至極的滋味還在我的舌尖徘徊，而這一切和真正的文學明星相較之下，感覺起來都寒酸又微不足道，我想要史蒂芬·金擁有的一切、尼爾·蓋曼擁有的一切，為什麼我**不能**有紙電影合約？為什麼不能找好萊塢明星？又為什麼不能打造個多媒體帝國？為什麼不能旋風式襲捲全世界呢？

十一

攻擊從推特上展開。

第一則貼文來自某個帳號，叫作「@雅典娜劉的鬼魂」，是這週稍早時才創立的，沒有大頭貼，簡介也空白：

茱妮帕・宋，又名茱恩・海伍德，並沒有寫出《最後的前線》，書是我寫的，她偷了我的書、偷了我的聲音、偷了我的文字。#救救雅典娜

接著，幾小時後，又出現好幾則令人作嘔的後續回文。

茱恩・海伍德幾年前和我結交，只為更接近我的創作和我的作品，她常常跑來我的公寓，而我抓到她在翻看我的筆記本，她還以為我沒在注意呢。

證據就印在白紙黑字上，去讀我的前幾本小說，再跟《最後的前線》的文筆比較，去讀讀茱恩的出道作，然後捫心自問吧：《最後的前線》是某個白女寫得出來的小說嗎？

因為讓我們實話實說吧：茱妮帕·宋·海伍德就是個白女無誤。

她是在用茱妮帕·宋這個筆名假裝自己是華裔美國人，她還拍了新的作者照，好讓膚色看起來更像古銅色，更像黃種人，但是她骨子裡其實白到不行。茱恩·海伍德，妳是個說謊的臭小偷，妳偷走了我的遺產，現在還敢在我的墳墓上吐口水。

茱恩真是無恥，伊甸出版社也丟臉丟到家了，丹妮拉·伍德豪斯必須把目前的版本從書店下架，並將本書的權利歸還給雅典娜的母親，派翠西亞·劉，且未來的所有版本，都只應以雅典娜的名義單獨出版。

別讓不公不義繼續上演，#救救雅典娜

倒數第二則推特標記了十幾個知名推特帳號，哀求他們轉推，以增加貼文的觸及率。

然後還有最後一則推特，直接標記我。

等我讀到結尾時，視線已經一片模糊，我深吸一口氣，而臥室開始天旋地轉，我站不起來，連動都動不了，腦袋也短路了，再也組織不出邏輯連貫的想法，只能不斷**重新整理**「@雅典娜劉的鬼魂」的頁面，一遍又一遍重讀上面的貼文，並看著這些貼文慢慢傳播出去。前幾個

小時內，沒有半個人去按讚，而我生出一股瘋狂的希望，認為這就像所有偏激的邊緣帳號，會就這樣化作一縷輕煙消散，但那堆標記肯定是讓一些人注意到了，因為在我第一次讀到貼文的十五分鐘後，就已經有人開始回文了。某個有六千個追蹤者的書評部落客轉推了第一則貼文，然後有個想紅的作家，曾因他的文學「引戰言論」，而在推特上爆紅過好幾次（不過大多數最後都流於「你們全都得給我去好好上一堂批判性閱讀課啦」還有「並非所有惡棍都是有問題的好嗎」），他也轉推了貼文，還加上**如果是真的那也太喪心病狂了吧，我的天啊**。接著水壩就潰堤了，大家開始回覆：

你他媽是認真的嗎？

證據在哪邊？

一直都覺得那個姓宋的有哪邊怪怪的，嗯……

聽起來另一個耶魯「天才」只不過是個驚天大騙局。

這三小！！！他媽快把她給抓去關！

我整個人離不開我的筆電，就連最後終於起來尿尿時，視線都還是黏在手機上，健康的舉動應該是關掉所有電子裝置才對，但我就是做不到，我得看著這整場災難即時展開，必須看清

楚究竟是誰在轉推，又是誰在回應。

接著換成私訊開始襲來，全都是來自徹頭徹尾的陌生人，我也不知道我到底幹嘛要點開，可是我實在是太好奇了，又或者是太自虐了吧，就是沒辦法直接刪掉。

去死吧，臭婊子。

茱恩，妳有看到那些推特貼文嗎？說的是真的嗎？如果不是的話，妳必須幫自己講講話啊。

妳做了那種事，應該下地獄被火燒才對，偷人東西又種族歧視的死妓女。

妳銀行帳戶裡的每一分錢都該還給劉太太！！！

我曾經是《最後的前線》的書迷，這一切真是令人太失望了，妳欠整個閱讀社群一個公開道歉，馬上就道歉。

我要去華盛頓特區，然後他媽把妳給活活打死，種族歧視的臭婊幹。

讀到最後一則之後，我才終於把手機扔過床頭，**幹**，我耳中的心跳聲咚咚作響，大聲到我都站了起來，在公寓裡來回踱步，還拖了把椅子卡住我的前門（不，我不覺得會有人闖進來謀殺我，只是**感覺**有可能而已）。接著我整個人蜷縮在床上，膝蓋縮到胸口，然後開始滾來滾去。

我的天啊。

我的天啊。

一切都完了。大家都知道了。全世界都會知道的。丹妮拉會發現，伊甸會炒了我，我會失去我所有的財產，劉太太會告死我，她會在法庭上毀掉我，布雷特會和我終止合作，我的寫作生涯完蛋了，而我在文學史上，會以偷了雅典娜．劉作品的那個婊子之名，流傳後世。他們會幫我創一個維基百科頁面，會寫無數篇有關我的深度文章，每次只要一在業界人士面前提到我的名字，就會引起一陣嗤之以鼻跟尷尬的笑聲，我會變成一個迷因，而我寫下的任何一個字，都永遠不會再出版了。

我他媽到底是為什麼要出版《最後的前線》啦？我真想踹死先前的自己，怎麼會這麼蠢，我當時以為我是在做好事，是件崇高的事，用應有的方式讓雅典娜的作品問世，但我怎麼可以從來都沒想過，這一切回過頭來會反咬我一口呢？

我到目前為止都這麼鎮靜沉穩，我真的做得非常好，管控好我的焦慮、專注在**眼前的事**而非我所有的恐懼和不安全感、完美隔離我當初是在哪裡，又是怎麼樣弄到原始手稿，所帶來的恐懼、就這樣**繼續**生活。而現在一切卻如潮水般重新襲來，雅典娜的雙手猛伸向喉嚨、她發青的臉、她的雙腳咚咚咚撞擊著地板。

天啊，我究竟**做了**什麼？

我的手機螢幕朝上掉在床上，不斷閃爍著收到新通知的藍光，看起來就像警笛。

我開始大爆哭，大聲又醜陋，像個嬰兒一樣不受控，音量讓我自己都嚇到了，我很害怕鄰居會聽見，所以改成把臉埋在枕頭裡，而我就保持著這個姿勢，在枕頭的包覆中歇斯底里，長達好幾個小時。

*

太陽下山，房間變暗，在某個時間點，我爆衝的腎上腺素開始消退，脈搏慢了下來，喉嚨因為啜泣而沙啞，而且也已經哭到沒有眼淚了，我的恐慌發作退潮，八成是因為我一直執著在最糟的狀況，次數實在是多到數不清，所以現在一切都嚇不倒我了。我的社會性死亡暨寫作生涯大爆炸，現在已經是個再熟悉不過的概念了，而弔詭的是，這也代表我又可以再次開始思考了。

我伸手拿手機，滑過推特時，發覺也許這個情況並不像一開始看起來那麼糟，「@雅典娜劉的鬼魂」背後的始作俑者，絕對不可能知道真正發生的事，此人知道正確的事件梗概，但其他所有細節都搞錯了。我先前從來都沒去過雅典娜的公寓，就除了那第一次也是最後一次，我是在大學時認識雅典娜的，不是在華盛頓特區，而且我跟她當朋友，目的肯定也不是為了要偷走《最後的前線》，在雅典娜過世那晚以前，我甚至都不知道這本書的存在咧。

不管這個人是誰，都只是真的超走運才猜中事實，但其他事情都是編造的，而這就代表，事實上，對方手中並沒有任何一槍斃命的證據。

也許，如果這個手上擁有的就只是各種臆測，那還會有方法可以洗刷我的名聲，也許還有方法可以驅走鬼魂。

我的思緒不斷飄向這個推特帳號的含意，雅典娜．劉的**鬼魂**，還有雅典娜的臉孔出現在政治與散文書店的回憶，她的雙眼閃閃發光，嘴唇噘成一個高高在上的微笑。我把這幅景象推開，那條思路只會令我發瘋，雅典娜他媽的已經死透了，我親眼看著她死掉的，而這個問題是屬於活人的。

*

我不想要布雷特從推特上得知這回事，所以我快速寄了封電郵給他：**發生了怪事，你有空講個電話嗎？**

他肯定已經看到那些推特貼文了，因為他不到五分鐘就打過來給我，儘管現在都已經快要晚上九點了。我接起電話，聲音顫抖，「嘿，布雷特。」

「嗨，茱恩。」他的聲音聽起來很呆板，雖然我分不出我是不是在亂投射啦，「所以說是怎麼啦？」

我清了清喉嚨，「我猜你已經看到那些推特貼文了？」

「如果妳可以說清楚一點——」

「就是那些說我從雅典娜．劉手上偷走《最後的前線》的。」

「嗯。」一陣漫長的停頓，「所以，對。這不是**真的**吧，對吧？」

「絕對不是！」我的聲音都飆高了起來，「不是，當然不是啊。我不知道是誰在背後搞鬼，我也不知道這一切是怎麼開始的……」

「嗯，如果這不是真的，那就不要這麼大驚小怪嘛。」布雷特聽起來遠不如他應有的反應那麼心煩意亂，我以為他會很生氣，但他好像只是有點不爽而已，「只是什麼網路白目啦，風頭會過去的。」

「不，才不會，」我堅稱，「一大堆人都會看到，他們會形成輿論——」

「那就讓他們形成輿論啊，伊甸出版社才不會只因為什麼網路八卦就把書給下架呢，而且大多數消費者也都不會隨時黏在推特上，相信我，只有很小一部分出版業的人會在乎啦。」

我發出了一個很噁心的嗚咽聲，「可是，我在那一小部分人之間的名聲**很重要**啊。」

「妳的名聲完好無損，」他輕快地說，「這全都只是空穴來風的指控，不是嗎？完全沒有任何根據，對吧？不需要回覆，也不需要攪和進去，如果他們什麼屁也沒有，那他們就是什麼屁也拿不出來，大家之後很快就會把這當成是什麼下流的人身攻擊和毀謗啦，而且實際上也是如

此。」

他聽起來信心滿滿，一點也不擔心，讓我大大鬆了一口氣，也許他是對的，搞不好大家會認為這是網路霸凌，推特上的鄉民總是極度反對霸凌，或許到最後這對我而言全都會是正面宣傳。

布雷特又繼續碎念了一下子，還列出其他知名作家的例子，他們也曾成為線上仇恨抹黑行動的目標，「這從來都不會影響到銷售，茱妮，從來都沒有過，就讓那些死白目想講什麼就講什麼吧，妳會沒事的啦。」

我點了點頭，並把我本來想說的話吞回去。布雷特是對的，沒有必要再去火上加油，因為不管回覆什麼，都只是讓這些指控獲得正當性而已，「好吧。」

「好齁？那很好。」布雷特聽起來像是他準備好要掛掉這通電話了，「不用太擔心啦，好嗎？」

「嘿，等一下……」我突然靈光一閃，「那你有收到綠屋那邊的什麼消息了嗎？」

「啥？噢，沒耶。不過也才剛過一個禮拜而已，他們八成出差回去還在休息吧，給他們點時間。」

這時我感到一股揮之不去的恐懼，但我告訴自己別傻了，又不是說這兩件事有什麼關聯，賈斯汀和哈維又不一定每天都掛在推特上，追什麼最新的出版八卦，他們有更重要的事要做，

「好喔。」

「放鬆一點啦，茱恩，妳一定會有些黑粉的，成名就是這樣子啊。反正如果這都不是真的，那妳就沒什麼好擔心的啦。」布雷特沉默了一下子，「我是說，這確實**不是**真的，對吧？」

「不是！天啊，當然不是。」

「那就封鎖他們，別甩他們。」布雷特哼了一聲，「還是試試看更棒的，直接把推特刪掉，你們這些作家啊，就是太常掛在線上啦，我都講膩了。風頭會過去的，這種事情總是這樣子。」

*

布雷特錯了，風頭沒有過去，推特上的醜聞就像滾雪球，越多人看見，就越多人覺得有必要帶著自己的意見和目的來參一腳，使得從原本的引戰謠言，分支出一連串的討論大爆炸。等到超過觸及率的臨界點，那麼業界中的每一個人就也都會開始討論，而不論「@雅典娜劉的鬼魂」背後究竟是誰，這個帳號到現在累積的追蹤者也已經突破千人大關。

這個所謂的「雅典娜—茱恩醜聞」，已經成了時下最夯的話題，這和之前莉莉．吳引起的爭議截然不同，當時頂多只有十幾個人參戰而已，但這一次，彷彿水裡有鮮血，而大家是嗜血的鯊魚，沉默並不是個選項，所有人都必須選邊站，不然就會遭控為共犯（**真不敢相信，有這麼多理應是盟友的人，在他們的朋友被爆料出來之後，竟然選擇默不作聲**，推特上的各種匿名

帳號也開開心心搧風點火）。也有許多大牌作家還在觀望騎牆，試圖同時明哲保身及輸誠。

剽竊是件很糟糕的事，某個作家寫道，**如果海伍德真的有剽竊，不過我們還不知道她到底有沒有，但假如事實如此，那她就應該要把版稅退還給雅典娜·劉的家屬**。

如果是真的那就太糟糕了，另一個作家表示，**但是直到實質證據出現之前，我還是對和這群私刑暴民站在同一陣線頗為卻步**。

接著大家又開始瘋狂筆戰一波，針對使用「私刑暴民」一詞來談論一名白種女性，究竟適不適當，結果最後有幾十個人認為上述這名作家根本是種族歧視，而該作家的帳號也在幾個小時內遭到推特封鎖。

最為惡毒的，則是那些沒沒無聞的路人推特帳號，他們在那邊揭我瘡疤根本沒什麼好失去的，反而還可能因此得到一大堆好處。

她以前是用茱恩·海伍德這個筆名寫作，某個叫作rey1089的人發推表示，**但她出版有關中國的書的時候，用的筆名卻是茱恩·宋，真他媽亂搞欸，對吧？簡直就是扮黃臉真實上演嘛**，某則回覆寫道，但我可不覺得他們知道「真實」這個字是什麼意思。

真的是超可悲，另一則幸災樂禍的回覆表示。

還有毫不意外的，大家最愛講的**白人到底什麼時候才會停止漂白啊？**

還有個人發了張圖片，是從我ＩＧ上抓下來的某張照片，配上一張史嘉蕾．喬韓森的照片，圖說則是：**本公司請您辨識這兩張圖片的差異，笑死欸**。

而回覆則涉及所有你能想像出對我長相的最惡劣評論：

我對天發誓，為什麼所有白女都長一樣啊。

好喔，除了史嘉蕾．喬可以靠自己成功之外啦，哈哈哈哈

她瞇眼睛是因為想要看起來更像亞洲人，還是她不習慣出來曬太陽啊？

我一窺見我以為是網路弱智深淵的最底部之後，就應該不要再看了，但是閱讀有關我本人的討論，就像是去戳蛀牙，我就是忍不住不斷往下挖，只是想看看它腐爛得有多徹底。

我每個小時都會去搜尋推特、Reddit、YouTube（已經有三個書評部落客上傳了影片，標題都類似什麼「茱妮帕．『宋』大爆料！」）、Google新聞、甚至是抖音（沒錯，這件事也已經傳到抖音上的小寶寶那邊了），這真的是讓人很神經衰弱，我完全無法專心做其他事，連離開公寓都沒辦法，就只是整個人蜷縮在床上，輪流滑筆電或手機，在這同樣五個網站上一讀再讀同樣的消息及更新。

大家還會捏造各種有關我的荒唐謠言，有人說我以前在Goodreads上的評論是種族歧視

（我就只是有一次寫說我沒辦法對某本印度作家的羅曼史小說產生共鳴而已，因為裡面所有的角色都很不討喜，而且還過度執著在他們對家庭的責任上，簡直到了不可置信的地步），有人說我時常會騷擾及霸凌批評我作品的人（我只是在推特上發了篇沒有標記人的嘲諷文，關於某篇特別智障的《梧桐樹上》書評，**就一次而已欸**，而且那還是在三年前發生的！），某個人還宣稱我有次在某個場合上騷擾了她，因為我以「一種非常種族歧視的方式稱讚她的膚色」（我就只是說她的紅色洋裝很襯托她膚色裡的黃而已，要死了，我只是想稱讚對方一下，我甚至也都沒那麼喜歡那件洋裝欸）。結果現在推特上的酸民竟然把這曲解編造成某種論述，說我是怎樣對亞洲人擁有特別的癖好，而我最近轉推的各種BTS文，還有我有一次玩了某個日本電玩，然後發文說裡面的角色超辣的，都正好可以證明這點，代表我很顯然擁有某種變態的執迷，喜歡女性化又順從的亞洲人（只不過我甚至也沒那麼喜歡BTS好嗎，而且他們在討論的電玩角色，明明設定上就應該要是歐洲人，所以到底是在講三小啊？）。

所有可疑的跡象早就都出現在文本裡面了，某個匿名的Tumblr帳號寫道，我是在某篇Reddit爆料文裡點了「引述來源」，才找到這個帳號的，**參見第三百一十七頁，她描述了阿鄭的杏眼和滑順的皮膚，杏眼欸？認真嗎？？？白女已經性幻想亞洲男人好幾十年了**。（但那個形容甚至都不是我寫的！是雅典娜自己寫的欸！）

某個人則用Python上的自然語言處理程式，比較了《最後的前線》和雅典娜的其他作品，

並宣布「兩個文本間關鍵字重疊的頻率高得驚人」，但是提及的關鍵字都是些什麼「說」、「打」、「他」、「她」、「他們」，按照這個標準來看，不是也可以說我在抄襲海明威嗎？

我的黑粉也仔細耙梳我針對《最後的前線》發表過的所有公開言論，以從其中精挑細選出能證明我有多糟糕的進一步證據，很顯然將有關中國人的故事形容成「浪漫的」、「異國的」、「迷人的」都並不適當，而我將這本書描述為極富戲劇性，很明顯也削弱了書中批判種族資本主義的潛在力道。「我反對把這些工人塑造成簽下契約的勞工，」我曾這麼說過，「中國政府之所以自願派出這些部隊參加一戰，是想嘗試在西方國家面前展現軟實力，工人們出國參戰，全都是出於自由意志。」（但這個觀點卻是「無視西方霸權施加的壓力」及「對全球資本的脅迫徹底一無所知」）「這些人大多數都是文盲，」愛黛兒・史帕克斯—佐藤寫道，「他們是因為承諾的高薪而同意受到徵召，沒錯，但許多人對於在歐洲等待他們的是什麼，都毫無頭緒。海伍德／宋將他們的受雇描述成出於自由意志，且沒有任何脅迫介入，說好聽點是研究做得不嚴謹，說難聽點呢，則是對於全球南方世界的勞動階級，所身處狀態的一種惡毒的冷漠及無動於衷。」

他們說《最後的前線》是個「白人救世主故事」，他們不喜歡我提到白人士兵和傳教士展現出的果敢及勇氣，他們認為這是在強調白人的經驗（但是這些人確實存在啊，其中一名傳教士羅伯特・海頓，在蒸汽輪船「厄索斯號」被德國潛艇的魚雷擊中時，為了救某個中國人而溺

斃，難道他的命就不是命嗎？）。

而且他們說我種族歧視，還有個理由，是因為我提到這些工人是從中國北方徵召的，當時的英國人認為來自溫暖氣候的南方人，可能不適合粗重的勞動，可是這又不是**我的**觀點，是那些英國軍官的觀點欸。他們為什麼分辨不出之間的差異？他們的批判性閱讀技巧死去哪了？況且，假如事實**真是如此**，那麼說北方人比較能適應寒冷的氣候，還算得上是種族歧視嗎？

我很想發個逐點逐條反駁，我之所以做出那些創意上的決定，是因為我想擴張故事中人性經驗的範圍及深度，而不是緊貼著刻板印象寫作，無論這些印象是好是壞。同樣道理，我在文本中加入種族主義的描述，並不是因為我同意這些，而是因為我想忠實呈現歷史記載。

但我知道這些都不重要，他們已經決定好他們對我的敘述了，他們現在只不過是在蒐集「事實」，去為這樣的論述撐腰而已。

他們又不認識我，也**不可能**認識我，畢竟他們從來都沒跟我見過面，他們把我在網路上各處四散的資訊蒐集起來，然後拼湊在一塊，成為一個形象，符合自己心中想像的惡棍，但卻跟現實八竿子都打不著。

我沒有什麼「黃熱病」，我又不是那種奇怪又噁爛的老兄，只會專門寫什麼日本民間傳說，還會穿和服，並把每個來自亞洲語言的外來語借字，都用一種刻意又不自然的方式發音，ㄇㄛˇ ㄔㄚˊ、ㄩˋ ㄓㄞˊ ㄗㄨˊ。我也沒有一心沉迷於偷竊亞洲文化，我意思是，在《最後的前

線》以前，我反正根本也對現代中國史沒什麼興趣。

但最糟糕的部分在於，這些網路白目有時候也會讓我懷疑起我對自己的理解跟認識，有時候我在想，我是不是**才是**那個相信扭曲版現實的人、我是不是真的是反社會人格，性癖是喜歡亞洲女人、雅典娜是不是在我們認識的一整段期間，其實都很怕我、我那晚出現在她的公寓裡，居心又是不是真的比我所想的還要邪惡。但這些緩緩蔓延的擔憂，總是在剛升起時就被我掐熄，我讓自己不要再繼續胡思亂想腦補下去，就像蓋莉醫生教我的那樣，他媽有病的是網路上那些人，不是我，是那些社會正義戰士軍團、那些追逐聲量的所謂白人「盟友」、那些求關注的亞裔激進份子在發瘋，壞人又不是我，我是受害者欸。

*

不過至少也有些人為我發聲，大多數是白人啦，憑良心講，但這並不一定代表我們就是錯的那邊。

布雷特，上帝保佑他，便發表了如下聲明：「近期對我的客戶茱妮帕・宋做出的種種指控，完完全全是無稽之談、居心叵測，網路上的這些攻擊只不過是人身攻擊及抹黑而已。」他之後又談了一下我無庸置疑的寫作才華，還有自從他在四年前簽下我之後，我多麼努力在精進我的技藝，最後並如此作結：「我本人以及蘭伯特版權經紀公司，絕對堅定和茱妮帕・宋站在

同一陣線。」

我在伊甸出版社的團隊什麼也沒說，這讓我有點不爽，不過從有那麼多帳號標記伊甸，並要求他們作廢我的合約看來，伊甸的毫不作為本身就是對我投下信任票了。這些指控剛開始流傳時，丹妮拉寄了封擔憂的電郵給我們，不過布雷特向她保證這都是無的放矢之後，她便建議我們最好保持低調，**我們可不想因為回應而導致這些宣稱獲得正當性，我們的團隊從過去的經驗中發現，跟網路酸民瞎攪和只會讓他們更得寸進尺而已。我很遺憾這種事發生在茱恩身上，但我們確實相信，最好的舉動就是保持低調，不要回應。**

「這些都是在沒有確切證據的情況下，所作出的瘋狂指控，」某個網紅發文表示，這個人之所以成名，主要是因為在非理性的情境下，能做出合理且細緻的判斷，「會有人的生活因此受到影響啊，我認為這個社群如此熱切想要從他人的苦難中取樂，實在很令人憂心，我們全都應該表現得更好才對。」

而某個立場偏保守，擁有七萬名追蹤者的流行文化部落客，則是對愛黛兒．史帕克斯—佐藤發起了一場仇恨行動，ＡＳＳ**就是個瘋子，跟所有比她還更成功的作家都有仇**，他怒嗆道，**新聞快報：妳嫉妒的表情很醜哦，愛黛兒。**（這對吃瓜群眾而言很具娛樂性沒錯，不過鄭重聲明，我完全不支持這種行為，我猜有人幫你講話是很不錯啦，但在一個完美的世界裡，這些人不應該是常上福斯新聞的時事評論家才對。）

伊甸嬌娃們也堅定站在我這邊，願上帝也保佑她們。

珍：所以說我一般是不會同意法西斯主義者的啦，但他對ＡＳＳ的看法很對，笑死。

瑪妮：嗯，妳不需要變成法西斯主義者，也絕對可以知道這點！

珍：不過妳還好吧？還撐得住嗎？

瑪妮：這真是太令人毛骨悚然了，我真的、真的很遺憾妳必須經歷這種事。如果我們有什麼地方幫得上忙的話，請務必讓我們知道，妳真的好勇敢。

珍：這是高大罌粟花症候群，他們就是討厭看見年輕女性成功，就是這麼一回事。我從各種男性執行長那邊也常常遇上這種破事，他們就是**受不了**我們。

瑪妮：他們圍攻妳只是為了聲量跟關注，而且他們自己也知道，這不是妳的問題，完全是他們的問題。

珍：不需要跟一些豬玀摔角，還有這一切哦，真的是！！封鎖他們就對了，茱妮，無視那些死黑粉，**妳會變得很強大！！**

*

但願我做得到就好了。我還是黏在所有電子裝置上，只要一閉上眼，還是會看見天藍色的

螢幕，也依舊會想像著另一則攻擊我的貼文，又累積了一大堆讚。

我確實也嘗試過數位排毒。大家都一直叫我趕快試試看，彷彿假裝推特並不存在，就能解決我所有問題一樣，**網路酸民是以妳的關注維生！**珍不斷提醒我，**如果妳不去看的話，那網路上的東西就傷害不了妳**。但這感覺並不像什麼淨化，感覺反而像是把我的頭埋進沙堆裡，而我身旁的一切正在分崩離析，我沒辦法無視造成的傷害，我必須追蹤颶風確切的移動軌跡，因為知道颶風究竟會在哪個時間點，又會是在哪裡登陸，將使傷害變得更小，至少，我的大腦深信如此。

我試著去散步，想讓自己迷失在鳥鳴、灑落的陽光、水泥地上雨後留下的濕水漬等種種細節之中，但是外頭的世界感覺如此虛無縹緲又不相干，彷彿還在緩存的電玩遊戲背景。有時候我確實成功想辦法忘掉一切一下子，但接著我的注意力又滑走，又開始想到放在床上的手機，隨著越來越多通知湧入而震動，然後我的呼吸就會急促起來，整個人頭暈目眩，我就知道我已經處在焦慮發作的邊緣了，於是加快腳步回到公寓，蜷縮在床上，又掏出手機如同世界末日降臨般再狂滑猛滑個一小時，因為弔詭的是，這是能讓一切冷靜下來的唯一方法。

我吃不下。我**很想**吃東西，我無時無刻都超餓，而且也一直點又大、又燙、又油的披薩或義大利麵外賣，但開始咀嚼的那瞬間，思緒便又開始天旋地轉，想著我即將到來的寫作生涯大毀滅，然後就沒辦法再吃下一口了，總是會覺得噁心、想吐、反胃。

我也睡不著。我每晚都清醒到不行地躺在床上，直到太陽升起，邊著魔般不斷重新整理各種不同的貼文和帳號頁面，看看誰又轉發或回覆了什麼東西，並在腦中想像出回應，再想像出針對這些回應反駁的反駁。

我真希望我有個逃生策略。我真希望我可以有什麼魔術般的道歉，或提出什麼辯護的理由，可以讓這一切停止，不過這根本就沒意義，我心知肚明，蹚這塘渾水絕對沒好處。我貼的任何東西，都會成為進一步的證據，大家之後可以拿來對付我，而且就算在網路上獲勝，又能怎麼樣呢？又沒有辦法收回爆料，或讓整個網路世界忘了我，我永遠都會背負著污名，每一次有人搜尋我的名字，或是在文學研討會上提到我，我跟這次剽竊醜聞的關聯，就會像個永遠不會消散的屁一樣，把空氣給弄臭。

我知道有些作家可以在醜聞之間周旋，他們的名譽卻依舊完好無損，不過大多數都是白人，大多數也都是男性，以撒・艾西莫夫就是個性騷擾慣犯，哈蘭・艾利森[26]也是，大衛・福斯特・華萊士[27]還曾經虐待、騷擾、跟蹤過詩人瑪莉・卡爾，但大家還是將他們尊為天才。

有時候，我則會可憐兮兮地暗自心想，也許這就只是某件我必須經歷的事，線上大起底感覺像是這年頭所有知名作家都必須經歷的成年禮，去年，某個寫青少年小說的作家就被社群媒體封殺，因為她鼓勵粉絲狂洗另一名作家的出道作一星評論（後來，有人爆料說其實是那個剛出道的作家搶了她的未婚夫），但不管怎樣，扯進這件事的作家，兩個人都才剛剛簽下後續三

部曲作品的全新六位數美金書約。還有瑪妮・金伯，丹妮拉最愛的作家，至少也惹禍上身過十幾次，永遠都是因為在推特上發表了什麼心直口快、邏輯站不住腳的言論，比如**經典就只是寫得比較好啊，如果你不去買一本的話，你根本就是文盲啦，抱歉哦**，而她的銷量也很不錯啊，或許丹妮拉是對的，也許沉默就是最好的回應。

就連雅典娜也經歷過一段網路炎上期，雖然以她的情況來說，她還真的沒做錯半件事。兩年前，她在推特上發了篇毫無爭議、充滿大愛的貼文，有關當時開始流行，針對亞裔美國人的仇恨犯罪，**我從來都沒有因為自己的膚色，覺得這麼不安過**，她當時表示，**直到現在，我才第一次這麼深切體會到，這個國家彷彿不是我的國家**。讀起來是有點媚俗跟自戀沒錯啦，但不管怎樣，這還是很接近她內心真實的感受，而且你怎麼可以討厭一個擔心自己走在街上會被攻擊的人呢。

但接著某個簡介欄裡有個中國國旗符號的匿名帳號質問她：**如果妳這麼在乎亞裔人口，那幹嘛要跟白人約會？**

---

26 譯註：Harlan Ellison（1934-2018），美國科幻巨擘，曾多次獲頒雨果獎及星雲獎，也曾為知名影集《星艦迷航記》（*Star Trek*）系列撰寫過劇本。

27 譯註：David Foster Wallace（1962-2008），美國作家，代表作為《無盡的玩笑》（*Infinite Jest*）。

我不知道雅典娜幹嘛回覆，根本從來就不需要跟種族歧視的白目起爭議，還想要說服對方，但她肯定是覺得應該要為自己辯護，或單純就是想要引戰，因為她直接轉推了這條回覆，並表示：**我跟誰約會和我的政治立場完全無關，怎樣，現在是開始仇恨跨種族情侶了嗎？我是活在二〇一八年哦？**

然後水壩就洩洪了，各種仇恨訊息淹沒了她的回覆和私訊，那週過幾天後，我們見面喝咖啡時，她給我看了其中一些，真的是超沒品又惡劣：

閉嘴去吸妳的白屌啦

白男亞女的組合根本就不自然，白男亞女就是會生出艾略特．羅傑[28]**這種人，妳是想要我跟艾略特．羅傑一樣去掃射妳嗎？**

白人是永遠不會愛妳的啦，笑死，別再努力了親愛的

妳憑什麼替亞裔發言啊？妳讓一個白人殖民妳的臭鮑魚的時候，早就失去這個權利了。

等到她把帳號設成不公開，那些ＡＭＲＡ（亞裔男性權利激進份子，她是這麼稱呼他們的）早就已經找到她的另一個私人帳號和電子信箱了，她開始收到死亡威脅，而最先在推特上互嗆的各種截圖，也開始在Reddit上流傳。上面最主要的貼文最後累積了超過一千則留言，許

多都是截圖雅典娜和她當時男友傑夫的照片，是從他們各自的ＩＧ帳號上抓下來的，圖說則是**種族叛徒**，還有**某些亞裔根本就對自己的種族沒有半點忠誠可言，他們只想要白人的屌、白人的錢、白人的孩子，但是有一天他們會醒悟，瞭解白人優越並不會拯救他們，請大家幫忙祈禱，願這女孩在一切太遲之前能夠看清**，諸如此類的。

還有人駭進了她的作者網頁，所以每當你點進首頁時，就只會看到一幅漫畫，圖中是個眼睛呈斜線狀的亞裔女人跪在地上，身旁圍著一群流口水的白人。

我永遠都站在妳這邊，我傳訊息告訴她，因為這似乎就是這種情況下最得體的話，**大家真是有夠混蛋**。

謝啦，她回覆，然後是：**我會沒事的，我想，只是真他媽有夠恐怖，就像是，我連在自己家裡都不覺得安全**。

我當時以為她只是講得比較浮誇，雅典娜很會這招，為了得到同情玩弄她的恐懼，就像她每次在「酒賽」時玩弄她的脆弱，求得關注一樣，反正不管怎樣，網路就只是網路啊。怎樣，

---

28 譯註：二〇一四年時，華裔及白人混血的Eliot Rodger於加州大學聖塔芭芭拉分校附近持槍行兇，最後在和警方駁火的過程中自殺，事件共造成七人死亡、十四人受傷，後也引發「Incel」（involuntary celibate，非自願單身）現象的相關討論。凶手的父母正是白人父親與華裔母親的組合，因此才會有此處的言論。

Reddit上某個住在他老媽地下室的低賤人渣，是真的會開幾百公里的車來華盛頓特區，然後到她公寓外面堵她是不是？當時，我心裡有個噁心的想法：她幹嘛不能就下線一下子，並專心想著她事實上有錢、漂亮、又成功呢？

但現在我完全瞭解雅典娜當時的意思了。你就是沒辦法把這一切擋在外頭，你會徹底失去安全感，因為無時無刻，不管是你睡著、你醒著、你因為跑去洗澡所以才剛把你的手機放下來幾分鐘時，好幾十個，也許好幾百個，甚或**好幾千個**陌生人就在外頭，挖掘你的個人資訊、蠶食你的生活、尋找各種方式去嘲諷、羞辱、或是更糟的，去危害你。你會開始後悔你曾分享過有關自己的一切：每一張照片、每一個迷因、YouTube影片下的每一則留言、每篇隨手發的廢文。因為那些網路白目就是**會**找到，在事發的前二十四個小時內，我就盡可能刪除我所有的數位足跡，但是「網路時光機」（Wayback Machine）網站依然存在，某個人就嘲諷了我二〇一八年時對《神力女超人》發表的熱情評論：**海伍德當然他媽的超愛白女救世主敘事的啊，你敢賭多少她一定也很愛以色列國防軍？**還有人發了一張我高中畢業舞會時的照片：**這件洋裝就是茱妮帕·宋的反派起源故事。**也有人貼了我以前工作的補習班資訊：**家長們，如果你們有在使用這項服務，務必要小心茱妮帕·宋。**要不是我已經辭掉了真理那邊的工作，我真心相信這些人八成也會害我被炒。

你們全都需要出去外頭走走，某個大牌作家有次曾在推特上抱怨道，**去呼吸點新鮮空氣**

吧，推特並不是真實人生。

只不過推特**就是**真實人生，甚至比真實人生還更真實，因為這裡是出版業的社會經濟存在的場域，因為這個產業並沒有其他替代方案，下了線，作家們就全都只是臉孔模糊的虛構生物，在彼此隔絕的情況下猛力敲出文字，你不能從任何人的肩後偷窺，你也分不出是不是每個人真的都跟他們假裝的一樣那麼有品高尚。但是在線上，你可以隨時加入所有最夯的八卦，即便你根本就不夠重要，在事情真正發生的地方連個座位也沒有，在線上，你可以叫史蒂芬·金死一邊去啦，在線上，你可以發現時下最夯的文學明星，其實問題重重，而他所有的作品都應該被永遠取消才對。出版業中的名聲一直以來的建立及摧毀，都是在線上。

我想像激昂憤怒、指手畫腳的人群，往我身邊匯聚，只為從我的身上扯下血肉，如同希臘神話中的水仙子對奧菲斯所做的，直到剩下的只有一個細聲低語的癡迷問題：「你有聽說茱妮帕·宋的事嗎？」而謠言的種種片段越發黑暗、越發扭曲，我的線上身分被肢解為血淋淋的碎片，最後什麼都不剩，唯有一行聲明，無論公不公允，那就是，**茱妮帕·宋被取消了**。

十二

我除了待在公寓裡無限期冬眠以外，別無所求，但我這個月已經先答應要參加兩個活動了，一個是和華盛頓特區的學生去參訪圖書館，另一個是在維吉尼亞州文學季的論壇上，談東亞相關故事的創作。我也跟某位法國大使館的女士來來回回寫了好幾封電郵，討論下個月要去參訪位於濱海諾耶勒的一戰華工紀念墓園，時機剛好搭上《最後的前線》法文版推出，但差不多就在抹黑行動如火如荼展開的時候，她就不再回我的信了，不過我也沒覺得怎樣啦，我最不想要的事，就是坐七個小時的飛機，只為了讓大西洋另一頭的討厭法國人把我當空氣無視。是說自從消息爆出來以後，圖書館跟文學季也都沒有寄給我進一步的通知，我認為這是代表他們依然想要我去，而如果取消的話，也就代表我承認自己有罪了。

圖書館的參訪還算過得去。結果那群學生其實是小三生，不是我預期中的中學生，他們還要再過好幾年才讀得懂《最後的前線》，而且很顯然也對一戰華工半點興趣都沒有，感謝上帝，這也表示他們年紀實在太小，根本就不在乎推特上的鬧劇，雖然他們見到我並沒有特別興

奮，不過也沒有擺臉色給我看。他們坐在馬丁．路德．金恩紀念圖書館的大廳裡，坐不太住但也沒有吵鬧，我則從第一章開始朗讀二十分鐘，接著他們問了一些可愛又白癡的問題，有關身為出過書的作家是什麼感受（「妳會見到製造書的工廠嗎？」、「會有人付妳好幾百萬嗎？」），我回答他們枯燥乏味的陳腔濫調，關於文學為什麼很重要，因為能夠開啟通往其他世界的大門，還有他們以後搞不好也會想成為作家。然後他們的老師感謝我，我們拍了張大合照，就原地解散了，完全沒有節外生枝。

論壇則是一場大災難。

我已經因為遲到惹毛所有人，我不小心看錯行程表，我的論壇是在橡樹廳舉辦，不是雪松廳，這代表我必須一路橫越整個會議中心，等我到的時候，裡頭已經擠滿了人，其他所有參與者都聚在桌子的另一頭，彼此交談，手還摀著麥克風。我走近時他們全都安靜下來。

「我很抱歉，」我邊喘著大氣邊找到我的座位，我遲到了將近十分鐘，「這裡的路真的很難認，對吧？」

沒有人回應。其中兩個人先瞥向我的方向，接著面面相覷，最後一個人則往下瞪著她的手機。敵意還真堅定不移啊。

「好啦！」我們的主持人安妮．布許愉快地說道，「現在人都到齊啦，那就來開始吧，我們就先來自我介紹，也講一下最近出版的作品如何？」

我們按照座位順序往下，從左到右，出席的有詩人暨視覺藝術家黛安娜‧邱、當代青少年小說作家，正職是民權律師的諾爾‧利希、頗受好評的歷史羅曼史作家周愛玲，她的作品都設定在「種族顛倒」（這是她的原話）的維多利亞時代英國。接著還有我，我傾身靠向麥克風，「呃，嗨，我是茱恩‧海伍德，也用茱妮帕‧宋的筆名寫作，我寫了《最後的前線》。」

這番話得到了眼神死的瞪視，不過沒有噓聲。此時此刻，這就是我最大的奢望了。

「我想要請大家討論一下是什麼啟發了你們的書，」安妮說，「茱妮帕，不如就妳來當我們的第一棒好了？」

我口乾舌燥，聲音沙啞，在繼續回答之前先咳嗽了一下，「所以說歷史帶給我很大的靈感，跟愛琳一樣，事實上，我第一次知道一戰華工——」

愛玲打斷了我，「我的名字是念『愛、玲』。」

「對，愛玲，不好意思。」我突然一陣不爽，我是在模仿安妮的發音欸，剛剛愛玲又沒有打斷**她**。

「我只是覺得把名字念對很重要，」愛玲對著稀稀落落的掌聲說道，「我以前很害怕跟人家說他們念錯我名字了，但我現在已經把這變成我理念實踐的一部分。我們對抗白人優越地位是有意義的，每一天，一點一滴，而我們要求受到尊重，也是有意義的。」

更多掌聲，我坐回椅子上，遠離麥克風，滿臉通紅。認真的嗎？**理念實踐**？

「這是當然囉，」安妮急忙打圓場，「不好意思，愛玲，我在論壇開始前應該要先確認過發音的。」

「愛、**玲**，」我說，語速很慢、發音正確，因為我覺得好像必須說點**什麼**，「彷彿妳有什麼困難或生病了，不過是在德州[29]。」我是想要幽默一下，不過很顯然這也造成反效果了，因為觀眾的緊繃肉眼可見。

愛玲什麼也沒說。出現一陣漫長又尷尬的沉默，接著安妮問，「那麼，呃，諾爾？你作品的靈感是怎麼來的呢？」

我們就這樣持續了一陣子。至少安妮很會讓對話延續下去，她輪流問我們每個人問題，而非讓參與者主導談話，這代表我可以待在我的陣地，整個小時都避免和愛玲直接講到話。其他參與者時常會互相提及並順著彼此的回答講下去，但沒有人在接我的話，聽眾似乎也不在乎我，我彷彿在跟空氣講話，不過也沒關係啦，我只需要撐過這一小時就好了。

安妮肯定是注意到我的回答都相對簡短，因為她突然問我說，「那茱妮帕呢？妳想要再詳細說明一下虛構小說可以為代表性不足的群體，帶來什麼其他幫助嗎？」

29 譯註：愛玲的拼音為Ailin，聽起來類似英文中的「ailing」，這個字有處境艱難或生病之義，此處應是在嘲諷美國南方口音。

「嗯，好啊。」我又清了清喉嚨，「對，所以，呃，每次想到我為什麼要寫《最後的前線》時，都會有件軼事出現在我腦海裡。所以說呢，在二十世紀初，加拿大對中國移民非常不友善，導致每個入境的中國人，都必須要繳五百塊美金的人頭稅，而當這群一戰華工來到加拿大時，他們入境的人頭稅因為在打仗而免除了，不過這回過頭來也代表，他們整趟旅程都不准下火車，而且他們待在加拿大的一整段時間，也都有人就近看守。」

通常我講這個故事時，都會得到大家的全副注意力，但也許今天的聽眾就只是決定要討厭我吧，或他們太熱、太疲憊、覺得我的道德訓誡太無聊了，因為大家不斷在座位上扭來扭去、東張西望、看手機。沒有人願意盯著我的臉。

我無能為力，只能繼續勇往直前，「他們在大熱天下待在那些列車車廂中好幾天，沒辦法接受醫療照護，哪怕有些人都因為脫水昏倒了，他們也沒辦法跟外頭的半個人接觸，因為加拿大政府徹底封鎖了媒體消息，絕對不能提到華工人在加拿大。而我認為，這對本書的核心宗旨來說，是個非常好的比喻，也就是這群華工不僅受人利用，接著還被迫不准聲張，無法得到應得的公道，彷彿他們很丟臉一樣。」

「是喔，真假？」黛安娜．邱突然插話，「所以妳不能接受亞裔勞工不受承認囉？」

她的打斷讓我有夠震驚，使得有那麼一會兒，我只能啞口無言瞪著她，黛安娜．邱是那種苗條又有藝術家氣息的型，有著精明銳利的一對黑眼、仔細整理過的眉毛、還塗了紅色的口

紅，是非常大膽的鮮紅色，看起來就像是她臉上一道裂開的傷疤。她前衛又時髦的美學，有幾分讓我想到雅典娜，是真的，而她們的相像也讓我不禁打起寒顫。

我從眼角餘光瞥見一道閃光，有人在拍照，幾名聽眾也舉起了他們的手機，他們在錄製這次交鋒。

「這是哪門子問題啊？」我知道我不該讓情勢升溫，但在我能夠阻止之前，義憤填膺的話語就先脫口而出了，「我是說，這很顯然是錯的啊，這就是整個重點——」

「偷走一位死去的女性的文字作品也是錯的。」黛安娜說。

好幾名聽眾聞言還真的倒抽了一口氣。

「我們還是討論事先準備好的問題就好，」安妮於事無補地說，「諾爾，你覺得——」

「就是有人得說出來才行，」黛安娜提高音量，「現在已經有充足的證據，表明茱恩・海伍德並沒有寫出《最後的前線》，我們全都讀過那些指控，別再裝了啦。而我很抱歉，但我在這個論壇上可不會裝作沒事，假裝她是值得我敬重的同行，雅典娜的創作遺產正處於水深火熱之中——」

「麻煩一下，」安妮說，這次音量也更大，「這裡並不是討論這件事的適當場合，而我們也必須尊重所有受邀的參與者。」

黛安娜看起來好像還有更多話要說，但接著諾爾碰了碰她的手臂，黛安娜於是離開麥克風

坐回椅子上，雙臂抱著胸。

我什麼也沒說。我不知道我是**能夠**說什麼，黛安娜和聽眾已經判好我的罪了，不管我說什麼，在他們眼裡都無法獲得寬恕。我只能坐在那，心臟狂跳，被羞恥淹沒。

「這樣好嗎？」安妮問，「拜託，我們可以繼續了嗎？」

「好吧。」黛安娜敷衍地應道。

安妮明顯聽得出來鬆了一口氣，接著問愛玲她對《柏捷頓家族》有什麼想法。

太遲了，這場論壇已經沒救了，我們繼續到這個小時結束，但是早就沒人在乎安妮準備的問題了，還沒離開會場的聽眾都在手機上瘋狂打字，無疑是在為他們的追蹤者概述回顧剛剛的整場事件。諾爾跟愛玲英勇果敢地跟隨安妮的引導，彷彿在場還有人對史前時代的中文書寫系統或伊斯蘭神祕主義有半點興趣一樣，那個小時剩下的時間黛安娜都一言不發，我也是。我盡可能靜靜坐著，雙頰發燙、下巴顫抖，盡全力克制著不要爆哭出來，我很確定大家已經在用我們剛剛說話時我一臉不可置信的照片做迷因了。

我們終於解脫之後，我收拾好東西，並以還不到猛然開始全速奔跑的最快速度走出會場，安妮在我背後喊我，也許是想要道歉吧，但我完全沒有停下腳步，直接繞過轉角。那個當下，我想要的就只有消失在所有人的視線之外。

瑪妮：哇還真是個臭婊子

珍：她是病了嗎？我是說，她是不是心理有病？

瑪妮：我意思是，她自以為知道什麼又不重要，像這樣在公開場合跟妳對質，真的是**超沒格調的**，她顯然不是在尋求解決方式，只是想要**求關注**而已。

珍：**沒錯**，說得好。這種演給別人看的憤怒還真噁，一看就知道是想往自己臉上貼金，她八成是想要透過這件事宣揚什麼藝術理念吧。

瑪妮：如果你可以將這稱為藝術的話啦……

我笑了出來，我蜷縮在床上，被子一路拉到下巴，**願上帝保佑伊甸嬌娃**，我心想，網路上的其他地方，黛安娜的爆氣行為在茱妮帕．宋手舞足蹈的黑粉間廣為流傳，但是眼前，我很開心可以看著珍跟瑪妮花式攻擊黛安娜之前的作品。

瑪妮：也許是我不懂表演藝術吧

瑪妮：可是在這個影片裡面她正在幫自己剪頭髮欸

瑪妮：甚至都剪得不算好看

瑪妮：而且她的鼻環也好醜哦

珍：我們是從什麼時候開始把情緒崩潰叫作視覺藝術的啊，笑死，這個女孩需要幫助

瑪妮：我的天啊妳不能這樣講啦

瑪妮：真的快笑死欸

我哼了一聲，把視窗切回黛安娜．邱的網站，她最新的作品叫作「吃播」，是她在咀嚼畫得很像亞洲人臉孔的水煮蛋，整整十三分鐘，同時全程一邊瞪著攝影機，臉上則是掛著一成不變的死魚臉。

伊甸嬌娃們是對的，隨著我仔細觀看黛安娜的臉孔，她無精打采又憤怒的雙眼，還有從她薄薄的嘴唇掉下來的蛋黃碎屑，我不敢相信我竟然讓這個渺小又小心眼的人，用她令人尷尬又搞得太做作，卻依然達不到效果的藝術，來攻擊我。她是在嫉妒，他們全都只是在嫉妒，這整件事就是這麼來的，而也許我遭受了一些打擊，但我絕對不會讓這些跟黛安娜一樣發瘋、邪惡、又自以為自己是個咖的網紅摧毀我的寫作生涯。

十三

那個週末，我搭地鐵出城到亞歷山卓，去我姊跟她老公的後院烤肉趴。

洛莉和我並沒有特別親近，但我們擁有那種姊妹間自在的親密，雖然搞不懂彼此的生活方式有哪邊吸引人，卻也早已放棄說服對方改變了，洛莉覺得我漂泊不定、對未來沒什麼準備、浪費了一個好好的常春藤名校學位、而且要一直追求出版的春秋大夢也未免有點太老了，竟然沒有轉換跑道，為擁有各種福利及退休計畫的穩定職涯好好打拼。洛莉是德州大學奧斯汀分校會計系畢業，現在也正是在從事相關工作，在我看來她的人生實在是無趣到爆、千篇一律，根本是典型的中產階級，要我這樣生活，不如把我的眼珠子挖出來算了。

洛莉跟她老公湯姆是大學情侶，後來結了婚，湯姆是個ＩＴ工程師，我對他的印象永遠都是擁有一坨溼麵糰般軟爛的外表和個性，他們夫妻倆都對出版一竅不通，用洛莉的話說，他們都不是所謂的「書蟲」。他們搭飛機時喜歡順路去逛個機場書店，找最新的約翰·葛里遜平裝本，洛莉則是在假期時偶爾會從當地的圖書館借本茱迪·皮考特，但是除此之外，他們對我所

生活世界的種種潮起潮落與變遷興衰，可說根本毫無頭緒，而且他們也沒有多想瞭解，我甚至覺得洛莉連推特帳號都沒有。

今晚，這可是件好事。

洛莉和湯姆住在夠遠的郊區，因此負擔得起寬敞的後院，還有附一座露台，他們每個月的最後一個週六都會在這裡辦家族烤肉趴，今晚的天氣十分完美：又溼又熱，但微風又剛剛好，所以不會覺得困擾。洛莉在做玉米麵包，聞起來超香，讓我覺得這可能會是我本週以來成功吃進肚子的第一餐，而不會因為焦慮又再吐出來。

我抵達時，兩人在露台上鬥嘴，爭吵的點，據我推斷，是人資因為跟洛莉坐同一張辦公桌的同事那天稱讚了另一個同事的髮型很美，所以斥責了她，這樣是否合理。

「我只是覺得，你不應該在別人沒有允許的情況下隨便亂碰人，」湯姆說，「就是，這是個禮貌問題，不是種族問題。」

「噢，少來了，又不是說她攻擊了另一個人還是怎樣，」洛莉回答，「只是稱讚一下而已。而且竟然說雀兒喜是種族歧視，也太扯了吧，我是說，她支持民主黨欸，她當年可是投給**歐巴馬**，噢，嗨，親愛的。」我走上前去時洛莉捏了捏我的側身，通常我都會因為洛莉裝模作樣的大姊式舉動縮起身子，我總是覺得這樣有點假掰，彷彿是在過度補償我們年輕時彼此之間疏遠的距離，但今晚我反而還靠過去讓她碰，「拿瓶啤酒吧，我來去檢查一下烤箱。」

「最近還行嗎？」湯姆朝野餐桌示意，我於是在他對面坐下，他竟然開始留起鬍子，現在已經將近四五公分長了，而這強調了他伐木工般彷彿遇到什麼事都不為所動的穩重氣質。我每次見到湯姆，都在想如果跟顆石頭一樣容易滿足的話，人生會是什麼樣子。

「就平常那樣啊，」我邊說邊接過一瓶輕可樂娜，「還可以更好。」

「洛莉跟我說妳又出了另一本書，對吧？恭喜妳耶！」

我的臉皺了起來，我希望他們最近沒有在網路上搜尋過我，「好喔，謝啦。」

「書是在講什麼的？」

「噢，呃，就一次世界大戰，就是，嗯，描述在前線的工人。」每次要向那些還不知道我的書的人解釋一戰華工，我總是覺得很困窘，因為後續無可避免的反應，永遠都是鼻子一皺，還有千篇一律又尷尬的**我都不知道中國有參加一戰呢**或是**啥，為什麼要寫中國人？**「是用類似馬賽克拼貼的方式去講述的，有點像是《敦克爾克大行動》那部片子，透過很多小故事融合在一起，去講述一個更大範圍的故事。」

「聽起來很酷，」湯姆點點頭，「這是很好的小說主題，感覺好像所有書跟電影都執迷於二次世界大戰，妳懂我意思吧？比如《美國隊長》，跟那一大堆描述猶太大屠殺的電影，我們需要更多一戰作品。」

「《神力女超人》就是在講一戰啊，」洛莉從廚房喊道，「那個電影啊。」

「是啦，沒錯，可是那只是《神力女超人》欸，又不是什麼嚴肅文學。」湯姆尋求我的背書支援，「我說得對吧？」

夭壽哦，我心想，這就是為什麼我不喜歡跟家人聊出版，「那艾莉最近好嗎？」

艾莉是我的八歲外甥女，我看見塑膠動物掉得整個院子都是，不過沒有可以吞下去的大小，也沒有聞起來像花生的毀滅颶風過境，所以我猜我今晚應該可以免除阿姨的責任了。我理論上並不反對小孩，但我覺得要是艾莉是那種害羞的書蟲型，我可以帶她去大逛特逛獨立書店，而不是iPhone成癮、每天看抖音，簡直在上瞎妹養成班，那我會更喜歡她。

「哦，她很好啊，她今晚要去朋友家過夜，她們班上這個月在讀《夏綠蒂的網》，這代表她這個月都拒絕吃肉，只吃純素漢堡。」

「我相信這會變成持久的習慣。」

「哈，還用妳說。」

我們都啜了啜啤酒，因為已經用光所有閒話家常的話題了，我常常覺得跟洛莉和湯姆講話，就像在和民調專家虛構出的所謂「一般美國人」，或是某個空白的臉書帳號聊天一樣，**你對電影有什麼看法呢？那音樂呢？**我曾試過要和湯姆聊工作，但IT工程師的職責似乎沒什麼好聊的。

還是說其實有呢？我靈光一閃，「嘿，湯姆？你有辦法可以追蹤，比如說，隨便哪個推特

帳號的ＩＰ位址嗎？」

他眉頭一皺，「妳要追蹤ＩＰ位址幹嘛？」

「呃，有個帳號一直在騷擾我啦。」我停頓了一下，思考要解釋多少，或說我到底能不能用一種不太瞭解出版業的人也能夠聽得懂的方式解釋，「就是，一直在散佈關於我的謠言還什麼的。」

「妳不能直接跟推特檢舉那個帳號嗎？」

「我確實有試過。」布雷特就有鼓勵大家去檢舉跟封鎖那些對我潑髒水的帳號，但是推特在執行他們的反騷擾政策上，本來就是惡名昭彰地差勁，而就我所知，這個舉動也並沒有造成任何改變，「雖然我並不覺得他們會採取任何行動啦。」

「原來是這樣，嗯，我不覺得妳透過推特帳號可以找出背後的人。」

「網站難道不是都會儲存訪客的ＩＰ位址嗎？」

「是沒錯，但推特的數據並沒有公開，所有大型的社群媒體網站都會保護他們的數據，他們依法必須這麼做。」

「那你沒辦法，就是說，入侵到裡面嗎？你不是個駭客嗎？」

他笑了出來，「我不是那種駭客啦，而且像這樣的數據侵害可是會上新聞的，這是很嚴重的隱私侵犯，我可不想去坐牢，茱妮。」

「但要是我自己的網站是私人擁有及經營的，那我就可以看見所有訪客的ＩＰ位址，對嗎？」

湯姆思考了一下這回事，然後聳了聳肩，「嗯，我猜，大概是吧，有些插件可以做到這種事，妳甚至在WordPress都可以這麼做，但是問題在於，光是只有一個ＩＰ位址，其實沒辦法告訴妳那麼多資訊。妳可以找出他們住在哪個城市，搞不好吧，甚至是哪個社區，但是這不像是電視上演的，可以跟變魔術一樣精準定位出他們確切的ＧＰＳ位置。而且他們是用手機存取網站，或是從家中的網路路由器上網，也都會有差別……」

「但你可以告訴我他們大致所在的地理範圍是嗎？」我說，「前提是，如果我提供你ＩＰ位址？」

湯姆猶豫了一下，「妳不是在做什麼違法的事吧，是嗎？」

「當然不是啊，老天啊，我又不會往他們的窗戶丟個汽油彈進去還怎樣的。」

我是想要耍個幽默，但這麼精確的描述顯然嚇到他了，他摳弄著啤酒瓶的邊緣，「那妳可以再跟我講詳細一點，妳到底是需要什麼嗎？因為要是他們真的在騷擾妳，那也許這麼做並不安全——」

「我只是想要知道對方到底是誰而已。」我回答，「或說只是大概知道，他們人在哪，而要是他們就在附近，你知道的，我這樣就可以確保他們不會是實質上的威脅。比如說，我是不是

應該要擔心他們會跟蹤我，或是——」

「跟蹤？發生什麼事了？」洛莉突然冒出來，邊平衡著一大盤玉米麵包，跟另一隻手上一碗切好的西瓜，她把食物放下，滑到我身旁的長凳上坐下，然後又從側邊抱了抱我，「一切都還好嗎，茱妮？」

「沒事啊，對，就只是有件蠢事啦。剛在請湯姆幫忙，要找到某個在推特上霸凌我的傢伙。」

洛莉皺起眉頭，「霸凌？」

我知道她在想什麼。我中學時忍受了各式各樣的霸凌，當時我們的家庭生活正急速脫軌，我於是遁入書中的世界躲避，醒著的所有時間都沉浸在奇幻世界中，我猜這使得我看起來不擅交際又反社會吧。我會帶著大部頭的《魔戒》或《奇幻精靈事件簿》出現在學校，還會整天都弓著背在那讀，完全無視身旁的一切。

其他小孩並不喜歡這樣，我有些同學玩起一種遊戲，在我讀書時到我的身後扮鬼臉，想看我會不會發現，有些人還散播謠言說我不會講話，**肖婆茱妮**，他們這樣子叫我，彷彿「肖婆」並不是一個我們在九〇年代時就早已遺忘的字一樣。

「不，不是那樣啦，比較像是……奇怪的網友。」我說，我不覺得洛莉可以理解網路酸民的概念，「就像是，嗯，他們覺得我現在是個知名作家了，所以他們想對我講什麼垃圾話都可

以，死亡威脅之類的。我剛只是在問湯姆，能不能幫我找到這背後到底是誰，或至少，比如說，大概知道他們人在哪什麼的。」

洛莉望向她老公，「你可以幫忙的，對吧？這聽起來很嚴重。」

湯姆嘆了口氣，語帶無奈，「再次強調，我沒辦法從推特上弄到ＩＰ位址——」

「我會幫你弄到ＩＰ位址的，」我說，「我只是需要你幫我查詢一下。」

在我一臉苦苦哀求跟洛莉企盼的目光之下，我想湯姆也不覺得他有選擇的餘地吧。

「好吧，」他伸手拿另一瓶啤酒，「樂意之至。」

他沒有再問更多問題，上帝保佑，湯姆全憑表象判斷一切，不會多想，洛莉也是，我當下突然覺得超級超級喜歡他們，在這個家中沒有狡詐欺騙，只有坦承又充滿愛的信任，還有我這輩子吃過最好吃的玉米麵包配辣羽衣甘藍湯。

＊

那晚回家後，我在書桌前安頓好，準備來自學一點基礎網頁設計。

這並沒有多難。我大學時曾上過一個為期四週的HTML訓練課程，當時我還懷著一個半成形的想法，覺得要是我當不成作家，那至少我去當程式設計師還會有穩定的收入，直到我發覺程式設計的市場對於不是天生好手的人來說，其實也已經迅速變得太過飽和了。我雖然無法用

我學會的技巧找到工作，卻還是懂得夠多，可以拼湊出一個還過得去的網站，不會一眼看起來就像是什麼俄國駭客在釣魚。

網站的設計不是太重要，本來看起來就應該要像是個自己架的陽春部落格，我花了大約十五分鐘複製貼上，並把指控我剽竊這回事，某些最為惡毒的「證據」，編排到網站的首頁上。我同時也確保這個網站不會出現在任何最佳化過的搜尋結果上，我可不想要搜尋這個醜聞的隨便什麼路人不小心跑來我的網站。

最後，我創了我自己的推特假帳號，沒有大頭貼，也沒有簡介，只有帳號名稱「@復活的雅典娜」，這會引起大家的注意。

一切都安排好之後，我私訊「@雅典娜劉的鬼魂」：

嘿，我不知道你是誰，但感謝你花了這麼多心力揭穿茱恩·海伍德，我有些額外的證據記錄在這個網站裡，如果你有興趣的話，可以來看看。

接著我貼上導向我誘人陷阱的連結。

*

「@雅典娜劉的鬼魂」並沒有秒回。我在床上躺了十分鐘左右，不斷重新整理著我的推特應用程式，但看起來對方甚至根本沒在線上，同一時間，在我真正的帳號上，我收到三條來自陌生人的新私訊，叫我不如去死一死算了，所以我暫時不再去查看訊息。

話雖如此，我還是忍不住瀏覽起我的動態，想看看現在風向如何，一連串的指控已經差不多銷聲匿跡了，不過某些知名部落客還是一直想要我的項上人頭，（**@伊甸出版社為什麼還沒有回應這些指控？**愛黛兒．史帕克斯—佐藤質問道，**這樣子對妳的出版社來說實在是很難看，@丹妮拉伍德豪斯，這個行為大大說明了你們有多在意邊緣群體的聲音**）。

不過，風向現在竟然也出現意料之外的發展：有關雅典娜的謠言也開始風聲鶴唳了起來。據我所知，這是從另一個新的匿名帳號發的長文開始的，那個帳號叫作「@沒有英雄也沒有神」：**茱恩．宋的行為確實很噁，假如是事實的話**，他們的第一則貼文如是說，**但是我們也不應該表現得像雅典娜．劉是什麼亞裔美國人代表模範生一樣吧**，下收（**1／？**）

身在華裔美國人社群中的我們，多年來也因為她選擇描繪種族化及中國歷史的方式，感到頗為不舒服。（2／？）

比如，她對國民黨的處理，就是西方帝國主義洗腦結果一個令人瞠目結舌的例子，她把國民黨塑造成中國民主化的明顯選擇，卻忽略了國民黨撤退到台灣之後所做的種種暴行，台灣的原住民對這些描繪會作何感想呢？（3／？）

此外，在她的短篇故事〈我父親的逃離〉中，雅典娜將天安門廣場的異議人士視為英雄，然而，當年的這許多異議人士，在逃到西方之後，竟然都成了川普的狂粉。（4／？）

雅典娜．劉對於民主的支持，難道只停留在瘋狂抨擊中共而已嗎？尤有甚者，雅典娜有關她父親經驗的許多說法，都前後不一致且矛盾，因而可以說，她對自身整段家族史的呈現，也是前後不一致且矛盾的。（5／？）

如此這般、如此這般持續了十六則貼文，最後在一個Google文件連結來到高潮，裡面記錄著更多雅典娜罪行的證據，「@沒有英雄也沒有神」如此作結道，雅典娜跟大多數激進的亞裔離散族群運動，根本就徹底脫節。雅典娜不是一個真正的馬克思主義者，她頂多就是個左膠跟香檳社會主義者而已，雅典娜也在她的家族史上說謊，誇大了悲劇性，這都是為了方便、為了對外宣稱的真實性、為了關注。雅典娜，就跟湯亭亭一樣，呈現的永遠都是中國歷史及文化最糟糕的那面，以從她的白人讀者身上搾取同情，雅典娜是個種族叛徒。

推特上大部分的人都不知道現在到底是三小情況，因為沒有人這麼瞭解中國歷史或政治，他們也沒有精讀過雅典娜的作品，所以無法作出明智的判斷，但他們看見的，以及他們緊緊攀附的，就是「雅典娜．劉＝有問題」這個概念。

接著第二波爛戲襲來，這一次的核心人物是雅典娜。大多數參戰的帳號很顯然根本不在乎

事實，他們來這裡是要看好戲的，這些人就愛找個目標，而不管你在他們面前端上什麼，他們都會吃乾抹淨。

簡直就是個人渣！！！

我一直都知道她就是假掰。

真高興這個臭婊子終於被揭發了，我已經懷疑雅典娜好幾年了。

有則抖音短片在網路上瘋傳，裡面是某個人把雅典娜所有作品都一頁一頁撕爛，然後丟到火堆裡燒掉（這激起了另一場有關納粹和焚書的討論，不過我就不把你拖下網路的那個黑暗角落啦），那個UCLA的YouTuber金柏莉．鄧，也上傳了一支一小時長的影片，深度解析雅典娜每一本書裡「有問題」的句子，（雅典娜有次曾經寫過書中某個角色心儀對象的「杏眼」，而這就徹徹底底符合西方的審美觀和對於亞裔女性的物化）。

他們這樣子把她嗆得體無完膚，這之中有種令人不適，且近乎**愉悅**的感受，就像他們已經等這個機會等超久了，彷彿他們已經準備這些抨擊好多年了，但老實說，我並不意外就是了。雅典娜是個完美的目標，她太正、太成功、太清白到可疑了，怎麼可能任何汙點都沒有，她這是自作自受，而我很確定像這樣的反噬是遲早都會發生的，就算她沒有因為一塊斑蘭葉鬆餅噎

死也是。

瑪妮：哇賽，妳們有看到有關雅典娜．劉的這回事嗎？

珍：有啊，真是超瘋狂的……拍謝，漢人至上主義又是什麼啊？

瑪妮：我猜就像是白人至上主義吧，只是這是中國民族版的，我是說，她的作品裡沒有囊括其他中國少數民族，真的是**有眼睛的人都看得出來**。

珍：我都不知道妳有喜歡她的書。

瑪妮：噢，我只有讀過一本啦，笑死，根本連第一頁都讀不下去，真的是很用力過頭的文學小說，如果妳知道我在說什麼的話。

瑪妮：就這邊有些貼文有在分析啊。

還有人發文講了一個故事，竟然和我跟雅典娜一起去美國國家歷史博物館的回憶離奇地相似：**我曾經去參加過某個活動，她在那邊訪問韓戰的老兵，並用一台小小的錄音機錄下他們說的一切，她的故事〈朝鮮降落傘〉於六個月後出版，而大家都將這個故事，譽為對於當年的韓戰戰俘更為忠實的描述，但我總是覺得有哪邊怪怪的。這感覺就像她是從那些老兵的口中直接拉出文字，寫到紙上，然後再假裝成是自己的東西，沒有任何來源提及，也沒有任何致謝，她**

讓這聽起來彷彿全都是她自己想出來的一樣。我多年來都默不作聲，因為我不想表現得像是在攻擊另一個亞裔作家，不過要是我們談到的是文學遺產的話，我認為提起這件事情非常重要。

我得自首，我其實有點享受這回事。知道外頭還有某個人也跟我一樣心知肚明雅典娜就是個賊，實在滿爽的。

雖然事實究竟是什麼也不重要就是了。散播這些謠言的人沒半個在乎事實查核或查證責任，他們會使用「我認為知道這點很重要」、「我剛發現」、「分享一下這件事讓我的追蹤者們知道」這類措辭，但是內心深處，他們全都超他媽爽歪了，瘋狂利用八卦的浪尖，並因有機會將雅典娜推下神壇激動不已，**她到頭來畢竟也是個凡人**，他們心想，**她就跟我們沒兩樣，而在摧毀她的過程中，我們就創造出了一群觀眾，也為我們自己創造了道德上的權威。**

從某個有違常理的角度來說，這個情況對我其實非常有利。雅典娜越深陷泥沼，這整件事看起來就越令人費解，削弱了我黑粉們自以為理直氣壯的權威，雖然很明顯兩個錯的加起來不等於一個對的，但在網路上可是很難認清這點的。現在既然整個故事變得越發錯綜複雜，狂嗆我從某個可愛又無辜的受害者那邊偷了東西，也就沒那麼令人心滿意足了，雅典娜現在成了個假掰的勢利鬼、有可能種族歧視（雖然沒人能真正定奪這點）、絕對是個漢人至上主義者、還是個自作自受的小偷，因為她描繪的那些韓國和越南角色。雅典娜是個騙子，是個偽君子，**雅典娜．劉在過世之後被取消了。**

我沒有跟布雷特或丹妮拉提起這件事，我肚量很大，我們全都知道這種事情會怎麼結束，我有次就曾見識過同樣的循環發生在某個新人作家身上，她那時二十幾歲，指控說另一個年紀更大也更有成就的作家，一直在誘拐跟騷擾她，結果只是搞得又有人出來指控說她也在誘拐跟騷擾其他更年輕的作家。迄今都沒人知道真相為何，但她已經好幾年都沒有成功簽下書約了，在推特上罵張互嗆這件事的本質就是如此，指控到處噴來噴去，每個人都身敗名裂，而當喧囂退去之後，一切都還是原封不動、未曾改變。

＊

那天傍晚，我終於收到我一直在等的私訊。

謝啦，「@雅典娜劉的鬼魂」說，**不過大部分的事我都已經知道了。如果你之後又有找到什麼新證據，麻煩請告訴我，讓我們幫雅典娜討回公道吧。**

我衝到書桌旁，並在筆電上打開 WordPress，如我所料，我的網站迎接了第一個，也是唯一的訪客。我把九位數的ＩＰ位址複製下來，然後傳給湯姆，**在這邊，只要找得到任何一丁點資訊都很讚**。

針對這個帳號是誰，我有幾個理論，有可能是愛黛兒・史帕克斯—佐藤，莉莉・吳和金柏莉・鄧也是有力競爭者，或是黛安娜・邱，那個發瘋的視覺藝術家。雖然我也不確定如果她們

真的是始作俑者的話，我會怎麼辦。愛黛兒和黛安娜住在紐約，莉莉則在波士頓，假如IP位址是來自這兩個大城市，那頂多也只能算是湊巧而已。

幾個小時後，湯姆回訊息給我。

妳走運啦，試了幾個不同的IP定位服務，吐出來的全都是同一個城市，妳應該沒認識半個住在費爾法克斯的人吧，有嗎？

拍謝……我猜這應該能稍微讓妳安心一點，如果妳認為他們會做出什麼嚴重的事的話，那妳八成還是去報警比較好吧？

還有，抱歉我沒辦法再更精確了。

通常是可以把範圍縮小到幾公里內啦，但是會需要做一些很認真的駭客工作，才能精確定位出一個實際的地址。

不過我並不需要一個實際的地址，我完全知道這究竟是誰，雅典娜和我都認識的人裡面，只有一個人住在費爾法克斯，而他會幹出這種事我也是不意外。

我心臟怦怦狂跳，邊打開推特並搜尋「傑佛瑞·卡里諾」，看看雅典娜的前男友最近都在搞些什麼。

十四

啊，傑夫啊。

我該從哪邊談起傑夫好呢？

他們開始約會時我和雅典娜沒什麼聯絡，我人還在紐約市，因為我薪水太低、缺乏動力還要綁約一年的「為美國而教」工作苦苦掙扎，但我還是跟大家一樣清楚他們災難般分手的故事，這是一段混亂的關係，在推特和ＩＧ上上演，全世界都看得到。就我的理解，傑夫和雅典娜是在奧勒岡州的某個作家駐村活動上認識的，他們當時都是年輕又有前途的明日之星，她再過幾個月就要出版第一本小說，他則是初出茅廬，剛跟一間聲譽卓著的小型類型文學出版社簽下第一筆書約，兩人會變成一對，彷彿命中注定，他們兩個都很性感，大半時候都是異性戀，也都是寫作天才，即將要襲捲整個出版界。我猜傑夫去北京交換過一年，也是其中一個吸引她的點（雖然在他們分手之後，雅典娜會跟我抱怨什麼「傑夫的中文名字是傅傑，而我們獨處的時候他都想要我這樣叫他，可是這樣不是超他媽怪的嗎？我是說，他的名字就叫傑夫啊，

幹。」)

駐村結束後，雅典娜搬去傑夫父母在費爾法克斯的第二棟房子，我會知道這件事，是因為接下來六個月，他們兩個的ＩＧ動態，都一直狂發各種噁死人的裝可愛合照：他們緊貼在一起燦笑的特寫，皮膚容光煥發，雀斑也閃閃發亮、在咖啡店拍的黑白照，配上什麼**作家工作中**的圖說、還有他們兩個人在全東岸到處爬山的全身照，高挑又輕盈優雅的身形還滴著汗。有段時間，看起來像是他們也會加入著名文學情侶的行列，比如沙特和波娃、阿涅絲．寧和亨利．米勒、史考特和賽爾妲．費茲傑羅夫婦，如果賽爾妲有出更多本書的話啦。

只不過傑夫……我該怎麼委婉表示呢？反正傑夫就是沒那麼有才華。我們甚至都可以把傑夫作品的出版史拿來和我的比擬了，他一開始聲勢看漲，有數十篇得獎作品刊登在知名的短篇故事雜誌上，但是他的第一本小說，自吹自擂是「顛覆類型的驚悚小說」，有關一群近未來社會「跨越種族界線」的仿生人，出版後卻是雷聲大雨點小。《軌跡》雜誌的某個書評稱其為「關於後種族主義性及種族流動性，一次令人困惑、最終誤入歧途、且很可能帶有惡意的探索。」我的出道作並沒有賣得很好，但至少沒有半個書評曾說過我應該「把那些有欠考慮又膚淺的哲學空談，留在大學生的酒吧裡，最好是離心智健全的成人能夠讀到的書頁遠一點」。

傑夫因為這篇書評非常火大，於是在部落格上發了一篇冗長又令人尷尬的文，有關他是怎樣遭到誤解及誤讀，還有《軌跡》雜誌上的那個書評，並不處在能夠欣賞他種族批判的複雜性

及激進性，所需達到的「智商範圍」中。推特則一如預期，也好好奚落了這件事一番，不久之後雅典娜就跟他分手了（我們這些庶民是看到她IG上所有的「在家工作」貼文，突然之間都變成是在另一個新地方拍的，才推斷出這一點來的）。

他們的分手聽起來可能事出突然，但我們其實全都早有心理準備。我應該也要提一下，在傑夫的出道作大爆死之前，他還出版了一系列的短篇故事，有關一名叫作小麗的仿生人女孩，她忍受了來自淫蕩人類客戶的各式虐待，最後在一場大爆炸中自爆，而爆炸也同時摧毀了大半個新北京。這些故事，傑夫認為，是在激烈叩問殖民式厭女、AI的權利、中國傳統父權體制等議題，後來推特上有人問他，他在文本裡塞滿的各種中文，當初是怎麼研究的，結果傑夫竟然天真爛漫地回覆說，他正在跟一本「長髮中文字典」約會（這讓推特上又吵了好幾天）。此外還有各種喝醉在酒吧亂摸人的指控，以及在某個知名色情網站上，有個激似傑夫的帳號，簡介上寫著「我得了『黃熱病』啦！」，只不過我們全都太有禮客氣，不願意一起提到而已。

所以說傑夫的書大爆死了一波，雅典娜則做了所有人認為她應該要做的事，遠離那一團亂，而出版業最迷人的一對年輕愛侶，於是淪為出版業最迷人的年輕作家，以及某個寫作生涯還沒開始就結束了的白人小子。

在那個時間點，傑夫就應該舔舔自己的傷口然後繼續過活才對。他依然有個很有影響力的版權經紀人，也簽下了第二本書，還有個拯救他事業的機會，但他在推特上突然變成一隻瘋

狗，開始狂發長文，有關他怎麼受到不公正的對待，被塑造成一個惡棍，還有一開始其實是雅典娜鼓勵他寫那篇文回覆《軌跡》的，但最後又不願替他挺身而出。

看著這一切搞成這樣，我彷彿也間接尷尬了起來。雅典娜採取聰明之舉，也就是停用她的推特帳號，並且什麼也沒說，直到網路找上其他對象，可以投入其偽裝成關心的癡狂迷戀。傑夫則是繼續毫無重點地回應那些抨擊他的回覆，直到他的追蹤者人數縮水到只剩下雙位數，而到了這個時候，他終於也停用了他的推特帳號。他的版權經紀人因為「私人因素」放棄了他，他第一本書的續集合約仍然沒有作廢，但是這本書有沒有問世的一天沒人能保證，不過也是要假設傑夫還有試圖在完成啦。

誰真的知道究竟發生了什麼事？推特會對我們所有人做出其實根本沒資格，卻依舊熱切的評斷，視你跟誰聊而定，傑夫要不是隻愛操控人、愛虐待人、愛ＰＵＡ人、又沒安全感的水蛭，就是自己也是受害者。雅典娜還算是全身而退，但絕大部分其實是因為沒人願意相信跟超正又有才華的雅典娜．劉交往，會像傑夫描述的一樣那麼糟糕，而且也因為把順性別白男當成沙包，總是比較容易。

據我所知，雅典娜和傑夫已經好幾個月沒聯絡了。

所以他到底他媽是幹嘛要盯上我啊？

又調查了一陣子之後，我頗為確定他就是這一切的幕後主謀，他的帳號忠實轉推了@雅典

娜劉的鬼魂發過的所有貼文，有時候還會加上自己的感想：**真不敢相信竟然沒人在討論這件事，伊甸出版社還有茱妮帕．宋，都應該要覺得很丟臉才對**。

在這之前，他發的唯一一篇文是在超過一個月前：**在印度餐廳問說要「真的超辣，而不只是給白人的那種辣」時，有人被給過奇怪的表情嗎？**（這篇文只有三個讚，以及以下來自某個RichardBurns08的回覆：**我也是，我和我的泰籍老婆已經去三年了，而他們還是覺得這個老外應付不來，我就愛證明他們是錯的！**）這個時機也未免太過方便了吧。

我得迅速行動才行。傑夫是個白癡，但他是個不受控又無法預測的白癡，最好是在一切開始之前就把這事給搞定，我覺得我有辦法對付他，但我還是想知道他葫蘆裡究竟是在賣什麼藥。

我依然有傑夫的號碼，是以前雅典娜邀我們和其他幾個人到波多馬克參加什麼作家增能活動時存下來的，不過這趟增能活動從未成行，因為我們開始吵起租小木屋的花費，以及一直堅持要分性別住宿是不是太異性戀本位又保守，還是說不是情侶的人是否就該要尷尬地同住，接著大家突然間就都有了行程衝突，並且必須在最後關頭退出。不過我還是技巧性地存下了所有人的聯絡資訊，只是要在所有202跟401的區碼裡面找出他的號碼而已。

我傳了「@雅典娜的鬼魂」第一則貼文的截圖給傑夫，接著加上：**我知道了**。

他是那種會開著已讀功能的混蛋，他馬上就讀了，卻沒有回。

我的心臟實在跳得超快，都能隔著胸部感覺到了，我輸入：**明天，在泰森角的Coco's咖啡店外頭，下午三點半。唯一機會，最好給我出來，不然我就告訴大家幕後主謀是你。**

接著我把手機關機，扔過床頭，然後開始放聲尖叫。

＊

我提早抵達Coco's咖啡店，點了杯冰拿鐵，但只允許自己小口小口啜飲，我可不想在搞到一半的時候得去尿尿，天氣完全不像這個季節，反而超熱，所以我獨享了整個戶外座位區。我挑了張角落附近的兩人桌，讓我可以一覽無遺整個露臺，往每個方向也都有輕鬆的逃脫路線，我不知道我為什麼正在掃視各個可能的出口，搞得好像我是什麼深入敵境的KGB特務一樣，但這用來形容我們的處境也不算是個太糟的比喻：兩個在網路上扯謊槓上的人，試圖決定該怎麼讓對方身敗名裂才好。

傑夫現身時我還滿震驚的，我看著他從廣場另一頭走來，頭低低的彷彿怕被認出來，他戴著頂棒球帽和一副超大的太陽眼鏡，整個人看起來荒唐到不行。

「嗨，茱妮。」他猛然拉開我對面的椅子，坐下，然後拿下太陽眼鏡，「很高興再見到妳啊。」

我看得出來雅典娜為什麼曾經喜歡上他，從外表上看來，傑夫實在很帥，我從他的作者照

中得知他的下巴有多有稜有角，他的雙眼又有多碧綠，而在本人身上，這些特質也都如此明顯，甚至到了令人有點招架不住的地步。他看起來就像什麼黑暗又情色的青少年小說中走出來的天菜，還有一頭亂蓬蓬的黑髮跟粗獷的鬍渣。

只不過我看過他的推特，所以知道他有夠可悲，根本就一點都性感不起來。

我又啜了一口拿鐵，我已經決定好不要讓他控制對話的走向，我不想讓他有任何一刻覺得自己佔了上風，於是便盡可能充滿侵略性地單刀直入，「所以你說我偷了雅典娜手稿的這破事到底是怎麼回事啊？」

他往後靠並在他水桶狀的胸膛上叉起雙臂，（所以說，我發覺，大家寫到「水桶胸」的時候，原來就是這個意思啊），「我想我們都知道我在說的是怎麼回事。」

「我聽不懂，」我怒氣沖沖說道，要發火並不難，他悠悠哉哉的優越感讓我想要扁他，「這還真是可笑。」

「那妳幹嘛要約我見面？」

「因為你在做的事情很低級，」我理智斷線，「真的是很噁心，又不尊重人，不只是對我，對雅典娜也是。而如果你是其他人，我會叫你他媽趕快去死一死吧，但是由於是你，還有你跟我摯友的恩怨，我覺得我不如還是乾脆當面跟你說。」

他翻了翻白眼，「真假，茱妮？我們要這樣假掰就對了？」

我用力一拍金屬桌，這很浮誇沒錯，但我喜歡這個動作讓他為之一縮，「唯一在假掰的人就只有你，而我會大發慈悲給你一次機會解釋，在我去告你毀謗之前。」

他的自信溜走了，就這麼一會兒，這招成功了嗎？我唬住他了嗎？

「我們談過稿子的事，」他脫口而出，「雅典娜和我。」

我的五臟六腑一縮。

「我們交往的時候她跟我說過，我也有看到她在做研究，移工啊，前線受到遺忘的聲音什麼的，我有看到那些維基百科頁面，」他往前傾身，瞇起眼對上我的視線，「而在她死後不久，妳就出了一本主題一模一樣的書，這不禁讓我覺得實在是很方便啊。」

「又不是只有她才能寫一戰故事，」我冷冰冰地反駁道，「歷史又沒有著作權，傑佛瑞。」

「少在那跟我講屁話。」

「我猜你現在要掏出所有放著證據的資料夾囉？」我的策略是要讓他在一開始就掀出底牌，如果他**確實**擁有證據，那我不管怎樣也完蛋了，但我至少寧願親眼見證，不過要是他沒有，就有空間可以操作。

他擺出臭臉，「我知道妳幹了什麼好事，全世界都知道，妳是不可能靠著說謊開脫的。」

我有可能猜中嗎？他有沒有可能根本就什麼證據都拿不出來？

我決定再稍微逼他一下，只為了看看他會怎麼反應，「我看你是還在妄想啊。」

「**我在**妄想？」他哼了一聲，「至少我沒有四處炫耀一段從沒存在過的友誼，我知道妳們兩個根本就不熟，大學以來最要好的摯友？拜託哦，我們交往的整段期間，雅典娜甚至連提都沒提過妳咧。我有次曾在某個場合上看到妳，妳知道的，我在行程表上看到妳的簡介，上面有寫妳讀哪間學校，然後我問雅典娜她認不認識妳，妳知道她回答什麼嗎？」

我不想聽。這件事會讓我這麼困擾簡直一點道理也沒有，但確實如此，而傑夫顯然注意到了，因為他咧嘴一笑，露出他的犬齒，就像隻聞到鮮血的獵犬，「她說妳念書時就是個魯蛇，說她搞不懂妳到底為什麼還要硬撐，妳的出道作根本就是徹頭徹尾的平庸之作，還有在出版市場把妳整個人給生吞活剝之前，妳最好自己知難而退。」他爆笑了起來，「妳知道雅典娜是怎麼在那邊誇張假慈悲的吧，在她想要說服我們她其實擁有人類情感的時候？**嗚呼，可憐的傢伙，來吧，快走吧，不然她等下看到我們**。」

我的眼眶感覺濕濕的，接著憤怒地眨起眼睛，「很顯然你並沒有跟你自己想像的一樣瞭解她。」

「甜心，我都看過她丁字褲上的污漬了，她一目了然、一看就懂好嗎，妳也一樣。」

我突然超想起身走人，甚或伸手越過桌子對著他洋洋得意又殘酷的臉一拳扁下去，但是這樣的話，我就無法達成半個我來這裡的目的了。

專心，我離終點已經這麼近了，我只需要讓這一切消失就好。

「假設……」我用指甲輕敲起桌面，並為了戲劇效果一臉緊張眨起眼來，「假設我真的拿了稿子好了。」

他雙眼大張，「我他媽就知道，妳這個死騙子幹——」

「好啦，別這樣，拜託。」我假裝很害怕，並抬起雙手，彷彿要給他看我並沒有長爪子，我放任聲音開始顫抖，「你到底**想要**怎麼樣，傑夫？」

他的表情又變回那副沾沾自喜的笑容，他現在囂張起來了，他知道自己控制了情況，「所以妳還真的以為妳躲得掉啊。」

「我們可以就裝作這都沒發生過嗎？」我乞求他。要聽起來很害怕並不困難，我需要做的就只是想像晚上自己一個人走路回家，而路的另一邊是傑夫，且平常對於暴力的社會規範已經蕩然無存，再也無法阻隔他的拳頭和我的臉了。他大隻又肌肉發達，大可以輾爆我，我還瘋狂用力眨眼以提醒他這一點，我想要他覺得自己已經把我逼到角落，「拜託啦，如果你把這件事洩漏出去，我就會，我就會失去一切……」

「又或許妳並不會，」他往前傾，雙手平放在桌上，「也許我們可以達成某種協議。」

我努力維持面無表情，「什麼……你這是什麼意思？」

「妳肯定用這本書狠狠海削了一大筆，對吧？」他四下張望，檢查有沒有人在偷聽，「不要說謊，我看到預付金的消息了，大概有五六十萬美金，對不對？而且我也知道妳已經開始沖銷

結算了。」

我的喉嚨一緊，「你……你現在是在敲詐我嗎？」

「我只是覺得這對我們兩個人來說，都可以是個有利可圖的協議而已，」他說，「妳繼續賣妳的書，我則保守妳的祕密，稱得上是雙贏吧，對吧？我們可以開始討論我拿幾成了嗎？」

耶穌基督啊，他到底是有多蠢？他有聽見從自己嘴裡講出來的話嗎？我想像著在推特上四處散播剛剛這番話，以及隨之而來會出現的炎上，傑夫再也沒辦法從寫作賺半毛錢了，他得銷聲匿跡才行，他也永遠無法再次以自己的身分，公開存在了。

但是這樣的大爆料會搞得一團亂，而且我也很可能會掃到颱風尾，我需要的，是讓這一切靜靜消失，彷彿從未發生過。

「嗯……我拒絕。」我大演特演了一波，先緊抿雙唇，接著噘起嘴來，「不要，我不覺得我能接受這樣。」

傑夫瞇起眼睛，「妳根本就沒有選擇的餘地吧。」

「沒有嗎？」

「不然妳是以為大家發現之後會怎麼樣啊？」

「他們又不會發現，」我聳聳肩，「因為這根本就不是事實，你他媽滿嘴屁話，傑佛瑞，而我們倆都心知肚明。」

「我知道妳偷了書——」

「你**哪裡**知道了，你半點證據都拿不出來，你只是在捏造事實求關注而已。」我拍拍我的側口袋，我的 iPhone 好端端地待在拉鍊後方，錄下了這整段對話，「不過呢，我手上確實握有的，是一段你試圖要**敲詐我**的錄音，想從版稅上分一杯羹，版稅就是來自你宣稱我偷走的書。你做這件事才不是為了雅典娜，你是想從她的遺產裡撈好處，跟水蛭一樣，等到這段錄音流出去，傑夫啊，你覺得你這輩子還有可能再成功簽下另一本書約嗎？」

傑夫看起來一臉要掐死我的樣子，他的眼睛張得超大，我都能清楚看見他瞳孔旁邊的眼白了，他縮起嘴唇，再次露出犬齒，有那麼一會兒，我很擔心我這招玩得太過火了，我已經把他逼到極限、推下懸崖了。我想起那所有描繪看起來人很好的年輕白男徹底崩潰的電影，《峰迴路轉》裡的克里斯．伊凡，還有《花漾女子》裡的那個強姦犯，搞不好傑夫會整個人跳過桌子捅爆我鎖骨，也可能他現在會克制住自己的憤怒，看著我走掉，然後在我回家的路上開車撞我。

不過這並不是在演電影，而是現實生活，傑佛瑞．卡里諾也不是什麼管不住自己脾氣的 alpha 男，他只是個可悲又沒安全感的小男孩，只會打嘴砲而已，底牌也都已經掀完了，就是沒料。

他也沒種再繼續鬧下去，盛怒縮水成挫敗，我看著他的肩膀洩氣地垂下。

「妳真是個恐怖的人。」他怒嗆道。

「我是個才華洋溢的作家，也是個忠實的朋友。」我說，「你呢，相較之下，可是有證據證明你想要從前女友據說是被盜用的書上大揩油一波欸。」

「去死吧，臭婊子，幹你娘。」

「是喔，你才快滾吧。」我站起身。我曾經看過一部影片，有個獵人在獅子正要猛撲過來時，朝牠兩眼之間開了一槍射死了動物，我在想那個獵人的感覺是不是就跟我現在一樣：喘不過氣、凱旋歸來、剛剛逃過死劫。我也在想，他是不是同樣也看著他的手下敗將，並讚嘆於那所有浪費掉的力量及潛能，「永遠都別再聯絡我了。」

＊

我一確定傑夫根本只是在吹牛之後，在雕琢我回應的敘述時，就一點問題也沒有了。我先跟珍還有瑪妮討論修改了幾回草稿，然後就在我的作者網站上，發布了我對於這整件事的正式聲明，我也有在推特附上連結（我本來想過要發一張我聲明的手機螢幕截圖，聲明則是在筆記本應用程式裡打好的，不過用這種方式道歉，本身已經變成一種文類了，而且也不怎麼體面跟尊重就是了）。

嗨大家，

我當然已經得知近期有關《最後的前線》的作者身分，廣為流傳的種種指控，我首先要為沒有及早發聲道歉，請務必理解這段時間對我來說非常難熬，且我也還在努力面對我摯友悲劇性的死亡事件。

簡而言之，這些指控完全都是空穴來風、無中生有。《最後的前線》是我原創的創作，我是受到雅典娜啟發，才去深入研究全球史上這個受到遺忘的篇章，因而在我的作品中，也映射著她的敘事聲音，這點也並不意外。

我也瞭解這整個情況伴隨著種族因素，看見有人認為，因為雅典娜的作品充滿對亞裔離散議題的深刻關懷，所以只有她才能寫出《最後的前線》，這點讓我沮喪不已。這可以說是讓我們兩個都落入刻板的歸類，也讓我們身為作家的身分變得扁平。

我不知道謠言背後的始作俑者，究竟心懷什麼動機，但我只能把這當成是一次傷人又惡毒的攻擊，針對我和某個我非常思念之人的關係，且她的死，也是我這輩子最為創傷的經驗之一。

而我的版權經紀人及編輯，也都已進行了他們自己的獨立調查，並且沒有發現任何不當之舉。日後，我也將不會再對此事發表任何看法及評論。

謝謝，茱妮帕

＊

起初的各種回應及轉推，想當然爾，也惡毒至極。

所以妳只是湊巧寫了一本妳死去的朋友生前也可能正在研究的書囉？在我看來還真方便欸。

幹他媽的死騙子。

笑死，她甚至連道歉都道不好。

呃，所以說茱恩．宋發表了她不是道歉的道歉，我敢打賭那些白人們一定爭先恐後想要幫她講話啦，我還真是討厭這個產業欸。

完全不信從妳嘴裡講出來的半句話，種族歧視的臭婊子。

如果事實真是如此，那妳幹嘛要花這麼久才出來回應？

不過一旦我渡過了最初的幹聲連連之後，我的聲明很顯然反應還不錯，我都能實際**看見**風向標的指針一夕之間從懷疑轉移到同情了呢。

這真是我這輩子見過最為糟糕又惡毒的出征之一，某個至今依然保持中立的知名部落客在

推特上發文表示，**你們全都應該為自己對茱妮帕．宋，還有雅典娜．劉的遺產，所造成的傷害，感到可恥才對**。

推特，這就是為什麼這個世界永遠都不會變好，某個有五萬個人訂閱的閱讀 YouTuber 也表示，**我們究竟要什麼時候才能學會，不要一窩蜂跟風討論我們根本就一無所知的事情呢？**

還有小陳發出的這則聲明，老實說，我也還算能接受啦：**這本書實在是有夠種族歧視的，很明顯只有一個白人才寫得出來**。

到了隔天早上，「@雅典娜的鬼魂」的帳號就消失得無影無蹤了，已經沒有東西可以追溯，也沒有原始的聲明可以支持，引用的連結全掛了，轉推的貼文也無法顯示；確實有些人還在搞事，大力抨擊出版產業竟然匆匆忙忙相信一個白女，而不是相信其他人，不過在其他地方，看樣子大家似乎比較想要假裝這整件事從來都沒發生過。我確定外頭應該還有些憤怒的黑粉，堅信真的是我幹的，但是根本就連半點一槍斃命的證據都沒有，他們手上的籌碼完全不夠，無法把這整件事升級到法律行動的程度。此外，唯一能夠代表雅典娜的文學遺產做出行動的人，便是劉太太，但她迄今都沒有發表任何聲明，或者試圖聯絡我，所以這一切都只是繪聲繪影，沒有真憑實據，只有一個稍縱即逝的印象，記得有一大堆人曾經在大聲嚷嚷著什麼而已。

*

隔週一，布雷特寄電郵來通知我好消息。

綠屋製片出價一萬五美金要購買改編權，期限為十八個月，並有續約選項，且如果他們真的續約，妳也可以拿到更多錢。我會試著說服他們抬價到一萬八，我覺得應該可以成功，我會請我們的影視經紀人仔細看過合約，確保一切都開誠布公，然後我們再寄給妳簽，這樣好嗎？

因為所有的宣傳和炒作，一萬五其實比我預期還低了一點，但我猜綠屋那邊真的願意出價，就象徵了他們對我依然保有信心。

就這樣嗎？我回覆道，**那之前是在拖什麼？**

哦，好萊塢動作都很慢啦，布雷特回覆，**相信我，這樣還算快的呢。我這週末以前會準備好文件。**

之後一切都回歸常軌。專報好萊塢大新聞的媒體《Deadline》刊了一篇改編權售出的超讚新聞稿，很多人都在線上恭喜我（他們似乎全都有個印象，認為電影會是由茉莉．張執導，不過我也沒有糾正他們就是了），而出版業的新聞週期，也轉往下一個勁爆有料的醜聞。醜聞涉及某個青少年小說作家，她對競爭對手發出匿名死亡威脅，時間長達好幾個月，直到有天不小

心失手，變成從她自己的電郵地址發信出去（她試圖聲稱這是個玩笑來矇混過去，但是沒半個人相信她，而那個受到影響的作家，則是開了一個GoFundMe募資頁面，要籌錢去告她，求償精神賠償）。

我的死亡威脅也減少到每天只剩一兩個，接著一個也不剩，我又覺得可以安心打開我的私訊欄了，而不到一個禮拜，我收到的所有通知，也只剩習以為常的各種「恭喜」文、書堆照和書評的標記、還有三不五時出現的怪人，問說我能不能親自幫忙看看他們五百頁厚的稿子，並給點意見。所有關於我的惡劣貼文，都消失在推特記憶的黑洞中了，我又開始可以一覺到天亮，吃東西的時候也不會再乾嘔。

我在輿論的公堂之上是清白的，而至少此時此刻，雅典娜的鬼魂也已經遭到驅除。

十五

我早該就這樣撒手不管的。

這次鋒頭終於過去了，就像布雷特承諾過的，我再也不需要把通知靜音，因為擔心我的手機會被炸爛，我已經不再是推特上的主角了，可是這恰恰就是問題所在，我現在正漸漸變得無足輕重。

每一本沒有成為經典的書，生命週期都是這樣的。到現在，《最後的前線》已經出版將近一年了，上榜四個月後，終於掉出暢銷榜外，也沒有獲得半個入圍決選的獎項，而這大都是因為「@雅典娜劉的鬼魂」搞出的醜聞。粉絲寄來的信，無論好壞，也全都開始乾涸，各大學校和圖書館的邀約，也都戛然而止，自從我簽完合約後，我就沒有聽到半點來自綠屋製片的消息了，這很顯然，是個再正常不過的現象，大多數賣出改編權的著作財產，都會一直擺在架上無人聞問，直到期限結束為止。大家也不再來邀我寫專欄跟文章，到了現在，我在推特上分享了什麼有趣的事情時，頂多只能得到五六十個讚而已。

我以前就曾當過網路上的無名小卒，緊緊攀附著每週一到兩次的推特標記，來獲得血清素爆衝，但我當時並未發覺，就算你把整個文學世界都擄獲，在你的手掌心之間玩弄，大家依然可以在眨眼間就忘掉你。老舊過時的東西下台，超夯的新東西進場，而目前的寵兒就我所知，是個又正身材又好的二十幾歲新人作家，名叫金咪·凱，她整個童年都在夏威夷的某個巡迴馬戲團表演特技，現在出了一本回憶錄，講述她整個童年都在夏威夷的某個巡迴馬戲團表演特技。

我不會餓死。我算過數學。如果我過著節制的生活，「節制」在此的定義是住在我現在住的公寓裡，並且每隔兩天才訂外賣，而不是每天都訂，那我光是靠著從《最後的前線》獲得的收入，接下來十年，甚至是十五年，就都不會餓死。精裝版《最後的前線》已經來到第十一刷，平裝版則是剛剛推出，這讓銷量出現了還不錯的成長，因為平裝版比較便宜，所以賣得稍微好一點。我是真的不需要錢，我大可以就這麼揮揮衣袖閃人，還可以過得很不錯。

可是，我的天啊，我真的好想回到鎂光燈下。

你的書成為最近破繭而出的大成功時，你會享受到一種瀑布般愉悅至極的關注洗禮，你宰制了整個文化對話，簡直就是文學版的熱手籃球員，全世界都想採訪你，每個人都想要你幫他們的書說幾句好話，或是主持他們的新書發表會。你說的每一個字、每一句話都舉足輕重，如果你對寫作過程、其他書、甚至是人生本身，說出了什麼金句，大家都會把你的話當成福音在看待，而要是你在社群媒體上推薦某一本書，大家也還真的會當天就開車出門去買。

但是你在鎂光燈下的時間從來都無法長久，我就曾看過不到六年前還是超級暢銷作家的人，竟然一個人孤獨又淒涼地坐在受到忽視的簽名桌旁，而他們更年輕、更性感同儕的桌子前，則是大排長龍、人滿為患，甚至都要排到繞過轉角。要達到這樣的文學盛名頂峰，讓你的名字多年來都一直家喻戶曉，甚至是在你最新的作品出版好幾十年之後，這實在是難如登天，只有少數幾名諾貝爾文學獎得主才能勉強達到這種境界，而我們剩下的其他人，則是必須不斷追逐著名氣的轉輪跑，就像什麼倉鼠。

我才剛從推特上得知，雅典娜的前版權經紀人傑瑞，簽下了那個我擔任導師指導的學生，艾咪·曹，傑瑞是隻厲害的鯊魚，以六位數及七位數美金的高價合約聞名。身為她的導師，我為她感到高興沒錯，但是艾咪每一次分享她的好消息時，我也都會感受到一陣焦慮，擔心她會追上我、她注定會簽下的書約將涉及比我還更大筆的預付金、她會把電影改編權賣給一間真的能把書賣給片廠的製片公司、她的名氣接著會讓我相形黯淡、而下一次我們在什麼文學活動上見到彼此，她只會用一個冷淡又優越的點頭打發我了事。

當然，唯一能夠超前的方法，就是用我的下一個創作計畫震驚全世界。

但我完全沒頭緒這個計畫會是什麼。

*

某天早上，布雷特打來給我，表面上說是要聊聊近況，於是我們閒聊了一會兒客套話，接著他問，「所以，寫作上一切都還好吧？」

我知道他真正想問的是什麼。大家都嚷嚷著想要知道我的下一個寫作計畫，而這不只是因為出版業的注意力期間就是這麼短暫，他真正在想的，還有丹妮拉真正在想的，是我能否在《最後的前線》之後，迅速推出下一部作品，某部明顯並非剽竊，或說不會和雅典娜關係這麼密切的作品，卻依然能夠維持茱妮帕．宋無可言喻的才氣，這樣我們就能永永遠遠、徹徹底底擺脫相關謠言了。

我嘆了口氣，「我得老實跟你說：我什麼屁也沒有。我的靈感用光了，我有在稍微玩玩幾個概念啦，但沒有什麼真的很令人印象深刻的。」

「好喔，那也沒關係啦。」我分不出來他是不是在不爽，這已經是我們第三次聊到這個話題了，而我知道時間正一分一秒流逝。照理說並沒有什麼嚴格的期限，我和伊甸出版社簽下的合約只有說要出一本書，但條款中也規定丹妮拉有權利第一個審閱我下一部作品，布雷特想要快點讓她看到一點進展，趁她現在還很喜歡我們，否則天知道之後還有哪間出版社會想要簽下我？「創意降臨時妳就必須順其自然任其降臨，這點我懂，就只是妳現在有些社會資本可以運用，而且最好是打鐵趁熱——」

「我知道，我懂。」我把手指壓在太陽穴上，「我只是想不到半個會把我勾住的東西，我必

須要真的**很在乎**某件事才行，你知道的吧？必須要有重量，要很重要——」

「不需要真的很棒也沒關係的，茱妮，我們又不是說想要得普立茲獎，我們甚至都不需要另一本《最後的前線》。」布雷特停頓了一下，「妳就只是需要出版，妳懂的，出版一本書而已，什麼書都行。」

「好啦，布雷特。」

「反正，妳懂我在說什麼的，對吧？」

我翻了翻白眼，「清清楚楚啦。」

我們互說掰掰，布雷特掛掉電話，我呻吟了起來並轉回我的筆電，我已經瞪著同樣空白、彷彿控訴般的Word文件好幾個禮拜了。

＊

問題並不在於我用光靈感了。我有滿多想法的，甚至還有更多時間，可以把這些想法變成完整的草稿，既然現在宣傳《最後的前線》的行程也都跑得差不多了，我就沒有藉口可以偷懶不工作。布雷特會不耐煩也是合理，一年多以來，我都在對之後的計畫做出種種模糊的承諾，而什麼屁都還沒有實現。

問題在於每次我坐下來想寫作，腦中聽見的全都是雅典娜的聲音。

《最後的前線》原本應該只是一次期間限定的合作才對，雅典娜的研究和腦力激盪，加上我的文筆和潤飾，我在那著魔般的幾週中，感受到一股美妙又神秘的化學作用，我把她的敘事聲音從墳墓中召喚出來，並用自己的聲音唱和。我又不是在依賴她，我從來都不**需要**她的幫助才能寫作，這次合作只是在我信心全失的時候帶給我信心而已，使得我下筆如此**篤定**，深知我是跟隨她的足跡寫作。

可是現在既然我都試著要繼續往前了，她卻不願放我走。大多數作家都會坦承他們會聽見某個「內在編輯」的聲音，這是腦中某個愛唱反調的人，到處吹毛求疵及阻礙他們在第一版草稿中的嘗試。而我的這個聲音，是以雅典娜的樣子現形，她傲慢地隨意瀏覽並打槍了我提出的所有故事構想，太普通了、太公式化了、太**白**了，她在句子的層面上甚至還更苛刻，**文字的節奏跑掉了、這個意象行不通的啦、認真嗎？又一個破折號是怎樣？**

我有試著把她擋在外頭硬寫下去過，完全不管她繼續往下寫，甚至就是為了要惹惱她，但正是在這些時刻，她的笑聲會越來越大聲猖狂，她的嘲諷也會越來越惡劣。而我的疑慮只會越發加深而已，我以為我是誰啊，憑什麼覺得不靠她的幫助，能成就任何事？

我對大眾隻字不言、閉口不談，但傑夫的推特小把戲卻比以往還更令我心煩意亂，雅典娜．劉的鬼魂，選這個名稱真的是很詭異，目的當然是要震驚和挑釁大家的，可是其中蘊含的真相之多，甚至連傑夫本人都沒察覺。雅典娜的鬼魂彷彿在我心中住下，我每天醒著的每分每

秒，都在我的肩後徘徊，也在我的耳邊低語。

這真的是讓人很起肖。這幾天我甚至都開始畏懼起試圖寫作這個念頭，因為我寫作的時候，就是一定會想到**她**，不然就寫不下去。接著，可想而知，我的思緒也無可避免從寫作上盤旋到記憶中：最後的那晚、那些鬆餅、她狂踢猛踹地板時發出的嗚咽聲。

我以為我已經處理好她的死了，我心理上這麼健康，我整個人**覺得很棒**，我完全**沒事**的啊。

直到她再度出現。

但是鬼魂難道不都這樣嗎？鬼叫又呻吟，以讓自己變成某種奇觀？這就是鬼魂的重點，不是嗎？做什麼都行，只要能提醒你祂們還陰魂不散就好，那所有讓你不會遺忘祂們的事。

*

我得自首：我其實幹了兩件壞事。

那晚在雅典娜的公寓，我不只拿走了《最後的前線》，我還拿走了四散在她書桌上的幾張紙，有些是用打字機打的，有些則寫滿雅典娜糊成一團、幾乎無法辨識的潦草字跡，還附有抽象的線條塗鴉，其意義我至今都還無法理解。

我發誓這絕對只是出於好奇。雅典娜對她的創作過程總是保密到家，照她描述的方式哦，

講得好像有什麼神祇直接把已經成形的獲獎故事直接外送到她腦中。我只是想看看她腦子裡裝些什麼，想看看她發想階段的腦力激盪過程，是不是和我的一樣而已。

結果，我們其實是用非常類似的方式創作。她會從隨機的文字或詞語開始，某些是原創的，某些則很顯然是歌詞或輕微修改了其他更有名的文學名句，**我到的時候路克已經死了、不知從何而來的男孩、那是個漆黑卻燦爛的夜、如果我打中你，感覺會像是個吻嗎？**

我現在把這些紙張全在書桌上擺出來，仔細凝視著，想要捕捉一絲靈感。我沒辦法把雅典娜的聲音趕出我的腦中，但我也許可以跟她合作，或許我可以強迫她的鬼魂再次為我所用，並重新激起那催生《最後的前線》的邪惡化學效應。

紙上只有幾句完整的句子，以及一個完整的段落，是用手寫的，如此起頭：

在我的種種惡夢中，她走進一條黑暗又沒有盡頭的長廊，而不管我呼喚她的名字多少次，她都從來沒有回頭過。她的洋裝在地毯上留下潮濕的水痕，她蒼白的雙臂流著血，還有各種抓痕，我知道她殺死了那頭熊，也知道她成功逃離了樹林。此時她帶著同樣的迫切移動，像奧菲斯一樣拋下過去，道理顛倒了過來，彷彿她只要永遠不回頭望，一切就會停止存在。但她忘了我困在這裡，無法移動，無法讓她看見我。她徹底忘記了我。

我不知道該怎麼解釋接下來發生了什麼事，感覺就像這個故事已經長存我心中，等著被述說出來，而雅典娜的聲音，正是將其引出的咒語。突然之間，我的創作瓶頸土崩瓦解，通往我想像力原先上鎖的大門，也轟然大開。

我可以看見整個故事的樣子：開頭的懸念、背後蘊藏的主題、震驚卻又注定的結局。我們的主角是名赤腳女孩，是個年輕的女巫，永世追逐著她長生不死的母親，並在過程中發現種種祕密，卻只是引來更多有關自己身世的疑問。這是個沒那麼幽微的探索，主題便是我對自己母親的感受：她在我父親死後是怎麼一夕之間變了個人似的，她曾經是個熱愛冒險的年輕女孩，也許和我也沒有這麼截然不同，卻徹底遭到封印和禁錮。這個故事是有關但願自己能瞭解父母真正的樣貌，有關那些曾從父母身上索求，卻永遠都無法得到的事物。

當你進入狀態時，打草稿感覺起來就不像是種費力的技巧了，而更像是回憶，像是用文字寫下某種一直以來都禁錮在你體內的事物。故事從我身上傾瀉而出，一段又一段，直到我抬起頭，並發覺已經快天亮了，而我瘋狂衝刺寫了將近一萬個字。

雅典娜的鬼魂一次也沒有打擾我。最後，我終於找到了一個計畫，是連她都無法挑剔的。

我快速為故事剩下的部分打好大綱，並幫自己設立了一個工作行程表：以一天兩千字的速度，並考慮修改及文字編輯所需的時間，我不到一個月就可以寫完這本書了。接著，在我整個人直接昏睡過去之前，我在文件最上方打下了標題：

《母巫》

沒有半個神智正常的人可以把這叫作剽竊的。之前那整件事最他媽落人口舌的地方就是這點，《母巫》是我的原創創作，雅典娜貢獻的，就只有幾個句子，可能還有些背後的意象而已，她只是催化劑，不多也不少。誰知道她來寫的話故事之後會怎麼發展啊？我肯定是不知道的，而且我也敢打賭，不管會怎樣發展，跟我最後出版的成品，也會徹頭徹尾截然不同。

可是這個故事卻搞垮了我。

＊

不過首先，先讓我跟你說說雅典娜偷我東西的那一次吧。

我們是在大一那年開學時成為朋友的。我們都分配到同一層宿舍，所以在開學頭幾週，這層樓自然而然也成了我們預設的社交圈，我們每頓飯都一起吃、一起去買宿舍需要的用品、搭耶魯的接駁車去Trader Joe's超市買Pepper Jack牌起司跟奶油餅乾抹醬、在交誼聽混到深夜、並穿著迷你裙跟緊身上衣，在週五夜大步走過紐哈芬市區的街道，跟禿鷹一樣四處尋找代表派對的噪音和燈光，期望有某個人認識另一個人，能夠放我們進去。

雅典娜和我因為對同一本書的熱愛，而一拍即合，艾莉芙．巴圖曼的《白癡》，「這簡直

是完美的校園故事，」雅典娜說，清楚闡釋著我對這本小說曾有過的所有感受，「精確描述了想要其他人懂你，又害怕他們理解的我們，是在一個連我們自己都還不懂自己的時期，所呈現出的樣子，這之間的鴻溝及差距。這並不只是有關在俄文及英文間的翻譯，也是關於翻譯一個尚未成形的身分，我真的是超愛的。」我們會一起去看複合式咖啡書店的單口喜劇表演，還有我們小說專題課上的學長姐在公寓舉辦的派對，而從八月底到九月，我都說服自己相信，我是那種這個酷到不可思議的女神會想交朋友的對象。

十月的第一個週末，我和一個可愛的大二生安德魯去約會：我在我的世界史討論課上就注意到他了，卻不敢鼓起勇氣去搭話，直到我們在某個兄弟會的派對上又遇見，兩個人都醉得一塌糊塗，只想隨便找個人貼著不走。我們開始親熱之前，根本都沒講過兩句話，我想不起來舒不舒服了，只記得很黏就是了，但感覺像是我們在做該做的事，而這件事本身似乎就是個成就了。後來我朋友把我拖回家，不過我先在他手機裡存了我的號碼，然後彷彿奇蹟發生，隔天他竟然傳訊息給我，邀我下個週五去他房間看個《新世紀福爾摩斯》，他的室友深夜會去練習飛盤爭奪賽，所以不會在。後來發生的事，實在是平淡無奇到幾乎不值得敘述。他剛好有瓶Burnett's伏特加在手邊，我超興奮，喝得太多，也喝得太快，而我們完全沒時間可以看《新世紀福爾摩斯》。隔天早上我醒來時，內褲掛在腳踝邊，脖子上則是有暴力的紫黑色唇印，我的陰道呢，老實說，感覺還可以，不久之後我會不斷戳啊挖的，想要分辨我是在痛嗎，還是在流

血，但一切感覺都滿正常的。我只是口乾舌燥、宿醉、又超級想吐，害我一直靠到上下舖的床邊乾嘔，一切也都模模糊糊的，我戴著隱形眼鏡睡著，搞得我眼睛超乾，幾乎都快睜不開。在我身旁，安德魯穿得整整齊齊，還沒醒來，我跨過他爬下床時，也沒有吵醒他，這我還真是萬分感激。

我找到我的高跟鞋，穿上，然後蹣跚走回宿舍。

我那整個週末也都覺得沒事。我沒有再出門，即便我認識的半數女孩都為了某個姊妹會的開放參觀趴打扮得漂漂亮亮的，我待在宿舍，跟我這層的幾個女生享受了一個爆米花和電影夜，並試著念我課堂的指定閱讀。外頭越來越冷了，我穿上高領毛衣，圍起圍巾，來遮住我的唇印，而回到房間，沒辦法再當著我室友蜜雪兒的面遮著脖子時，我就開玩笑說這個週末玩得很瘋，之後就再也沒提到過這件事了。

從我離開他房間以後，安德魯就再也沒傳訊息給我，其實我也沒有說很困擾啦，對於這整件事，我絕大多數的感覺是沒什麼特別的，也以我不怎麼大驚小怪為傲，我覺得自己長大了、是個女人、見過世面。我釣上了一個大二生欸，還是一個**可愛的**大二生，其中的意義深遠讓我開心，我一腳跨進成年了，我「釣上」了某個人，就跟年輕人說的一樣，而我覺得很棒。

要一直到下一週，我才開始出現各種回憶閃現的症狀。安德魯的臉會在我上課上到一半時從我腦中迸出來：近距離又清晰，下巴刺刺的，呼吸則因肉桂口味的Burnett's伏特加散發出酸

臭味。我會發現自己無法呼吸、動彈不得，無時無刻都感到陣陣暈眩，我的想像力會瘋狂馳騁，想像各式最糟糕的可能情境，我有可能懷孕嗎？我會得HIV嗎？還是HPV？疱疹？愛滋病？我的子宮會在我體內腐爛嗎？我該去學校的保健室嗎？如果我去了，是不是得付好幾百塊，但我根本就付不起？我媽已經退掉學生健保方案了嗎？我記不得。我會因為我犯下的某個愚蠢錯誤就死掉嗎，而且過程中我甚至都還不是清醒的？

安德魯到了下週六凌晨兩點才傳訊息給我：**嘿，妳醒著嗎？**我起來尿尿的時候看到訊息，然後就順手刪掉了，希望可以放過清醒的自己，不用再想起他的存在。

但是我沒辦法把他的臉、他的味道、他的觸摸趕出腦海。我開始沖長到誇張的澡，一天三四次，我也一直做惡夢，夢裡我被死死壓在他身下，困在他刺刺的下巴下，沒辦法逃走或尖叫，蜜雪兒則會叫醒我，溫柔搖搖我的肩膀，語帶歉意又委婉地問我可不可以借她耳塞，因為她早八要去上討論課，而我打擾到她的快速眼動期睡眠了。我發現自己下午時會不住啜泣，因為承受不了自我厭惡，我甚至考慮過要去參加一個學生聖經研習小組，雖說我在爸的事之後就不再上教堂了，因為牧師跟我說他這輩子都沒受洗過，所以會下地獄，但這個舉動只是由於我想要某件事物，能夠協助我理解我非常民智未開、卻依舊強烈的信念，認為自己已經無可挽回地遭到玷汙，已經被用過了，所以很骯髒。

「嘿，茱妮帕？」某天下午，我從學校餐廳走回宿舍的路上，雅典娜叫住我。當時，雅典

娜是唯一會用全名叫我的人，這是個她成年後也會一直維持的習慣，叫塔莎「娜塔莎」，叫比爾「威廉」，彷彿這樣堅持正式稱呼，會提高對話中每個參與者的地位（不過確實啦）。她碰了碰我的手臂，手指滑順又冰涼，「妳還好嗎？」

而也許是因為我硬撐了這麼久吧，或因為她是耶魯這邊第一個願意真正好好看著我、並注意到有什麼事不對勁的人，總之我當場馬上大爆哭了起來，又大聲又醜。

「來吧，」她邊說邊在我背上溫柔地劃著圈圈，「我們去我房間吧。」

我在哽咽和啜泣間重述了整件事，而這整段時間，雅典娜都握著我的手，她跟我一個個聊過我可能的選項，逼我看過學校提供的相關資源清單，並協助我決定想不想去諮商（想），還是想向校警舉發安德魯，並試著提出告訴（不想）。她和我一起走去我跟蓋莉醫生的第一次約診，醫生診斷出我有焦慮症，我也卸下了自從我爸過世以來，我一路上承擔的所有破事，並學會我一直到今天都還在繼續使用的應對技巧。雅典娜發現我沒去吃晚餐時，會在我門外留下學校餐廳的外帶食物，半夜還會傳可愛的狗狗圖給我，並寫上，**希望妳會夢到這個！**

整整兩個禮拜，雅典娜・劉都是我的守護天使。我覺得她人真是有夠善良，我也以為我們永遠都會是好朋友。

但是大一建立起的友誼，是無法長久的。等到我們第二個學期開學，我就在我自己的圈子裡混，她也在她的圈子混，我們在學校餐廳擦身而過時，依然會微笑並揮手打招呼，也仍會按

讚彼此的臉書貼文，但我們不再會坐在房間的地板上聊上好幾個小時，閒聊我們想親自見上一面那些作家的故事，以及我們在推特上讀到的文學界醜聞，我們在課堂中也不會再互傳訊息了。或許，我心想，我分享的事情這麼嚴重，因而已經扼殺了一段才剛萌芽的真正友誼，親密是有分適當程度的，至少要認識三個月，否則不能突然就講出「我覺得我被強暴了，但我也不真的確定」這種話。

我們都繼續過日子。我忘掉了安德魯，或至少把他深埋在我腦海深處，要一直到多年後的諮商療程，他才會重新浮現，大一女孩的大腦，具有非常驚人的選擇性失憶能力，我認為這是種求生反應。我也交到新的好友，沒有半個人有可能會知道以前發生過什麼事，唇印也退掉了，我在耶魯的生活中安頓下來，不再去那些讓自己出醜的派對，並一頭栽進課業之中。

但接著雅典娜的第一篇短篇故事，刊在耶魯其中一本非主流文學雜誌上，那本雜誌還頗為有名，叫作《銜尾蛇》，這可是件大事，從來沒有大一生能成功登上《銜尾蛇》，或我是這麼聽說的啦，於是我們所有人都買了雜誌支持她。我把我的那本拿回房間讀，心中感受到一股糾結的嫉妒，幾個月前我也投稿了自己的故事，然後不到一天內就被徹底打槍了，但我想要看起來很有運動家精神，所以想說那我就稍微讀一下，找幾句寫得特別棒的句子，然後等下次跟雅典娜見面，再覆誦給她聽吧。

我把雜誌翻到第十二頁，雅典娜的故事，卻發現我自己的文字回望著我。

不過這並不完全是**我的**文字，只是我的感受，我所有困惑又糾結的想法，以一種清楚俐落、輕描淡寫，卻又足夠複雜細緻的風格表達出來，而我當時還沒有這種文筆可以達成。

而最糟糕的部分，是我並不確定，主角敘述道，**我真的無法分辨我是不是被強暴了、還是我自己想要的、是否真的有發生任何事、我是不是很高興什麼事也沒發生、或是我是否希望真的有事發生，這樣我才能與眾不同，變得比實際上還更重要。我雙腿之間的那個地方是個闕漏，沒有記憶、沒有羞恥、沒有痛苦，一切就這麼消失了，而我不知道該拿這空白怎麼辦。**

我從頭到尾讀完故事，一遍又一遍，每一次都找到越來越多相似之處，並辨識出更改過的個人細節，無論是出於驚人的偷懶或是滿不在乎。那個男的名字是安東尼，女孩的名字則是吉莉安，他們喝的是草莓檸檬口味的思維卡伏特加，他們上同一堂古典哲學課，他邀她去看的是《哈比人三部曲》。

「我很喜歡妳的故事。」晚餐時我告訴雅典娜，並直視她，賭她不敢看我，**我知道妳幹了什麼好事**。

她迎上我的視線，給了我一個禮貌又無動於衷的微笑，就是那種她之後在簽名桌上會固定對粉絲露出的笑容，「謝謝妳，茱妮帕，妳這麼說真是人太好了。」

我們再也沒提起過那個故事，或是跟安德魯發生的事，永遠沒有。

也許那是個巧合吧。我們只是渺小又脆弱的大一女孩，身在一間非常大的大學裡，這種事

情總是會發生，大家都知道，我的故事並不特別，而且，事實上，還徹頭徹尾平淡無奇。並不是每個女生都有個強暴故事，但幾乎所有女生都有個「我不確定，我不喜歡那樣，但我也不能真的把那叫作強暴」的故事。

然而，我卻無法忽略我在描述我的痛苦時使用的措辭，跟雅典娜在她故事裡運用的文字，兩者之間的相似性，我沒辦法將雅典娜的文筆和那段回憶切割，當時我在哽咽及啜泣間，向她傾吐我心底所有黑暗又醜陋的事物，而她一邊同情地眨著她的棕色大眼。

她偷走了我的故事，我如此深信著，她從我的口中，直接把我的文字給偷走了，她整段寫作生涯，都在對身邊所有人做著同樣的事，而說實在的，要是我應該因為成功復仇覺得心情很糟的話，那我才不管呢，去死吧，幹。

*

《母巫》推出後獲得了還算熱情的迴響，好評不少，但賣得普通，不過我們也就只有這麼點期待，這是本中篇小說，並不是長篇，我想不出方法架構得更長了，超過不了四萬字，而中篇小說的市場，也總是都比較小。我巡迴三座城市到書店打書，華盛頓特區、波士頓、紐約，這些都是比較容易在隨便哪個週五，吸引到一群愛書聽眾的地方，這幾場活動都場場爆滿，沒有人問任何有關我族裔身分的失禮問題，也沒半個人提到之前的剽竊醜聞。

書評也非常不錯，以一種讓人有些驚訝的方式，《柯克斯書評》給了我星號書評：「一個令人心碎的平靜故事，關於背叛和失去的純真。」《圖書館期刊》也給了我星號書評：「茱妮帕·宋證明了，她在完全與一戰無關的脈絡之下，也能嫻熟處理各式成熟的主題。」而我們最棒的成就，則是在《紐約時報》上，我知道丹妮拉肯定得動用各種人脈才能得到這篇書評：「如果有任何人懷疑茱妮帕·宋拿不出她自己的作品，就讓《母巫》消除這些擔憂吧：這女孩很能寫。」

但這一切風平浪靜之下，仍是有什麼東西令人不安，情況實在太平靜了，平靜到讓人窒息，就像雷暴來襲前的空氣。可是我太放心了，也太急著準備好相信我可能成功把所有麻煩都拋諸腦後了，我已經開始在想下一紙書約，在想現有資產可能的影視改編，也許《母巫》不是什麼賣座片的素材，但你可以把這本書改編成一齣頗受好評的影集，像是《美麗心計》或《星星之火》之類的，趕快來人打給瑞絲·薇斯朋找她來當製片啊，趕快找艾美·亞當斯來演媽媽，然後找安娜·坎卓克來演我。

我讓自己放鬆下來，滿腦子白日夢，在過了這麼久之後，每當我坐下來寫作時，終於不會再聽到雅典娜的鬼魂在我耳邊呢喃了。

但我早該知道，這是不會長久的。

十六

《母巫》推出兩週後，愛黛兒．史帕克斯－佐藤發了篇部落格文章，標題是「《母巫》同樣也是剽竊，而我他媽已經受夠茱恩．海伍德了」。

我正要走進淋浴間時，剛好瞥見Google快訊，於是坐回床上，把浴巾緊緊包在胸口，然後點開連結。

跟你們許多人相同，伊甸出版社宣布以茱妮帕．宋為筆名的茱恩．海伍德，即將推出一本屬於獨立作的中篇小說時，我也頗為好奇，在圍繞著《最後的前線》的種種指控後，我懷疑她是否能寫出同樣水準的東西，尤其是在這個時間點，因為雅典娜已經沒有剩下作品可以讓她偷了，或者我們全都是這麼以為的。但我翻開第一頁後，根本就不敢相信我自己的眼睛。

《母巫》開頭的句子，竟然和雅典娜二〇一八年在亞美作家協會夏季工作坊上寫的某個故

事，一模模一樣樣，這樣的吻合也並非巧合，以下便是證據。

下方，愛黛兒附上了各種Google文件的截圖，以及各式照片，裡面是紙本的故事大綱，評註欄有手寫的筆記，再加上超多罪證確鑿的日期和說明，這樣的一樁指控根本就不可能出於假造。

以防有人認為這是什麼精雕細琢的騙局，我也聯絡了那年工作坊的八名不同參與者，並不是所有人都留著那年夏天的紙本資料，但大家都願意公開證實對雅典娜的作品有印象。他們也將各自的姓名附在本文下方，當作背書認可，如果你不願意相信我的話，請考慮一下我們共同聲明的份量吧。

圍繞《最後的前線》作者身分的爭議，對亞裔離散社群中的許多人而言，都是令人擔憂且困擾的，我們之中有許多人，包括我在內，都不願相信有人作得出這麼無恥又自私的事，而我們也有很多人，都願意姑且相信茱恩．海伍德，不認為她真有這麼壞。

但有了這次的證據，海伍德的意圖及居心，可說已無庸置疑。海伍德、她的版權經紀人布雷特．亞當斯、她在伊甸出版社的團隊，現在有個決定要做，有關負責、公開透明、以及他們理應對正義展現的承諾。

而我們剩下的其他人，將會睜大眼睛看著。

我放下手機。淋浴間的水已經流了整整十分鐘了，但我召喚不出意志力，無法起身去關掉，我能做的，就只有坐在床沿，吸氣吐氣，而世界則在我身旁縮成一道針孔。

我第一次看見傑夫的「@雅典娜的鬼魂」推特貼文時，瘋狂墜入長達數小時的恐慌發作，但這一次，我的反應感覺卻出奇靜默，我感覺像是沉入水下，一切聽起來跟感覺起來都不對勁又扭曲。不知怎地，和先前相比，我竟同時既更冷靜，又更害怕，也許是因為這一次，關於接下來會發生的事，已經沒有任何懸念了，這一次，真相是如此無堅不摧，而無論我是否匆忙爭奪輿論的控制權，也都不會有差別了。我不需要去懷疑我的朋友和同事們對我的看法，或者他們是否會相信我的否認，全部都白紙黑字蓋棺論定了，接下來發生的事注定會發生，無論我做什麼，或說什麼，都沒有差別。

我把手機開成「勿擾」模式，並把iPad滑進抽屜，關掉筆電，接著從我的冰箱上頭拿了瓶威士忌，是瓶口哨豬，這是丹妮拉送的禮物，祝賀我連續三個月穩坐《紐約時報》暢銷榜。然後我在沙發前面窩好，邊看著舊的《六人行》集數，邊直接就著瓶口灌酒，直到我直接醉昏過去，度過今晚。

我不在的時候，就讓網路做好該做的工作吧，我必須面對噪音時，我寧願噪音一次通通迎

面而來。

＊

隔天早上，我醒來後發現我掉了一千個追蹤者，數字還在繼續往下掉，九在我眼前變成八。這一次，我根本不需要搜尋我的名字以追蹤整個討論，一切都在眼前，我的動態和標記貼文裡通通都是。

我他媽就知道茱妮帕・宋死性不改。

茱恩・海伍德再次出擊囉！

這個死婊子是有完沒完啊？

醒醒啊出版業，「白女巫」[30]**回歸囉。**

上一次，我讓我的社群媒體帳號繼續保持活躍，部分是因為這樣我就能跟上大家說了些什麼，另一部分也因為我擔心沉默就等同認罪，但這一次，我的罪行已經是避無可避，而我現在能寄望的，就只有損害控制，我在此指的是管控對於我人身安全的威脅。因此我刪掉了我的推特帳號，並將ＩＧ帳號設為私人，也關掉了我公開電郵地址的通知，我肯定是有收到死亡威脅

沒錯，但透過這種方式，我至少不會在死亡威脅一送到後就得知。

某個人把我的維基百科頁面改成這樣：「茱妮帕·宋·海伍德是個『創新小說家』、剽竊慣犯、可惡的種族主義者」，這行字不到一小時就消失不見了，維基百科至少擁有最低限度的文明規範吧，我猜，但我生平欄位的「剽竊」那段，仍是維持以下：「二〇二〇年三月，文學批評家愛黛兒·史帕克斯—佐藤發布了一篇文章，指控海伍德中篇小說《母巫》的第一段，是逐字逐句照抄〈她〉的第一段，這是已故小說家雅典娜·劉未出版的故事。這次指控，可說使得長久以來對於海伍德同樣也從劉那邊，剽竊了《最後的前線》一書的疑慮，更加甚囂塵上，雖然迄今依然沒有決定性的證據，能證明此事屬實。而海伍德的編輯，丹妮拉·伍德豪斯，也發表了一篇簡短的聲明，表示伊甸出版社已得知這些指控，且正在進行相關調查。」

那天我的手機響了六次，全都是布雷特打來的。我沒有接，我最後還是會接的，等到我對自己有足夠的信心，在聽見自己被炒了之後不會當場爆哭，那我就會接。

至於此時此刻，我則是享受著某種變態的快感，看著一切分崩離析。

下週，我在出版界的所有人際關係也都毀滅了。有人請我離開兩個臉書專業社團和三個Slack群組，這都是我在去年加入的，我那些所謂的作家朋友，也直接神隱，無一例外，就連

---

30 譯註：即《納尼亞傳奇》系列中的大反派。

那些幾個月前還信誓旦旦宣稱，要和我站在同一陣線對抗暴民的也是。

我已經走投無路，只剩下伊甸嬌娃。

噢天啊，我傳訊息給她們，**又來了**。但卻沒有人回覆，這還挺反常的，珍簡直就手機成癮啊，於是我幾個小時後又傳了，**我現在真的很難熬，有人有辦法陪我聊一下嗎？**

她們無視了我整整三天，最後瑪妮終於回道：**嗨，茱妮。抱歉，過去這幾天實在是太忙了，搬家。**

而珍從頭到尾都沒回半個字。

週五，我本來應該要和艾咪．曹進行每月例行的導師時間，結果週四下午，我從負責導師計畫的窗口那邊收到一封電郵：

嗨茱妮帕，艾咪不認為繼續與妳維持導生關係是個好主意，於是請我們幫忙傳話，感謝妳為艾咪以及我們計畫所做的一切。

臭婊子。艾咪至少可以鼓起勇氣當面跟我說吧，這麼做八成很蠢啦，但我還是回信給計畫的窗口，**感謝通知，那請問艾咪對我的指導風格有沒有什麼意見跟回饋呢，這樣我未來就能再多注意一點？**我真正想知道的，是艾咪是不是四處說我壞話，我並不期望回覆，但回覆不久之

後就在當天晚上出現在我的信箱：**艾咪只是覺得妳對於這個產業怎麼運作的認知非常不一樣，她同時也要求妳不要再聯絡她，無論直接或間接，都請不要。**

*

週五，我把自己拖下床，並讓自己可以見人，好跟我在伊甸的團隊開視訊會議。前一晚，我終於接起一通布雷特的電話，就在洛莉傳訊息給我，問說我是不是還活著之後：**妳的版權經紀人剛剛寄電郵給我，他說妳都不回，而他很擔心妳。發生什麼事了？一切都還好嗎？**

「丹妮拉想跟妳談談，**越快越好**。」我回撥時布雷特說，他聽起來很疲倦，甚至都沒問我指控是不是真的，「我們安排了一場Zoom會議，明天下午兩點。」

布雷特現在和我一起在線上，伊甸那邊的所有人則都在同一個螢幕裡，全部圍坐在一張會議桌邊：丹妮拉、潔西卡、艾蜜莉、還有一個我不認識的紅髮男子。沒有人有笑容，我加進通話時也沒人揮手說嗨。

「哈囉，茱恩。」丹妮拉的聲音冷酷又低沉，我因此知道她氣炸了，「我跟潔西卡和艾蜜莉一起，還有來自法務部門的陶德．柏恩。」

「我也在。」布雷特於事無補地補充。

「嗨，陶德。」我有氣無力地說。沒人告訴過我說我請了個律師，陶德只是對我點了點

頭，我於是驚覺陶德在這裡不是代表我的，而是代表他們出席。

「坎蒂絲呢？」我問，試圖從閒聊找回一點尊嚴。

「噢，坎蒂絲已經不在這裡工作了。」丹妮拉回答，「她離開好一陣子了。」

「哦。」我等待，但丹妮拉沒有詳述。我試著不要過度聯想，編輯助理總是都來來去去，他們是被壓榨的低薪基層員工，身在全世界物價最高昂的城市裡，被剝削、遭到無視、過勞、升遷機會極為渺茫，要在出版業中成功，需要超人般的動力才行。坎蒂絲八成就只是無法承受而已吧，「那真是太糟了。」

「我們就進入正題吧，好嗎？」丹妮拉清清喉嚨，「茱恩，如果有什麼我們必須知道的事，妳現在就得告訴我們。」

我鼻子一緊，令我害怕的是，我發覺我現在就已經接近爆哭邊緣了。

「不是我做的，」我說，「我對天發誓。這不是剽竊，這全都是我自己的作品，尤其是《母巫》——」

「尤其是？」陶德插話，「這話是什麼意思？」

「我意思是，《最後的前線》是受到我和雅典娜的各種對話啟發的，」我迅速回道，「但是她現在已經死了，這很明顯，而當我在寫《母巫》的草稿時，我也沒辦法跟她講話了啊，所以寫作風格就沒有跟她的那麼像了——」

「這跟愛黛兒．史帕克斯—佐藤聲稱的不一樣。」潔西卡說。她發愛黛兒的姓氏時，彷彿是在從什麼雜貨清單上念出某種異國的煮湯食材，史帕克斯—佐ㄊㄥˊ，「看樣子她公布的是更為一槍斃命的證據——」

「愛黛兒真他媽滿嘴屁話，」我脫口而出，「抱歉，不是，我是說，我懂她的立場，我看得出來她為什麼這麼保護雅典娜的作品。然後，就是，對，我是受到雅典娜某次寫下的句子啟發的，我看到，呃，她給我看的，在她的筆記本裡。但是故事完全是原創的，是根據我自己和我媽的關係，事實上，我是說，就是，你們可以打給她啊，甚至說——」

「我不覺得有必要那麼做。」丹妮拉說，「那《最後的前線》呢？那也是完全原創的嗎？」

「大家，」我哽咽了起來，「拜託，你們懂我的。」

「妳可以老實告訴我們沒關係，」丹妮拉說，「我們都在同一條船上，如果說有任何形式的……合作，或是任何代表妳不是單獨創作的事宜，我們都必須知道。我們還是可以解決這一切的，我們可以和雅典娜的遺產那邊安排版稅分成，可以試試看，然後發個新聞稿說明共同創作的緣由，妳在其中可以解釋妳覺得必須還朋友的作品公道，且妳無意要欺騙任何人。接著也許我們可以用雅典娜的名義創立一個基金會——」

她講得好像很篤定我有罪一樣。

「等一下，」我插話，「不，聽著，我對天發誓，書是**我的**，這個計畫是我的，我本人親手

寫出了每一個字。」而這是實話，徹頭徹尾的實話，是我造就了《最後的前線》，雅典娜的版本根本就沒辦法出版，這本書之所以存在，完全是因為**我**。

「妳有可能提出任何證據證明這件事嗎？」陶德問，「初期的草稿，之類的，或是有日期的電子郵件，可供我們核實？」

「呃，**沒辦法**，因為我沒有寄東西給自己的習慣。」

「那有任何證據可以證明這**是**剽竊嗎？」布雷特插話，「我是說，現在是怎樣，我們是在假設茱妮有罪，直到證明她的清白為止嗎？這真是太荒唐了，你們是剛出了一本刑法改革的書是不是？」

「我們並不是在迫害茱妮，」丹妮拉說，「我們只是試圖要保護她而已，為了她的名譽還有伊甸的——」

「所以我們現在是有被告了嗎？」布雷特繼續逼迫，「雅典娜的遺產繼承人那邊是有發出禁制令了嗎？還是這一切只是預防措施而已？」

「這只是預防措施。」陶德承認，「依目前的情況看來，著作權問題其實還算好處理，雅典娜的法定最近親，即她的母親，派翠西亞·劉，並沒有表達求償意願，而只要我們刪除或改寫《母巫》的開頭段落，那作品剩下的絕大部分就都沒什麼問題……」

我彷彿看見一線希望，劉太太決定不提出告訴，這我還是第一次得知，我本來還以為我已

經注定要賠好幾千美元了呢，「所以說我們沒事囉，是嗎？」

「呃，」丹妮拉清清喉嚨，「觀感問題依舊存在。我們這邊的說法必須清楚明白才行，這就是我們正想辦法在做的事：把所有事實都釐清，這樣我們就全都口徑一致。所以如果茱恩可以再說一遍，為了釐清事實，精確提供一下她是怎麼寫出《最後的前線》和《母巫》的說法的話……」

「《最後的前線》徹頭徹尾是我的原創作品，是受到我和雅典娜的對話啟發。」我維持聲音平穩，我還是嚇壞了，但我覺得我現在立場更站得住腳了，既然我現在都知道不會被我的出版社拋棄，他們是想要幫我一把，我只是需要提供他們正確的說法，那我們就可以把這一切搞定，「《母巫》則是從雅典娜其中一篇未出版的草稿，擷取了第一段，但除此之外，這也完全是屬於我的原創作品。我的作品都是我自己寫出來的，大家，我保證。」

一陣短暫的沉默，丹妮拉看了陶德一眼，左眉高高挑起。

「那好吧，」陶德說，「我們會需要這番話寫成書面，那是當然，不過如果妳做的就只是這樣，那麼……這其實還算好處理。」

「那我們可以讓這陣鋒頭過去嗎？」布雷特問道。

陶德遲疑了一下，「這真的是屬於公關上的問題……」

「也許我可以發個聲明，」我說，「或是去做個……像是，做個訪談。釐清一切，這大部分

全都是誤會，也許只要我……」

「我認為眼下對妳來說最好的事，就是專注在妳下一部作品上，」丹妮拉乾脆表示，「伊甸這邊會代表妳發表聲明，我們今天下午就會寄過去給妳確認。」

艾蜜莉這時插話道，「我們也全都認為與此同時，妳本人呢，最好是，遠離社群媒體。不過如果妳想要宣布有新的計畫，某個妳目前正在努力的……」她聲音越來越小。

我懂她的意思。閉上嘴，遠離鎂光燈，並證明妳有能力寫出妳自己的書，而且最好是完全和他媽的雅典娜．劉無關的東西。

「那妳目前在寫些什麼呢？」丹妮拉詢問，「布雷特，我知道這不是和我們簽的約，但我們確實擁有優先審閱權，所以如果你有任何消息可以和我們分享……」

「我正在努力，」我聲音沙啞，「很顯然這整件事讓我非常心力交瘁，所以我分心了……」

「但她很快就會寫出新東西了，」布雷特跳出來解圍，「她寫出來之後我會再聯絡你們，這樣聽起來還可以吧，大家？茱妮會盡快改好第一段，等我們下禮拜有什麼東西可以給你們看看有沒有興趣，我再回頭聯絡你們？」

陶德聳了聳肩，他參與的部分已經結束了，丹妮拉則點了點頭，之後我們全都交換了些客套話，說什麼我們可以全部上線，親自釐清這一切真的很棒，接著丹妮拉就關掉了Zoom會議室。

布雷特一結束馬上又打給我繼續討論。

「他們是不是討厭我了？」我慘兮兮地問道，「丹妮拉是不是受夠我了？」

「沒有，沒有。」他停頓了一下，「事實上，這沒有看起來那麼糟啦。不管是哪種爭議，對於自由市場的機制都還滿好的，我們認為妳的版稅在下個結算期有很高機率會增加。」

「什麼，真假啦？」

「呃，所以說事情是這樣子的，我不想要在Zoom上面告訴妳，但看起來這整件爭議，引起了很多，嗯，就是，右翼時事評論家的興趣，大概不是妳會想要扯上關係的人，我是說，這我們都心知肚明啦。但他們正把這件事變成文化戰爭議題，而這總是會獲得關注，所以銷售就……上升了，銷售上升不管怎樣都是件好事啦。」

我真是不可置信，這是我這整個禮拜以來得知的第一個好消息，「那是會增加多少？」

「多到妳會拿到額外的獎金就對了。」

現在慶祝似乎是個詭異的時機，而且或許也極度不適當，但在我腦海深處，我記下了筆記，終於可以去買那張我一直肖想的IKEA沙發啦，擺在我的幾個書架旁邊一定會很好看。

「就只是丹妮拉好像想殺了我一樣，」一陣歇斯底里的傻笑聲竄出我的喉嚨，「我是說，她看起來有夠不爽的欸——」

「哦，丹妮拉才不真的在乎咧，」布雷特回答，「她只是得做好她的工作，妳懂的。但歸根

究柢，真正重要的還是現金流，伊甸會和妳站在同一陣線的，妳幫他們賺太多錢了，他們現在要抽手也來不及啦。這樣感覺有好點嗎？」

「好多了，」我吐了口氣，「哇，好喔。」

「所以妳要去寫點新東西了嗎？」

「我猜我他媽最好是趕快去寫，是吧？」

「這樣很棒，」布雷特爆笑，「寫點我下禮拜可以跟丹妮拉推銷的東西吧，妳不需要寫出整個計畫的大綱，丟幾個構想出來就可以了，這樣她就知道妳還是很行的。只不過可不可以不要再寫什麼華裔女孩了，行嗎？」

「哈哈。」我說，然後掛掉電話。

*

那晚我的手機又響了一次，就在我剛點完些披薩當晚餐時，我按下綠色的**接聽**鍵，以為是我的 DoorDash 外送員，「喂？」

「茱恩？」一陣停頓，「我是派翠西亞．劉，雅典娜的媽媽。」

噢，耶穌基督啊，我湧起一股稍縱即逝的衝動，想掛掉電話然後把我的手機扔到房間另一頭去，但這只會讓事情變得更糟，這樣她就會知道我怕到不敢跟她講話了，而她會假設背後的

原因，然後我就會整夜無眠各種恐慌，思考她本來要對我說些什麼。最好是現在就說清楚講明白，把這件事情給搞定，如果她改變主意想要求償，布雷特和伊甸的團隊必須要知道才行。

我不由自主地破音，「嗨，劉太太。」

「哈囉。」她的聲音聽起來模糊又帶著鼻音，我在想她是不是剛哭過，「我打來是因為……呃，這真的很難啟齒。」

「劉太太，我想我知道——」

「有個叫作愛黛兒・史帕克斯—佐藤的女人今天早上聯絡我，她想要知道我是不是還留著雅典娜用來打草稿的筆記本，還有她能不能看看。」

她沒有描述細節，迫使我問道，「然後？」

「嗯，她暗示說妳從雅典娜那邊偷走了《最後的前線》，而她想要仔細看過雅典娜所有筆記本，看看是不是存在什麼證據，顯示雅典娜曾經在研究那個計畫。」

我用手壓著額頭，就這樣了，一切都沒救了。我以為她打來是要談《母巫》的，但這實在糟糕太多了，「劉太太，我不知道該回答您什麼。」

「我跟她說不行，當然不行，」我的心跳漏了一拍，劉太太繼續說道，「我不喜歡陌生人這樣……總之，我告訴她給我一點時間考慮，然後我想說還是先來跟妳談談。」她再次停頓，我知道她想問什麼，她只是不夠勇敢，不敢問出來而已，我想像她站在廚房裡，指甲深埋入手

心，試圖大聲說出她女兒生前見到的最後一個人，有可能也偷了她的代表作的可能性，「茱恩……」她聲音哽住，我聽見她在吸鼻子，「如妳所知，茱恩，我實在是非常不想翻開那些筆記本。」

接下來的問題不言自明：**我有理由去翻開嗎？**

相信我，那一瞬間，我真的很想承認。

這本該會是最佳的時機，**正確**的時機，把一切和盤托出的，我想起我們最後一次談話，兩年前，我到她家拜訪時，「我真的很希望我有辦法讀她最後一本小說，」劉太太在我起身準備要離開時告訴我，「雅典娜實在很少向我敞開心房，讀她的作品雖然不像是在理解她的想法，但至少是瞭解了一部分的她，而這個部分是她選擇要讓我看見的。」

我從她身上剝奪了這點，我讓一名母親，無法看見女兒最後的文字。如果我現在告訴她真相，那劉太太至少可以把這些文字拿回去，她將能看見那些佔據雅典娜人生最後幾年的努力成果。

但是我不能崩潰。

這便是保持理智熬過這一切的關鍵：堅守陣線，維護我的清白。在這一切面前，我連一次都沒有崩潰過，從來沒跟任何人承認過我的偷竊行為，而到了現在，我自己大多數時候也都相信了這個謊言，也就是多虧了我的努力，才使得《最後的前線》如此成功，到頭來，這畢竟是

屬於**我**的書。我把事實扭曲成這種樣子，使得我實際上，也能夠與之和平共處，但如果我告訴劉太太另一種說法，那這一切就會東窗事發，我這是在幫自己的棺材釘釘子。雖說世界無論如何也有可能在我身旁分崩離析，但就算只有最渺茫的一線希望，能夠拯救一切，我也不願就此放過。

「劉太太，」我深吸一口氣，「我非常、非常努力才寫出《最後的前線》，我的辛酸血淚全都在那本書裡了。」

「我知道了。」

「您的女兒是名傑出的作家，我也是，而我認為忽略這兩項事實任一項，都是在傷害她的遺緒，和我的未來。」

我對文字很在行，我瞭解如何在不說謊的情況下說謊，而我也知道，在某種程度上，劉太太肯定理解我真正要告訴她的事。我確定她心知肚明，如果她允許愛黛兒．史帕克斯—佐藤去翻雅典娜的筆記本，那他們會在裡面找到什麼東西。

但她其實很害怕那些Moleskine筆記本裡埋藏的東西，這點和以往相比，可說再清楚不過了，和我講話的這名母親，歸根究底來說，真的寧可不要去面對深埋在她女兒靈魂中的黑暗事物，世界上沒有母親會想要那麼瞭解她的孩子的。因此，眼前就是我們協議的條款，她會保守我的祕密，只要她永遠都不需要去面對雅典娜的祕密就好。

「那太好了，」劉太太說，「謝謝妳，茱恩。」

在她掛掉之前，我脫口而出，「還有劉太太，關於《母巫》……」我聲音越來越小，我不確定我到底想說什麼，甚或開口究竟是不是個明智的行為，陶德告訴過我劉太太沒有要求償，但我真的很討厭這件事一直懸在我心頭，我想要劉太太親口確認不會有事，「我是說，我不知道您聽說了沒有，但我之後會重寫開頭……」

「噢，茱恩，」她嘆了口氣，「我根本就不在乎那個。」

「這真的是原創作品，」我說，「我確實，我確實用了第一段，我不知道當時是怎樣，我覺得我們應該只是在交換一些擷取的句子，然後那段最後不知道怎麼樣就出現在我筆記本裡了，因為實在過太久了，所以我都忘記了……可是總而言之，故事的其他部分……」

「我懂。」劉太太回答，而現在她的聲音中多了種冷酷的尖銳，「我懂的，茱恩，雅典娜是永遠都不會寫出那樣的東西的。」

我還來不及問她這話是什麼意思，她就掛掉了。

十七

到了那個月底，一切已塵埃落定，所有相關人士都做好決定了，我被網路仇恨，是業界笑話，且距離我跟我出版社之間的關係崩壞，也只有一線之隔。

至少我沒有破產。這是確實，而且從大多數外在標準看來，我也依舊還算成功，我身處一個奇怪的地帶，永遠都掛在線上的那部分閱讀人口痛恨我，但美國其他地方的買書人並不這麼覺得，大家在Target大賣場和Books-A-Million連鎖書店還是會從架上拿起我的書去結帳。即便愛黛兒．史帕克斯—佐藤和黛安娜．邱這群人仍然一直在四處連署請願，要求伊甸下架我所有的書，直到他們完成獨立公正的第三方調查（真的是在肖想欸），我的銷售依然未露疲態。

事實上，我的書還賣得更好了呢。布雷特說什麼醜聞會促進自由市場機制，還真的是對的，**在妳的版稅報告出來之前都不算正式啦**，他寄來的最新一封電郵寫道，**但妳這個月的銷售數字和去年此時相比，幾乎是兩倍**。

只需要稍微探索一下網路上更為骯髒齷齪的角落，就能得知發生了什麼事。非主流右派的

言論自由擁護者，把我變成了他們時下最夯的話題，我跟我漂亮的盎格魯撒克遜臉蛋，成了左翼法西斯取消文化暴民手下的完美受害者，（看起來非主流右派確實是滿在乎正當程序的，但只有在受指控者做的事是像性侵害或出於種族動機的剽竊時啦）。福斯新聞的某個知名共同主持人，也鼓勵他多達數百萬人的所有觀眾支持我，這樣伊甸才不會把我除名，這造成了一個詭異的情況，數千名川普支持者竟然在買一本有關被剝削中國工人的書。而我的公關也轉了一個訪談邀請給我，來自某個超夯的年輕YouTuber，但當我發現她爆紅瘋傳的影片，標題都像是「看我怎麼偷帶槍去我的經濟學課堂上，笑死」和「自由派因為墮胎的種種事實玻璃心碎滿地」之類後，我就拒絕了。

好啦，對，我知道這看起來有多難看。就像泰勒絲，我也無意變成白人至上主義的芭比啊，我也很顯然不是個川粉，我投給拜登欸！但要是這些人想朝我灑錢，那我接受真的有這麼糟糕嗎？難道我們不應該稱讚一有機會就從種族歧視的鄉巴佬身上大賺一筆的行為嗎？

所以說事情最後就是演變成這樣子。我失去了我的名譽沒錯，但我離被取消還差得遠呢，而且我在可預見的未來，還會有一筆穩定的收入，事情本來有可能更糟的，也許我在出版界的人脈已經全斷光了吧，可是這並不代表我的人生完蛋了，跟我這個年紀的大多數人相比，我還是擁有更多存款，也許是時候該見好就收、急流勇退了。

接下來的那幾週間，我確實常常在想要不要就乾脆不寫了。也許我媽一直以來都是對的，

或許長久的職涯就只是不適合我，搞不好我應該把《最後的前線》當成一個跳板，讓我可以準備好往其他地方發展。我已經有夠多的錢，想去念什麼預科碩士都可以，還有來自一所常春藤名校同樣夠高的GPA成績，可以成功申請到大多數前十名的法律或商業系所，也許我應該去念法學院申請考試，或是去申請某個線上的金融分析師訓練班，然後朝投顧領域發展。

這實在滿吸引人的，一個擁有穩定工作的前景，還有明確定義的上班時數及福利，而且在這類領域，身為白人也不會讓你變得無趣又多餘，反倒是個絕對常見又令人滿意的聘僱選擇。不用再恐慌發作般掛在線上狂刷、不用再跟人比來比去、不用再重讀各種電郵上千次，以猜出我的行銷人員究竟是不是討厭我。

但我就是沒辦法放棄這唯一能賦予我生命意義的事物。

寫作是人類所擁有最接近真正魔法的東西，寫作是無中生有創造出某種事物，是打開通往其他世界的門扉，寫作賜予你力量，讓你在真實世界太痛苦時，可以塑造自己的世界。停止寫作會要了我的命，我從來都沒辦法經過某間書店，卻不帶著渴望伸手碰觸每本書的書脊，同時驚嘆於讓這些書出現在書架上的繁複編輯過程，並回憶著我自己的書誕生的點點滴滴。而且若是放棄的話，我餘生每次看見像艾咪．曹這樣的人簽下出版合約，每次得知某個前途璀璨的年輕作家正過著我應該要過的生活時，心中也都將會醋意橫生。

自從孩提時代，寫作就形塑了我自我認同的核心，而在爸過世、媽退縮回自己的內心、洛

莉決定打造一個少了我的新生活後，寫作也給了我活下去的理由。而即便這搞得我如此可憐兮兮，只要一息尚存，我都依然會緊抓著這樣的魔法不放的。

＊

問題在於我不知道要寫什麼給丹妮拉。我的舊點子全都行不通，我從形而上的後車廂翻出了幾份先前計畫的草稿，但這些故事的構想與設定我現在看來都覺得無趣、缺乏原創、簡直蠢到不行：

一部青少年浪漫喜劇，有關一個女孩愛上了一個死了一百年的男孩（這個全都只有氛圍，沒有情節，且大幅根據我大學時瘋狂暈船校園中奈森．海爾雕像的經驗）。

一對戀人一個世紀又一個世紀不斷輪迴轉生，卻一再面臨不同版本的悲劇故事，直到他們能找出方法打破循環（設定很酷，不過要研究這麼多不同的歷史時期實在太令人卻步了，我意思是，十八世紀有哪邊可愛的啊？）。

某個被前男友謀殺的女孩，變成鬼魂回到人世，並且試圖拯救他的下一名受害者，但又一直失敗，最後遭到謀殺的女孩們組成了一支幽靈大隊，終於成功把那個男的繩之以法（好喔，這個設定也不錯，但Netflix才剛開播一部現代版的新編藍鬍子，而我不想再次被指控剽竊）。

我瀏覽著維基百科和大英百科全書，尋找擁有前景的歷史瑰寶，以繼續擴張，也許我可以

寫鐵達尼號上失蹤的中國倖存者，或是金山的乞丐，還是紐約市警局的東方幫派小隊，他們叫作「玉分隊」，而這一定會是個他媽超屌的書名，不是嗎？或是寫中國黑幫，派崔克．拉登．基夫就寫了本很棒的紀實書，有關在紐約市外運作了好幾年的某個中國人口販運蛇頭，要是我寫她虛構版的人生呢？

不過，幹嘛要這麼執著在中國題材上？我幹嘛要畫地自限啊？難道寫俄國移民或是非洲難民，不也同樣可行嗎？我從來都不想把我的寫作品牌限縮在中國題材上，會這樣子只是偶然而已。我想我祖父母或曾祖父母中，有某個人可能是猶太人，我可以打給我其中一個姑姑問問看，並把這當成通往猶太歷史和神話的途徑，而我也非常確定我媽以前曾經提過她有什麼切羅基族血統，或許這也很值得探討一番，搞不好這邊就有個故事，有關發現我以前甚至都不知道自己擁有的淵源。

但老實說，我因為會涉及的大量研究和工作而有點害怕。由於我已經為《最後的前線》做了那麼多研究，和中國相關的故事看起來似乎容易一點，我對那些歷史，還有目前相關的政治切入點都已經這麼熟悉了，我已經擁有了重要的關鍵字，我需要的，就只有吸引人的賣點。

我曾經認識一個詩人，她不管到哪裡去，都會隨身帶著一本迷你筆記本，並針對她一整天遭遇的每一件事物，寫下至少一個充滿機鋒的觀察，**咖啡師的頭髮是一大坨紫色、她身旁桌邊的女子連珠炮吐出「對」這個字的速度，彷彿是種拖延策略、老闆的名字從門房的舌尖如生鏽**

的硬幣般滑出。

「我創作的部分遠少於我蒐集的，」那個詩人解釋道，「世界已經如此豐富，我所做的，就只是把人類生活的混亂，萃取成一次濃縮的閱讀經驗。」

有天我在華盛頓特區附近採買生活用品時，也如法炮製了一波。我記下了對於乾洗店的一些想法，**擁擠又有效率，店主要不是希臘人就是俄國人，而我分辨不出究竟是哪個，這樣會很種族歧視嗎？**還有K街上的Trader Joe's，**她每次來到這裡，貨架上似乎都充滿著有機的承諾，但她卻總是注定帶著同樣一袋薑餅和微波義大利細扁麵離開**。我在結帳櫃檯塗塗寫寫時感覺非常充滿學術氣息又慧眼獨具，但等我到家之後，我在我寫下的所有東西中，卻都找不到火花，這全都如此枯燥，沒有人會想讀什麼Trader Ming's烹飪政治學的。

我必須更進一步，我得寫些白人不會每天看見、習以為常的事才行。

隔天下午，我搭綠線出門到中國城去，這個地方呢，即便在華盛頓特區已經住了快五年，我其實從來都沒去過。我有點小擔心，因為我在Reddit上看到，華盛頓特區的中國城是全市犯罪率最高的地方，而當我走出地鐵站，這整個地方也確實帶著某種遭到有關當局忽略的威脅般氣息。我走路時雙手都插進口袋裡，手指緊緊抓住手機和錢包，真希望我有帶防狼噴霧。

別再表現得像個緊張的白人女孩一樣了，我責備自己，**真的有人住在這裡生活，這裡又不是戰區**，如果我表現得像個神經質的觀光客，那我是無法瞭解他們的故事的。

我漫步經過各各他浸信會，並拍了張友誼牌樓的照片，牌坊以燦爛華麗的綠金色澤，歡迎我來到中國城，我不知道中間的牌子上寫的是什麼[31]，之後得來去查查看。

不過除此之外，以文化角度來說，中國城並沒有什麼太特別的東西。我經過一間星巴克、一間 Ruby Tuesday 餐廳、一間 Rita's 冰淇淋店、一間 Bed Bath & Beyond 大賣場，這些商家的門口上方，全都掛著用輝煌的金色或紅色書法字體寫的中文字，但在裡頭，他們賣的東西跟你在其他地方找得到的通通一樣。詭異的是，我在附近並沒有看到多少華人，我好一陣子之前曾經讀過某篇文章，文中認為華盛頓特區的中國城已經遭到惡意中產階級化了，但我並沒有料想到，這裡看起來會和華盛頓特區的其他區域這麼像。

我快餓死了，所以快速走進我看見的第一間路邊小店，是一間叫作「沈先生餃子」的店，餐廳的英文店名在貼滿櫥窗的中文標語和 TripAdvisor 剪報間幾乎看不見。這地方感覺有點蕭條破敗，桌子缺角、門窗油膩，但這難道不就是真正道地中餐廳的正字標記嗎？我記得我曾經在推特上讀到過這回事，如果某間中式小餐館完全沒有在裝潢上下功夫，那就代表食物肯定會很讚，或者店主根本就他媽沒在管啦。

我是店裡唯一的客人，這不一定是個不好的跡象，現在是下午四點，吃午餐太晚，吃晚餐

---

31 譯註：事實上，華盛頓特區中國城的牌樓上寫的便是「中國城」三個大字。

又太早。一名女服務生默默在我面前擺了一杯看起來很髒的水和一份塑膠護貝菜單，然後就走開了。

我四下張望，覺得自己很蠢。我顯然打擾了員工在餐間的休息時段，我也因為自己佔據了這麼多空間感到尷尬，這裡沒有半樣我想吃的東西，菜單完全是由五花八門的湯餃所組成的，我不知道什麼是湯餃啦，但聽起來很噁就是了。從廚房門還飄出一陣濃烈的霉味，聞起來就像垃圾和餿水，讓我整個食慾全失。

「妳好了嗎？」女服務生突然出現在我身旁，手上拿著筆和便條紙。

「噢，不好意思，好了。」我停頓，接著指向我在菜單上看到的第一樣東西，我猜事到臨頭，現在走出去會太失禮，「我可以點個，呃，豬肉韭蔥餃子嗎？」

「六個還十二個？」

「六個。」

「要做湯餃還是用煎的？」

「呃，湯餃好了？」

「好喔。」她拿起我的菜單，然後便轉身回到廚房裡，一個字都沒再說。

還真是個臭婊子，我心想，但我接著想起服務很差也是好吃中式食物的正字標記之一，根據我之前看到的那篇推特貼文啦，這些湯餃最好是給我好吃到不行哦。

我試圖專注在優點上。我可以在這裡找到一些很棒的敘事潛力的，如果我專心的話，也許這會是個暖心的故事，描述中國城的某間餐廳即將倒閉，直到店主的女兒辭掉她出賣靈魂的大企業工作，並靠著當地社群、社群媒體、一隻會說話魔法龍的協助，重新挽救家族事業。搞不好我還可以給我那個臭臉女服務生一個賺人熱淚的背景故事，還有一百八十度大翻轉的個性，也可能不會吧，我越是思考，這聽起來就越像是《料理鼠王》跟《花木蘭》的情節加在一起。

不要再用白人凝視看事情了啦，我告誡自己，要是對這些人一無所知的話，我沒辦法憑空捏造出他們的故事。我必須和當地人聊聊，交交朋友，瞭解他們是從哪來的，並學會只有華裔美國人才有可能知道的各種古怪卻特別的細節。

我視線中唯一的別人，是個在我身後擦桌子的中年男子，我覺得他也不失是個展開對話的好起點。

我清了清喉嚨，並揮手招他過來。

「請問你叫什麼名字？」我的聲音聽起來有種不自然的活潑跟雀躍，我於是試著重新調整我的表情，變得更中性一點，或至少不要這麼奇怪。中學時，我修過一堂調查式報導的課，而我還記得幾個小訣竅：建立友善的關係、專注傾聽及觀察、維持直接的眼神接觸、詢問清楚及開放式的問題。我真希望我有記得用 iPhone 錄音，照理說，我們說話時我應該要記下對方說的話以便引用，但我不想把筆跟筆記本拿出來，以免嚇到他。

「不好意思，小姐。」他放下抹布朝我走來，「有什麼問題嗎？」

「噢沒有，不是，我只是，嗯，想跟你閒聊一下，如果你有空的話啦。」我的臉在字句說出口時縮了一下，為什麼這令人這麼不舒服啊？我覺得我好像在做什麼虧心事，比如沒獲得別人允許，就跟他們的小孩講話，但這真是太荒唐了，友善閒聊哪裡錯了？服務生就這麼站在那，一臉期待看著我，所以我脫口而出，「所以，你是住在中國城這邊嗎？」

「華盛頓特區的中國城嗎？」他聳了聳肩，「這不太算是真正的中國城啦，也許算是個中國城的模擬吧，我其實住在城外的馬里蘭。」

他的英文比我預期的還要好非常多，他腔調很重沒錯，但是哪款剛學會英文的人會用「模擬」這種字啊？我懷疑了一下，想說這些腔調是不是故意裝的，以向白人顧客傳遞真實感和道地風情，我也在想他是不是那種教授或醫生，移民來美國是因為得罪了家鄉的政府，這兩個可能性都會是很有趣的情節轉折，「那你在這邊工作多久了啊？」

他停頓了一會兒思考，「噢，到現在可能有九年了吧，十年。我老婆想要去加州，但我想離我們的女兒近一點，也許她畢業之後我們會搬過去吧。」

「哦，讚哦，」我說，「你女兒是上喬治城大學嗎？」

「喬治華盛頓大學，主修經濟學，」他拿起抹布，半轉過身子要去擦其他桌子，我不想失

去對話的機會，於是我想都沒想就說，「那，你覺得在這間餐廳工作還行嗎？你有沒有什麼有趣的故事，有關，嗯，在這間餐廳工作？」

「不好意思，有我可以幫得上忙的地方嗎？」

那個女服務生從廚房大步走出，她輪流互看著我們兩個，眼睛瞇起，接著用中文快速又扼要地跟中年男子說了些什麼，他的回應聽起來也頗為冷淡，我猜他也許是在說**放輕鬆**之類的吧，但她的音調越來越高，語氣也越發迫切。最後，中年男子聳聳肩，把抹布扔到桌上，然後就退到廚房門後去了。

女服務生轉向我，「如果有什麼問題的話，我很樂意幫忙。」

「噢，沒有，沒什麼事，我只是想閒聊一下啦。」我揮揮手表示歉意，「抱歉，我看得出來他八成很忙。」

「沒錯，我們全都超忙。我很抱歉這裡有點安靜，但妳得讓服務生做好他們的工作。」

我翻了翻白眼，我是這裡唯一的客人欸，他們是能有多忙啦？「好喔。」我極盡不屑之能事回答。

她竟然還不走，「還有其他問題嗎？」

她的聲音開始巍巍顫顫，她**嚇到**了，我驚覺這看起來像是怎麼一回事，她一定是以為我是警察或移民暨海關執法局的人，以為我要逮捕那個老傢伙，「該死，」我在面前揮舞雙手，以

便……以便怎樣，證明我沒有帶槍，也沒有警徽嗎？「不是，不是那樣的——」

「那是怎麼樣？」她上下打量我一番，接著昂起頭，「等等，妳不就是那個作家嗎？」

我的心跳漏了一拍，以前從來沒有人在書店或演講活動之外的地方認出我，我瞬間受寵若驚，而某部分的我則覺得她就要請我簽名了，「我，呃，對，我是茱妮帕——」

「妳就是那個偷走雅典娜．劉作品的女生，」她表情一垮，「我就知道，我在網路上看過妳的照片，茱妮帕．宋，對吧？還是海伍德，還什麼的隨便。妳想怎樣？」

「我只是想聊聊天，」我有氣無力地說，「我保證，我不是來這邊——」

「我不在乎。」她唐突地回應道，「我不知道妳在這裡到底是想搞什麼，但我們完全不想參與。事實上，我也必須得要請妳離開。」

她八成沒權利把我轟出去，我又沒有危害社會秩序，我根本就沒做半件違法的事，我就只是跟某個服務生閒聊一下而已。我考慮了一下堅守立場，履行我身為客人的權利，堅持如果他們要趕我走的話，那就叫警察來，但我寧可不要又因為惹事而在網路上爆紅，我都可以想像得到YouTube影片的標題了：「中國城某白女奧客堅稱她不是移民暨海關執法局官員」。

「好喔，」我站起來，「那也不用再浪費時間弄我的餃子了。」

「妳確定？」女服務生問，「我們沒有在退錢的，這樣總共是八塊九毛五，含稅。」

我的臉熱辣辣的，大腦瘋狂運轉，想要想出什麼機智的反詰，但我想不出任何不會顯得可

悲，或是擺明種族歧視的回覆。於是我反倒從錢包裡挖了張二十塊出來，把包包甩過肩頭背上，然後擠過她走出門口，並假裝沒有聽見在我快步走出去時，身後傳來的嘲諷哼聲。

*

我的創意沙漠降臨差不多一個月後，布雷特開始瘋狂煩我，我看得出來他之前試著給我點空間，迄今他所有的電郵都是措辭巧妙的溫和嘮叨，但是很顯然，他的耐心已經快用光了。

想跟妳聊聊某個新機會，他最新寄來的信上寫道，**方便的時候打給我**。

我呻吟了起來，接著伸手拿手機。

才響第一聲他就接起來了，「茱恩！真高興接到妳的電話，妳最近都還好嗎？」

「還可以啦，仇恨電郵已經停止了，大部分，也沒有再收到任何死亡威脅了。」

「嗯，那很好啊，我就跟妳說鋒頭會過去的。」他停頓了一下，「還有，呃，關於我們上次討論的——」

「什麼也沒有。」我覺得最好還是有話直說比較好，「我什麼也想不到，半個點子都沒有，我甚至都不知道該從哪開始。抱歉，我知道這不是你想聽到的話。」

我感到一陣罪惡感襲來。對布雷特而言，這跟錢無關，而是他的名聲也命懸一線，他不想因為替伊甸的編輯團隊帶來他們迄今最丟人的客戶，而打壞彼此的關係。但我也不想讓他有什

麼錯誤的期待，因為不期不待、不受傷害。

我鼓起勇氣，準備好面對布雷特的失望，結果他反而是馬上問說，「那麼ＩＰ改編作品如何？」

我克制住嘲諷。ＩＰ就是智慧財產權，相關的改編作品是給平庸的作家寫的，或者大家一直以來都是這麼跟我說的，這是廉價又專為雇主工作的差事，給那些原創作品賣不出去的人做的，「什麼如何？」

「我的意思只是說，如果妳沒辦法想出妳自己的概念，那不如照著大綱寫作怎麼樣？」

「怎樣，像是寫本超級英雄小說嗎？真是謝囉，布雷特，我還是有些**標準**在——」

「就只是，已經好一段時間了，茱恩，大家越來越沒耐心了。」

「唐娜．塔特的每本小說之間都相隔十年才出版欸。」我嗤之以鼻表示。

「呃，」布雷特沒有直接點出顯而易見的事實：我又不是唐娜．塔特。「情況不太一樣啦。」

我嘆了口氣，「是哪個ＩＰ啊？漫威哦？還是迪士尼？」我可能可以接受寫本《星際大戰》小說，也許吧，我是說，這聽起來很難沒錯，而我也得真的深深挖出我身為宅女的過去，才能讓我自己在乎他們往我這裡丟過來的不管哪個角色，但我是可以變點東西出來的，而且品質至少也夠好，可以騙過那些會買這種書，分不出好壞的一般迷弟。

「事實上，這不會是幫某個已經存在的系列寫的，妳有聽過雪花球公司嗎？」

這個名字我有點印象，我之前在推特上到處都會看見，也許他們的官方帳號最近追蹤了我吧，但除此之外，我無法聯想到任何重要的事，「他們不是某種推銷書的公司嗎？就像，某種自費出版社？」

「呃，他們有的沒的都有做啦。創辦人在出版社還有片廠都有人脈，他們會先和編輯合作，發展出適合市場目前需求的構想，接著再跟作家合作，讓這些構想成真。這樣就省下了功夫，不用去猜測大出版社的編輯在找哪種書，而且妳也會有很大程度的創意彈性，可以決定要怎麼讓構想實現，妳知道的，然後把這變成妳自己的東西。」

「但我不會擁有版權，是嗎？」我對ＩＰ改編瞭解不多，不過從我在網路上讀到的東西看來，這對內容生產者來說通常都是件麻煩事，不像原創的資產，你會擁有版權並獲得版稅，ＩＰ改編作家大部分都只會先收到一筆固定的稿費而已。舉例來說，一本熱門電玩系列改編成的小說，可能會賣個上萬本，但就算書一下子就登上暢銷榜，受雇的作家得到的酬勞也可能永遠不會超過一萬塊美金，而這對六到八個月的工時來說，可不是什麼很優渥的薪水，「而且大家都不會認真看待ＩＰ改編作品的，對吧？就是，這又不是什麼**認真**的文學作品。」

「很多大家鍾愛的作品都是ＩＰ改編的啊，」布雷特回答，「只不過一般人通常都不知道而已。而且反正，這也不會是什麼永久的職涯轉向，只是個幫助妳度過這次低潮的方法，看起來如果妳有……某種事先存在的鷹架支撐，那妳可能會表現得更好。」

我真的很討厭他這樣子講，彷彿這是我們之間的某種玩笑似的，就像他知道《最後的前線》背後的真相，**眨眨眼，這邊這邊，茱妮，我們知道妳會著色哦，讓我們幫妳找本新的著色簿吧**。

說實在的，這也不是全世界最糟糕的主意啦。但我的自尊因為這個想法頗為不爽，我曾經角逐過國內某些最頂尖的文學大獎欸，我實在無法想像從這樣淪落到要為人作嫁，「我猜酬勞也很爛吧。」

「嗯，他們還挺願意談的，特別是妳這麼大牌的作家。不過對啦，版稅不會跟妳以前拿到的一樣那麼高。」

「那這一切意義何在？」

「呃，妳會有本新書推出啊，這樣妳就有新的東西可以講了，可以讓對話延續下去的東西。」

這招很厲害，布雷特，這點很中肯，然後我忍不住問道：「那這個主意大概是怎麼樣？」

他沒辦法馬上告訴我。我必須先簽保密協議，不過還好他已經準備好一份了，他只需要傳個DocuSign連結給我就好了，他在處理這件事時，我上網搜尋雪花球公司，並瀏覽過他們公司的網站，創辦人全都是年輕又時髦的白人女性，就是那種我每次在業界活動上，都會看到四處走來走去的女生，手上還拿著杯夏多內白酒。在他們的「現有計畫」頁面上，我看到列出了各種和亞馬遜、Hulu、Netflix簽訂的製片合約，事實上，我還真的聽過他們旗下的幾本書，布

雷特是對的，我真的是對於有多少熱門計畫其實是ＩＰ改編一無所知。也許這其實沒那麼糟，或許這樣**會**更容易，讓某個人負責想出市場想要什麼，這樣我就能專注在我擅長的事情上了，也就是寫出漂漂亮亮的成品。

「好了。」保密協議簽好了，布雷特又回到電話上，「所以說，他們很有興趣借重妳在中國社會議題上的專業，瞭嗎？」

我察覺一絲不祥的跡象，「好喔……」

「啊妳知道一胎化政策吧，對吧？」

「呃，就那個他們強迫女性墮胎的？」

「不是，我是說中國一九七八年實施的人口控制政策。」他是在照著維基百科唸，我知道，因為我也剛打開同樣的維基百科頁面。

「我剛就是那樣說的，好嗎，他們強迫女性去墮胎。」我快速搜尋了一下「墮胎」一詞，以確定我是正確的，而我確實是對的，算是啦，「他們想要一本有關**那個**的小說？」

「嗯，他們想要某種現代改編版的啦。所以說一胎化政策的問題，就在於中國人實在太多了，對吧？因為選擇性墮胎，還有家長比較喜歡生男孩，因為這是個父權文化，什麼什麼的，所以就缺了很多女孩和女性。因此，中國男人都很難找到老婆，或是生下他們自己的後代，妳有跟上我目前在說什麼嗎？」

「呃，當然。」

「而反烏托邦的轉折就是從這裡開始，想像一個類似《使女的故事》的世界，女性是在相關機構裡長大成人，生下來跟受養育的目的，就是要負責生小孩，而且還會被賣給她們的丈夫，當成家中的奴隸。」布雷特緊張地笑了笑，「這是還滿一針見血的評論，對吧？妳甚至可以進一步拓展主題，使這變成針對西方父權制度的幽微批判，如果妳想要的話啦，看妳。就像我說的，妳有很大的彈性，可以翻玩這個概念，妳覺得如何呢？」

我沉默了很長一段時間。接著，因為我們其中一個非得大聲說出來不可，「布雷特，這真他媽白癡爆了，沒有半個腦子正常的人會想投注心力寫這種東西的。」

（事實上，我大錯特錯。這次談話結束的兩週後，我在瀏覽器上打開推特時，會讀到如下的消息：「賽門與舒斯特和雪花球公司攜手合作，非常興奮要宣布，我們已和知名作家海蒂·史提爾簽約，預計將出版《中國的最後一個女人》，這是本驚悚羅曼史小說，設定在一個反烏托邦的世界，故事靈感來自一胎化政策！」）

「我意思是，我真的認為這行得通，」布雷特說，「這是個很酷的概念，會替妳吸引到女性主義者，而這就是妳的讀書會市場。而且這也有很大的影視改編潛力，我很確定等《使女的故事》完結，全網路都會發了瘋尋找下一齣大製作的。」

「可是這整個**故事**構想，我是說，這融合了一大堆不同的……就是，他們是認真的嗎？」

胎化政策加上《使女的故事》欸？他們難道不擔心我們會冒犯到，比如說，全中國嗎？」

「呃，反正這本書會是在西方世界出版啊，茱妮，所以有差嗎？誰在乎啊？」

我都可以看見愛黛兒．史帕克斯—佐藤跟小陳磨刀霍霍了，而雖然我也沒什麼在追中國政治時事，但就連我都能看得出來，這鬼東西四周真的是處處地雷，隨時會**引爆**啊。如果我寫了這個，我就會因為痛恨中共、中國人、男人，或以上三者皆是，而被開腸剖肚、五馬分屍。

「絕對不要，」我說，「這簡直就是不切實際。他們難道沒有別的主意嗎？就是，我本身並沒有反對和雪花球公司合作，我只是真的很討厭這個構想而已。」

「呃，他們有啦，只是他們是按照擁有適合……背景的作者，去量身打造構想的。他們今年一百八十度大轉彎，往多元性的方向發展。」

我哼了一聲，「還想說他們怎麼會想找我勒。」

「拜託啦，」布雷特說，「至少看一眼待遇如何吧，我剛寄過去了。而且妳也確實在幻想文類嶄露頭角了，所以妳已經擁有現成的粉絲群……」

我不確定布雷特是否理解，喜歡魔幻寫實主義的人，實在是都非常討厭這類的近未來科幻小說，「好吧，但你也得承認，一個設定在北京的反烏托邦，真的是離我的專精非常遙遠。」

「才沒幾年前，我也會說像《最後的前線》這樣的計畫，也離妳的專精非常遙遠啊，拓展視野永遠都來得及啦。妳就考慮看看吧，茱妮，這可以挽救妳的寫作生涯。」

「不，才不會。」我實在是哭笑不得，「絕對不會，布雷特，我百分之百確定這才是那種會終結寫作生涯的東西。」

「茱妮，拜託哦，我們有可能再也不會得到這樣的機會了。」

「等到比如說，嗯，盧卡斯影業來聯繫，你再打給我吧。」我回答，「但我真是非常抱歉，布雷特，就連我都不會這麼自甘墮落啦。」

十八

七月，我打包好行囊，飛到北方去麻州的青年亞太裔作家工作坊講課。這是一整季唯一邀請我回去的單位，而且很可能完全只是因為我還在付錢給那個以雅典娜為名的低能年度獎學金（這個工作坊是由亞美作家協會資助暨主辦的，而兩邊都是由佩姬．陳負責）。自從愛黛兒．史帕克斯—佐藤的部落格攻擊之後，我其他固定的活動邀約也都沒了，去年夏天，我每週都約滿，有各種主題講座和客座講師邀約，而這個夏天，我的行程表在五月到八月間都空無一物。

我曾認真考慮過取消參加這次的青年亞太裔作家工作坊，但最終我還是無法面對一個除此之外就無聊又彷彿沒有盡頭的夏天，任何可以分心的活動，感覺好像都比鎮日在我的公寓裡踱步，試圖寫點東西卻連一個字都寫不出來還好。況且，我也希望這能對我帶來幫助，教學是個無可質疑的崇高呼召，而就算這無法救贖我的公眾形象，最少最少也能和一群尚未決定我是不是全民公敵的學生建立聯繫，而這可能會讓寫作再次有趣起來。

我分配到負責帶一堂每天四小時的文學批評討論課，學生也都是精挑細選過的：全都是我

按照作品的優劣親自挑選出來的高中高年級生。能跟他們見到面實在是很棒，而我馬上就看出了這群人中最出眾的幾個：有克莉絲蒂娜．易，一個嬌小的歌德風女孩，塗著非常顯眼的黑色眼線，她的作品寫到很多肉體恐怖跟牙齒；強森．陳，抓了一頭浮誇頭髮，還穿著八〇年代風格的大衣，彷彿是什麼K-pop歌手似的，他自我耽溺的作品讓我以為他會是隻醜小鴨，但他實際上很顯然是個吸妹磁鐵；絲凱樂．趙，擁有一雙長腿的高個子女孩，是個冉冉上升的高三生，而她在自我介紹時，便表明了想成為她這個世代的雅典娜．劉的企圖。

他們的樣子看來無精打采、漫不經心，看似不在乎別人對他們的看法，但我看得出來，他們有多想要讓我刮目相看，他們擁有那種經典的初出茅廬天才型人格，心知自己很棒，或者可以很棒，但他們迫切渴望有人承認這件事，且害怕被否定，而我對這樣的百感交集也記憶猶新、彷如昨日：無拘無束的野心，漸增的驕傲，認為自己的作品事實上就是有可能**那麼**出色，同時伴隨著驚人又無可救藥的不安全感。這造就的人格，實在是煩人到不行，但我還滿同情這些孩子的，他們就跟我一樣，十年前的我，現階段只要來個措辭精湛的諷刺，就能直接摧毀他們的信心，永遠無法復元，不過適當的鼓勵話語，也能協助他們一飛衝天。

這個夏天，我決定要努力為他們擔當這樣的角色，我會把世界其他地方都拋下，不會再狂看推特，不會再滑Reddit，也不會再煩惱我自己的寫作進度，我會全心全意專注在這麼一件我有可能擅長的事上面。

自我介紹進展得頗為順利。我使用的是我在多年的創意寫作課堂上學到的同一類破冰活動：你最愛的書是哪本？（「《徘徊之聲》」，絲凱樂・趙表示，也就是雅典娜的出道作，「《蘿莉塔》，」克莉絲蒂娜回答，還抬起下巴彷彿有什麼障礙，「納博科夫寫的那本？」）如果你可以重寫結局，那最完美的選擇會是哪本書？（「《安娜・卡列尼娜》，」強森表示，「只要安娜別自殺就好。」）我們也一起合力完成了一個小故事，就所有人輪流，每個人都接續上一個人的句子再加一句，並在不到五分鐘內快速修改好故事，還翻玩了同一句對話的各種不同詮釋：「我**從來**都沒說過我們該殺了**他**！」

那一小時快結束時，我們全都開懷大笑，還開始講起一些只有彼此懂的笑話，我們已經不再那麼害怕彼此，我最後則以出版業的「想問我什麼就問什麼」為這堂課作結，他們全都熱切想知道尋找版權經紀人、有書進入競價階段、跟一個真正的編輯一起共事，究竟是像什麼樣子的。時鐘指針來到四點，我出了些作業給他們，重寫某段狄更斯的文字，但不能使用任何形容詞或副詞，然後他們就開開心心將筆電滑回背包，並準備起身離開。

「謝啦，茱妮，」他們邊走出去邊跟我說，「妳真的超讚。」我在他們離開時對每個人都微笑點頭，感覺自己就像是個睿智又友善的導師。

*

那晚，我在餐廳快速嗑完一盤沙拉，便前往最近的咖啡店，接著草草寫下五六個故事構想，敘述性的段落、實驗性的架構、幾段重要的對話，想到什麼就寫什麼，我寫得超快，害我的手都開始抽筋了，彷彿渾身都充滿創意能量似的。我的學生們使故事變得彷彿如此豐富、靈活、蘊藏無限可能，也許我的齒輪並沒有無可挽回地生鏽，或許我只是需要想起創造的感覺有多麼美好。

塗塗寫寫了一個小時後，我坐回椅子上，詳細檢視起我的成果，掃視著紙頁，想看看有什麼可以擴展成大綱的東西，然而，重新再看時，這些點子好像又沒這麼新鮮或才氣縱橫了，這些東西，事實上，只是我學生作品的輕微修改版而已。某個無論在學校表現得多優秀，都無法獲得媽媽認同的女孩、某個討厭他冷淡寡言父親的男孩，直到他瞭解形塑他父親過往的戰爭創傷、一對手足第一次前往台灣，和他們的身世重新連結，即便他們一個字都念不好，而且他們也不喜歡那邊的食物。

我厭惡地把筆記本碰一聲闔上，我現在就只剩這點本事了嗎？他媽的從小孩子那邊偷東西？

沒事的，我告訴自己，**冷靜點**，重要的是我正在為齒輪上油保養，我正在找回狀態，我已經激起一股好久好久都沒有感受過的火焰了，我必須對自己保持耐心，給那股火焰時間和空間，才能越燒越旺。

回宿舍的路上，我從MiMi's的窗外瞥見我的學生們，這是校園附近的許多間珍珠奶茶店之一，總共有十二個人擠在一張應該只能坐六個人的桌子邊，拉了很多張椅子過來，使得每個人只分到一丁點桌面空間。他們在彼此身旁似乎全然自在放鬆，在筆電和筆記本上弓著身子，正在寫作，也許是在做我出的作業吧，我看著他們跟彼此分享作品的片段、因為好笑的用字大笑、輪流朗讀時也點頭互相稱許贊同。

天啊，我還真想念這樣。

我已經很久沒有把寫作想成是一種團體活動了。我認識所有出過書的作家，對他們的寫作行程表、預付金數目、銷售數字都保密到家，痛恨洩漏任何有關自身職業生涯軌跡的資訊，以防其他人揭他們的底，他們甚至更討厭分享進行中作品的細節，擔心某個人會偷走他們的主意，並先一步出版。這跟我大學時代實在是天壤之別，雅典娜和我以前深夜時會跟同學聚在圖書館的桌邊，聊著各種比喻、角色發展、情節轉折，直到我再也無法分辨，我的故事是在何處結束，而他們的故事又是從何處開始的。

也許這就是事業成功的代價吧：受到嫉妒同儕的排擠和孤立。或許，一旦寫作變成一件關乎個人成敗的事，就再也不可能和其他人分享了。

我在Mimi's的窗邊站得可能久到超過應當的時間，一臉多愁善感看著我的學生們到處打鬧，其中一個人，絲凱樂，抬眼望向窗外，差點就看見了我，但我馬上把頭給低下，然後大步

往宿舍的方向迅速離去。

*

隔天早上，我遲了幾分鐘進課堂，校園裡星巴克的隊伍根本就是用一種冰河般的速度在移動，我好不容易前進到櫃檯時，就發現是為什麼，因為有個染了一頭粉紅色頭髮，還穿了兩個鼻環的女孩，在那邊搞了快要五分鐘，才成功輸入我簡單到不行的點單。我終於抵達教室時，所有學生都聚在絲凱樂的筆電旁，還一邊傻笑著，他們並沒有注意到我走進去。

「你們看，」絲凱樂說，「這邊甚至還有兩個故事頭幾段的逐句比較欸。」

克莉絲蒂娜往前靠，「**不可能吧吧吧**。」

「還有個自然語言處理比較，你們看，在這邊。」

我問都不用問就知道了：他們發現了愛黛兒．史帕克斯—佐藤的部落格文章。

「他們也覺得整本《最後的前線》都是偷來的，」強森說，「看這邊，就下一段，引用了一句伊甸前編輯助理的話，她說這一直以來感覺都頗可疑的——」

「你們覺得她是直接從她公寓幹走的嗎？就是，在她過世當晚？」

「我的天啊，」絲凱樂說，語氣既愉快又害怕，「那也太恐怖了吧。」

「你們覺得是她殺了她的嗎？」

「我的天啊，不要亂——」

我清了清喉嚨，「大家早啊。」

他們的頭瞬間抬了起來，看起來就像受驚的兔子，絲凱樂碰一聲大力把筆電闔上，我故作開開心心大步走到教室前頭，手上拿著星巴克，盡全力不要發抖。

「大家過得還好嗎？」我不知道我幹嘛要在這邊裝沒事，他們全都知道我聽到了，每個人的臉都無一例外脹成猩紅色，也沒人敢對上我的視線。絲凱樂一手緊摀嘴巴坐著，跟一個叫作瑟蕾絲特的女孩交換恐慌的眼神。

「這麼糟啊，嗯？」我朝強森點頭，「你昨晚過得怎麼樣啊，強森？作業做得如何？」

他結結巴巴說了些什麼狄更斯很囉哩吧唆，這給了我時間決定我想怎麼處理這一切。可以走實話實說路線，也就是向他們解釋爭議的種種細節，告訴他們我跟編輯說過的同樣的話，然後讓他們自己決定，這將會是出版社會經濟學紮紮實實的一課，有關社群媒體是怎麼扭曲及煽動真相的，這樣也許他們離開時就會更尊重我。

或者我也可以讓他們後悔這麼做。

「絲凱樂？」我的聲音聽起來比我想要的還更像在咆哮，絲凱樂整個人縮了一下，彷彿她中槍了一樣，「我們今天要評論的，是妳的故事，對吧？」

「我，呃，對。」

「所以妳印下來的紙本呢？」

絲凱樂猛眨眼睛，「我是說，我已經有email給每個人了。」

我在工作坊的課綱上，就有要求參加文學批評課的學員，帶著他們故事的紙本來上課，雖然說我們去年起就開始用筆電了啦，而我也知道因為這件事唸絲凱樂很不公平，但這是我能想到的第一招反擊，「我在講義裡就已經很明確表達我的期望了，也許妳不覺得規矩適用在妳身上，絲凱樂，但抱持這樣的態度，妳是沒辦法在出版界走很遠的。一直覺得自己是例外，那妳最後就會變成那種怪人，會跑去廁所堵編輯，還把手稿從飯店房間的門縫塞進去，因為他們並不覺得業界的規矩適用在自己身上。」

這為我贏得了幾聲竊笑，絲凱樂的臉跟紙一樣唰地慘白。

「妳以後會跑去廁所堵編輯嗎，絲凱樂？」

「不會，」她拉長語調表示，還翻了翻白眼，她是想裝酷，但我能聽出她的聲音顫巍巍的，「當然不會啊。」

「很好，那下次記得印好妳的稿子，所有人都要好好記得。」我心滿意足大大吸了一口我的野莓芙蓉星沁爽，即便膝蓋還在發顫，但這次口頭訓斥，讓我突然間湧起一股猛烈又惡毒的自信，「好喔，那我們就開始吧。雷西，你覺得絲凱樂的故事怎麼樣？」

雷西吞了口口水，「我，呃，滿喜歡的。」

「怎麼個喜歡法？」

「嗯，就是很有趣啊。」

「『有趣』是個大家想不出更好的話說時會用的字，請精確一點，雷西。」

這於是奠定了這個早上剩下時間的基調。我以前以為惡劣的老師是種特別的怪物，結果卻發現殘忍其實來得自然而然，此外，這也很好玩，畢竟青少年就是尚未成形的身分配上還沒長好的大腦，無論他們有多聰明，還是對什麼事都不太瞭解，因此也很容易用他們思慮不周的看法去羞辱他們。

絲凱樂簡直是被批得體無完膚。嚴格說來，她的故事，這是個「誰是凶手」的故事，背景設定在舊金山的中國城，其中沒半個目擊者願意跟警方合作，因為他們擁有自己的祕密以及社群的榮辱準則，故事其實還不差啦。文筆頗為強勁，比喻也很有趣，結尾甚至還有個聰明的翻轉，使你會重新檢視角色們先前說過的一字一句，對一個高中生來說，已經算是非常厲害了，只不過，還是看得出她缺乏經驗。絲凱樂的解釋有部分相當笨拙，她也運用了好幾個不太自然的巧合推進故事，而且她也還沒搞懂該如何拿捏張力十足和假掰對話之間的界線。

我本來是可以溫和修正這些傾向，並鼓勵絲凱樂自己思考出解決方法的。

「然後這邊，又來了，這個場景又有個律師不知道從哪邊冒出來，」我輕敲紙頁，「律師是長在樹上的嗎，絲凱樂？也許他們跟蜘蛛一樣，喜歡吊在樹上享受行軍般的不舒服哦？」

還有：「克蘿伊和克里斯多夫之間是有什麼奇怪的亂倫關係嗎？還是說妳只是剛好這樣選擇去描繪他們所有手足互動的？」

然後：「社區裡的每一個華人是真的都彼此認識嗎？還是妳只是覺得這樣對情節來說比較方便？」

再來：「我在想妳除了真的把草莓種下去之外，還有沒有其他更好的意象，可以用來描述性張力呢？」

最後：「『她吐出了一口她不知道自己正憋住的氣。』**認真嗎？**」

討論結束之後，我已經說服班上大多數同學，絲凱樂的故事爛透了，無論他們是真心同意，還是說他們害怕激怒我，我都不在乎，我們把她的敘事聲音和寫作風格都扯爛了，她的比喻都缺乏原創、對話死板僵硬（我甚至一度要強森和瑟蕾絲特把其中一幕演出來，只是為了要強調真正說出來時聽起來有多令人尷尬）、她的所有情節轉折也都是借用自一眼就能認出來的流行文化來源、且她還過度使用破折號與分號，簡直到了無法無天的地步。我們下課時，絲凱樂已經快哭出來了，她不再對任何批評點頭、皺眉、或做出反應，就只是一臉茫然瞪著窗外，下唇顫抖著，手則把筆記本最上面的那頁撕成一小片一小片。

老娘贏了。這是次可悲的勝利，確實，但還是比坐在這承受他們嘲諷的瞪視還好。

而那股猛烈又惡毒的心滿意足，那天早上剩下的時間，也都還留在我心中。我為討論作

結，派完作業，然後看著他們一句話也說不出來地默默逃出教室。

我這只是讓情況雪上加霜，這我知道，現在我得再在他們憤恨又紆尊降貴的臉孔前坐上一個半禮拜啦，我百分之百確定，私底下他們一定會永無止盡瘋狂辱罵抱怨我，直到這次工作坊結束的。我也深信他們會加入茱妮帕．宋線上黑粉的行列，但我至少讓自己變成了他們的恐懼，而非一個笑話，且依眼下情況看來，我暫時也能接受這樣。

他們離開教室後，我掏出手機上Google搜尋「坎蒂絲．李、茱妮帕．宋、雅典娜．劉」，強森的話一整個早上都在我腦中徘徊不去：**那邊引用了一句伊甸出版社前編輯助理的話，她說這一直以來感覺都頗可疑的**。

搜尋結果載入時，我的呼吸因為恐懼加速了起來，坎蒂絲手上又有什麼我的把柄？

但是相關的文章，又是愛黛兒．史帕克斯—佐藤令人厭煩的另一篇文章，裡面卻沒有任何新資訊，坎蒂絲根本他媽連個屁證據都提不出來，所有證據早就都已經被全網路一點一滴過度分析過了，一絲新意也沒有。就只是一句含糊的引述而已，沒什麼意義。

我關掉文章並滑過她的各個社群媒體帳號，坎蒂絲的ＩＧ是私人帳號，她的推特去年三月以來就沒動靜，然而，她的LinkedIn上，卻表示她最近找到了一份新工作，在一間奧勒岡州的小出版社擔任編輯助理。

我的恐懼煙消雲散，那就是沒什麼新進展啦。我小心翼翼的推託說法依然成立，而坎蒂絲

的那句引言，也只不過是個模糊的指控，出自一名嫉妒的前出版圈內人。

而且，**奧勒岡州欸**，是怎樣？我情不自禁隨便Google了一下，坎蒂絲的新公司一年大概只出個十本文學小說吧，而且我一本都沒聽過，甚至也沒半本在Goodreads上有突破一百則評論的。有半數根本也稱不上是真正的小說，這些是**廉價又低級的書**，絕對不可能賣出夠多本，繼續在市面上流通的，她這樣跟在自費出版社工作沒什麼兩樣，和她之前在伊甸的工作比起來，可以說是大大退步，我甚至懷疑她拿的是不是全職薪水咧。

嗯，至少世界上冥冥之中還是存在著正義的。這雖然只是場渺小的勝利，卻也是這時唯一能讓我胸口中的怒氣冷卻下來的東西了。

*

那天下午稍晚，佩姬．陳打來給我。

「有幾名學生投訴了妳今天在工作坊上的行為，」她說，「而且，茱恩，某些描述讓我還滿擔心的——」

「我們討論得頗為熱烈，」我回答，「絲凱樂．趙是個有才華的作家，但她不知道該怎麼接受批評，事實上，我還在想，這會不會是她第一次得面對她寫得並不如她想的這麼棒這回事。」

「妳沒有跟學生說什麼不得體的話嗎？」

「就我所知沒有。」

「有幾個學生說妳似乎是在霸凌絲凱樂，茱恩，我們這個工作坊擁有非常嚴格的反霸凌政策，有些事情妳可以跟大人說，可是不能跟高中生說，他們很脆弱——」

「噢，他們當然是很脆弱沒錯。」

「如果妳有空的話，茱恩，我想請妳來一下辦公室——」

「事實上，佩姬……」我停頓了一下，接著嘆了口氣，幾個可能的解釋閃過我的腦海，絲凱樂太敏感了、她在捏造事實、一開始先挑釁我的人是她，她鼓動全班跟我作對，但我接著好好判斷了整個情況，而一切看起來可悲到爆。我才不需要跟一個十七歲女孩在那邊她說怎樣、我說怎樣，各執一詞搞成一團，這是在自貶身價。

「我想我得離開了。」我脫口而出，「抱歉，這大概不是妳期待聽到的消息，可是我媽，我剛聽說她身體狀況不太好——」

「噢，茱恩，對於這個消息，我真的覺得很遺憾。」

「——而她一直在問說我可不可以過去看一下她，可是我因為工作的事不斷拖延，然後我就想說，嗯，**她是不會一直都在的……**」我聲音越來越小，因為我無恥的謊言感到震驚，我媽根本就沒生病，她活得好好的，「所以說也許是這個狀況帶來的壓力，影響了我的言行，針對

這點，我真的感到很抱歉……」

「這我理解。」佩姬聽起來一點都沒有起疑，真要說的話，她還有點熱切呢，搞不好她私底下也偷偷希望我可以自己走人。

我於是順勢慫恿她，「真的很不好意思我得臨時離開課堂……」

「噢，我們會找出辦法的。這附近還有些本地作家的，我們得為明天找個人代課，所以我可能會請辦公室這邊的瑞秋負責處理……」她也越來越小聲，「總之呢，我們會處理的，我們會跟同學說妳家裡出了急事。我敢肯定他們會很失望的，不過他們能理解的。」

「謝謝妳，佩姬。這對我來說意義重大，很抱歉造成不便。」

「妳多多保重，茱恩，我很遺憾。」

我掛掉電話，接著往後仰躺在床上，並發出如釋重負的呻吟。

剛剛真的很難受，但起碼我解套了。我有次曾在某個地方讀到，亞裔族群都超有禮貌，因為他們有一種文化概念，會顧全彼此的面子，他們心裡可能把你批得一無是處，但是人前看起來，至少，他們會讓你帶著完好無損的自尊離開。

十九

結果後來，我還真的跑去看我媽了。

媽住在費城外的某個郊區，離波士頓夠近，我可以直接跳上美鐵，然後隔天午餐時間前就到了，不過我得在手機裡東翻西找，才能找到她的住址，我已經好多年沒回費城的家了，而且除了每年在洛莉家的聖誕節和感恩節聚會之外，我也從來都不會見到媽。我很確定這次一時興起的拜訪是脆弱的產物，由恐懼和孩童般的退化所驅策，我同樣也百分之百知道，在一開始的抱抱和親切寒暄之後，這趟旅程馬上就會令我後悔，一旦「我很想妳」跟「妳看起來真不錯！」的嘮叨變成一如既往過度控制狂又愛貶低人的評論，每次都會失控變成全面開戰，那我就會跳上火車，衝回華盛頓特區去。

話雖如此，眼下我只是想待在某個沒有對我深惡痛絕的人身邊而已。

我到門口時媽已經在前門廊等我了。我幾個小時前有先打來問說能不能過來待一陣子，她連發生什麼事都沒問就同意了，我在想她究竟知道多少，她是不是已經看到我的名字在網路上

到處被人抹黑毀謗。

「嘿，茱妮。」她用一個擁抱包裹住我，光是這樣的觸碰，就讓我的雙眼被淚水刺痛，已經好久好久沒人抱過我了，「一切都還好嗎？」

「還好，當然啦。我去波士頓的某個寫作工作坊當講師，才剛結束，所以我想說可以來這邊待一下，然後再回家。」

「嗯，這裡永遠都歡迎妳。」媽轉過身，我跟著她走進屋子。她沒有問工作坊怎麼樣，她對和寫作有關的一切都興趣缺缺且毫不遮掩，這在我更年輕的時候總是讓我頗為受傷，可是在今天卻成了一項安慰，「不過妳腳步要小心一點，抱歉這裡一團亂。」

通往廚房的路堆滿了半空的紙箱、毯子、捆成一捲一捲的報紙，毛巾也扔得磁磚上到處都是，「怎麼回事啊？」

「我剛好在收一些雜物進儲藏室，小心那些花瓶。房地產經紀人說如果沒有這些東西擋路，那賣相看起來會更好。」

我小心翼翼繞過一排白色的瓷貓，「妳要把房子賣掉？」

「我已經準備好一陣子了，」媽回答，「我要回墨爾本去，想離我的姊妹們近一點。雪柔這週正在幫我收尾某間公寓的買賣，那邊有好幾間客房，妳可以偶爾來住，洛莉沒跟妳說嗎？」

沒有，她並沒有告訴我。我本來就知道自從爸過世後，媽就想回佛羅里達，費城一直都只

是個折衷方案，因為我祖父母住在附近，可是我從來都沒有想過，一次也沒有，我們有一天竟然可能沒辦法再把這個地方叫作家了。

不過，我猜洛莉對這間屋子也從來都沒有這麼深的連結吧，我才是那個著魔般對後院的梧桐樹念念不忘的人，可以躲在樹幹之間杜撰各種故事，即使洛莉久遠以前就決定該回去真實世界過生活。

「那妳整理好我房間了嗎？」

「我才剛開始而已，」媽說，「我本來要把妳大部分的東西都放到儲藏室的，但妳不如去看看妳有沒有什麼想留的吧？給我點時間包好這些瓷器，然後我們再一起下樓來吃晚餐。」

「我，噢，好啊，沒問題。」我上樓前在樓梯上駐足了一下。我一直在等媽問我發生什麼事了，等她用她的母性直覺感受到我狀態真的超級不好，可是她已經轉過身，朝那些蠢瓷貓走去了。

*

我的筆記本就在我先前留下來的地方，原封不動，全放在我書架頂端，整整齊齊排成五排，每一本都標著我的名字、年份、電話號碼、以及十塊美金的物歸原主拾獲謝禮提議。這裡沒有Moleskine，我的筆記本永遠都是那種一般格線、有黑白潑墨圖案的作文簿，就是你爸媽

在開學前大採購時，你可以在Walmart花九十九美分買到的那種。裡頭是我的夢想世界。

我把筆記本拿下來，在地上排好。

我以前曾靠著這些筆記本維生，裡頭充滿各式我在課堂上沒有認真聽課而隨手畫下的塗鴉、我放學後速寫出的完整畫作、半完成的場景或故事構想，甚或那一整天中我想到的對話片段。這些夢想世界的事物，從來沒有一樣真正變成完整成形的作品，因為我當時沒有受過訓練，也沒有足夠的技藝，寫不出一本完整的小說，這比較像是用一大坨創意混凝土半砌成的門扉，通往其他世界，而我不想獨處時，便會在這些世界中徘徊上好幾個小時。

我隨意翻閱過紙頁，一面露出微笑。看見我當時的故事構想，是怎麼由我那個時期正在沉迷的無論什麼東西所衍生出來，實在是還挺可愛的，六年級：我的《暮光之城》階段，而且我當時顯然也很迷戀裡面的艾莉絲．庫倫，因為我不斷描述著某個主角同樣違反重力原則的精靈短髮。九年級：我的emo階段，充滿伊凡賽斯還有聯合公園的歌詞，到了那時，我已經開始畫出某種哥德風的未來主義反烏托邦城市景觀，孩子們在滑板上到處亂飛，而且每個人都有臭鼬尾巴般的下垂瀏海跟保暖袖套。我猜在十年級的某個時間點，艾茵．蘭德[32]應該也影響了我，因為那時我寫下一段又一段文字，描述一名叫作霍華德．夏普的男主角，他不會向任何人低頭，擁有永不退讓的一股傲氣，且是「一個充斥謊言的世界中，孤獨的真理追隨者」。

那天下午剩下的時間，我都在讀那些筆記本。我絲毫沒有察覺時間的流逝，直到媽朝樓上

大喊，問我想不想吃外賣當晚餐，到了那時，我才發覺太陽已經西沉，我在這些世界中，流連忘返了好幾個小時。

我往下對媽喊道，外賣聽起來還不錯。接著我四處翻找，並找到了個紙箱將我的筆記本全都裝進去，我會把東西帶回公寓，然後放在衣櫃裡，也許等我什麼時候覺得特別念舊，就拿出來翻一翻看一看吧。這些筆記本不適合我現在的目標，裡面沒有半點東西可以給我變成賣得出去的稿子，可是無論我任何時候有需要，都依然能夠提醒我，寫作以前其實並不是如此一片愁雲慘霧。

天啊，我真懷念我的中學時代，那時我可以隨手翻開筆記本，找到空白的頁面，並在上面看見可能性，而非挫折，那時我也能真正享受編織各種字句帶來的愉悅，只為了試試看聽起來如何。那時寫作是個純粹出於想像力的行為，是把我自己帶到其他地方，是創造某種專屬於我的事物。

我想念遇見雅典娜．劉之前的寫作時光。

但進入專業出版之後，寫作卻突然間開始涉及同行相忌、不透明的行銷預算、不如人的預付金數目，編輯進場瞎搞你的文字、你的願景，行銷和公關人員強迫你把數百頁細緻又入微的

---

32 譯註：Ayn Rand（1905-1982），俄裔美籍小說家暨哲學家，代表作為《阿特拉斯聳聳肩》（*Atlas Shrugged*）。

反思，萃取成可愛的推特發文長度賣點。而讀者也會強加他們自己的期待，不只是對於故事，也是針對你的政治觀點、人生哲學、你在所有道德議題上的立場，變成了產品的，是你本人，而非你的寫作，是你的外表、你的聰明才智、你對現實世界他媽根本完全不在乎的線上爭議、幽默風趣的反擊，以及你支持哪個派系或小團體。

而一旦你開始為市場而寫，那你體內燃燒著什麼樣的故事，就再也不重要了，重要的是讀者想看什麼，並且也沒人在乎一個來自費城、外表普通的白人直女，心裡有什麼了不起的想法。他們想要的是新穎又充滿異國風情，還要**多元**，而要是我還想繼續混下去，這就是我必須給他們的東西。

*

媽從附近的中式餐館「長城」叫了晚餐。

「這家是新開的，」她在我坐下時告訴我，「服務超級糟，我是不會再回去那邊內用的，光是要點水我就叫了三次。不過外送滿快的，我也很喜歡他們家的香橙雞。」她打開一盒白飯擺在我面前，「妳愛吃中式食物，對吧？」

我不忍心跟她說愛吃中式的其實是洛莉，而且這些東西會讓我的胃開始翻攪起來，尤其是現在，在洛克維爾那次糟糕的聯誼會活動之後。

「嗯，可以啊。」

「我幫妳點了羅漢齋三拼，妳現在還吃素嗎？」

「噢，偶爾啦，但沒關係。」我把免洗筷拆開分成兩半，「謝啦。」

媽邊點頭邊用湯匙舀了些豬肉炒飯到她的盤子上，並開始吃。

我們不怎麼說話。我們之間一直以來都是這樣，要不是平靜的沉默，就是開始大吵特吵，沒有什麼隨興的介於兩者之間，也沒有我們可以一起瞎聊的共同興趣。無論媽以前擁有過什麼樣的野性，似乎都在八〇年代時全都蒸發了，當時她會抽大麻，還會跟著樂團到處趴趴走，並把她的孩子取名叫作茱妮帕．宋和歐洛拉．低語什麼的。但爸過世後，她又回去工作，自此之後也徹底融入了美國單親職業婦女的理想形象：辦公室工作全勤，我們的親師座談會也全勤，並存了剛好夠多的錢，一手拉拔洛莉和我，讓我們能在最低限度學貸的情況下，一路都讀好學校，同時也為她自己設立了一個退休基金帳戶。而這樣疲於奔命、為生活奔波的需求，看起來也容不下任何創意的存在，她就是那種住郊區的白人媽媽，會在雜貨店的結帳櫃檯買居家生活雜誌、一紙箱一紙箱地喝Trader Joe's買的四塊錢便宜紅酒、把《暮光之城》稱為「那些吸血鬼書」、且好幾十年來除了Costco的折扣傳單之外，什麼東西也不會讀的人。

媽總是跟洛莉處得比較好，我也始終有種感覺，覺得她不太知道該拿我怎麼辦才好。能夠跟著我一起前往想像力所到之處的，一直都是爸，但我們不會聊爸的事。

我們在沉默中坐了好一陣子，邊咀嚼著春捲和甜到不行、吃起來簡直就像糖果的煎炒雞肉。最後，媽終於開口問道，「那麼妳的，呃，書啊，寫得怎麼樣了？」

媽一直以來都擁有一種特別的能力，可以用一個簡單又不感興趣的問句，把我所有的熱情所向，都簡化為瑣碎的執迷跟耽溺。

我放下筷子，「嗯，還可以啊。」

「噢，那就好。」

「嗯，事實上，我是有點……」我想告訴她為什麼過去這幾個月來，我都過得這麼悲慘，但我不知道該從何說起，「我現在處境滿艱難的，在創作上啦，就是，我想不出來到底要寫什麼才好。」

「妳是說像創作瓶頸那樣嗎？」

「有點類似，只不過通常我都有一堆招數可以突破，寫作練習、聽音樂、去散長長的步什麼的，但這一次全都沒用。」

媽把一些雞肉弄到一旁，好夾起一粒甜死人的核桃，「嗯，那也許是時候該向前看了，是吧。」

「**媽**。」

「我只是隨便說說啦。洛莉的朋友反正總是能把妳弄進那個課程的，妳只需要去填申請表

就好了。」

過去四年間，我每次跟她見面，媽都會建議我去美利堅大學讀個財稅暨會計碩士，在我的出道作一敗塗地，我只好轉而去接ＳＡＴ家教來付房租的那個夏天，她甚至還搞到把紙本申請表直接印出來，然後寄來給我。

「我再說最後一次，我就不想當會計師啊。」

「當會計師到底是有哪邊這麼不好啦？」

「我跟妳講過了，我就不想跟妳和洛莉一樣，去什麼辦公室上班——」

我知道她再來會說什麼，我們已經這樣彼此互嗆好幾年了，「妳去辦公室工作太大材小用了是吧？讀耶魯的茱妮不想跟我們其他所有人一樣，苦幹實幹腳踏實地工作嗎？」

「媽，別這樣。」

「洛莉保證餐桌上會有吃的，洛莉有個退休基金帳戶——」

「我已經賺夠多了，離餓死還差得遠勒，」我理智斷線，「我在羅斯林租了間一房公寓，我有保險，還買了新的筆電，我八成比洛莉還更有錢，甚至比——」

「那到底是哪邊有問題？下一本書到底是有多重要？」

「我沒辦法光靠我的舊作，」我回答，雖然我知道我是沒辦法讓她理解的，「我得將就寫出沒那麼好的東西，接著再寫另一本，不然的話銷售力道會越來越弱，大家也不會再讀我的作品

了，然後全世界就都會忘了我。」大聲說出這件事讓我好想哭，我先前都沒發覺這有多讓我害怕：變得沒沒無名、遭人遺忘。我吸了吸鼻子，「之後等我死掉的時候，我在世界上也不會留下半點痕跡，會像是我根本就沒活過一樣。」

媽盯著我看了很久很久，接著把她的手放在我的手臂上。

「寫作並不是全世界，茱妮，還有很多不同的職涯，不會讓妳像這樣總是不斷心碎的，我想告訴妳的，就只是這樣。」

可是寫作**就是**全世界。我該怎麼向她解釋這點？擱筆並不是個選項，我**必須**要創作，這是種實質的衝動，是種渴望，就像呼吸，就像進食，狀況順利的時候，甚至比性愛還更棒，而碰壁時，我也無法好好享受其他事物。

爸有空的時候會彈吉他，他完全懂。音樂家需要有聽眾，作家需要有讀者，我想觸動其他人的心，想要我的書出現在世界各地的書店中，我沒辦法忍受跟媽和洛莉一樣，過著她們渺小又畫地自限的人生，沒有偉大的計畫或前景可以驅策她們前往人生的下一個新篇章。我想要全世界屏息等待我接下來要說的事，我想要我的文字流傳千秋萬世，我想要成為永恆又不朽的存在，等我死掉的時候，我想要在身後留下堆積成山的書頁，全都尖叫著，**茱妮帕．宋曾到此一遊，她曾對我們傾訴她的心聲**。

只不過我已經不再知道我究竟想說些什麼了，我也不知道我是不是曾成功做到過，而我也

害怕後世記住我的唯一原因，以及我能創造出好作品的唯一方法，就只有拾人牙慧。

我不想要只當盛裝雅典娜鬼魂的容器。

「妳可以去跟雪柔阿姨一起做事，」媽完全狀況外地建議道，「她現在還在找助理，妳可以搬出華盛頓特區啊，反正那邊也太貴了。跟我一起去墨爾本吧，以妳的收入在日樹區可以買一整棟房子，洛莉給我看過——」

我聞言簡直目瞪口呆，「妳竟然跟洛莉要我的報稅資料？」

「我們只是在幫忙規劃妳的未來，」媽聳了聳肩，一點都不覺得有怎樣，「所以說依照妳現在的存款數目，妳要做點房地產投資才聰明。雪柔已經物色了幾間房子——」

「天啊，我在講的就是跟這一模一樣……」我深吸一口氣，強迫自己冷靜下來，我還是小孩子的時候媽就是這樣子了，除非移植一個新大腦，不然她的想法早就已經根深蒂固，無法改變了，「我再也不想要聊這些事了。」

「妳得實際一點，茱妮，妳還年輕，妳有資產，妳必須好好善用才行——」

「好了，別再講了，拜託哦，」我理智再度斷線，「我知道妳從來都沒有支持過我寫作——」

她眨了眨眼，「我當然支持妳寫作啊。」

「沒有，妳並沒有，妳討厭死了好嗎，妳一直都覺得這樣子很蠢，我懂——」

「噢，不是的，茱妮。我知道搞藝術是怎麼一回事，並不是每個人都能成功的。」她揉揉

我的頭頂，就跟我小時候一樣，只不過現在感覺一點安慰效果也沒有，一個像這樣的動作，發生在成年女性之間，只是在把我當小孩應付而已，「而我只是不想看見妳因此受傷。」

二十

兩天後，我回到華盛頓特區，卻依然沒有半個寫作構想，也對究竟該做什麼毫無頭緒。

當你嘴上咬著某個計畫不放，有個全職的寫作行程表，感覺就像天賜祝福，但你掙扎著想不出半個概念時，時時刻刻就都令人窒息、宛如控訴。時間應該要飛逝而過的，在你神情激動坐在筆電前，彷彿繆思上身，你的曠世巨作泉湧而出時，然而分分秒秒實際上卻匍匐前進，甚至停在原地裹足不前。

我無事可做。沒有東西要寫，也沒有事情可以讓自己分心，大多數日子我都用日常家事塞滿生活，度秒如年，直到下一餐的吃飯時間降臨，讓我分心，我澆花，重新擺放馬克杯，並有辦法把吃掉一盤微波千層麵的儀式，拉長到耗時半小時。我真羨慕星巴克的咖啡師，還有Kramers複合式獨立書店的收銀員，至少他們可以用有尊嚴的卑微工作，消磨掉日子。

我的思緒也一直會飄到不同研究所的申請表上，我並沒有特別鎖定哪個領域的學位，而是一次全部考慮，法律、社工、教育、甚至會計，因為這些領域全都承諾著一道通往截然不同生

活的大門，在一段適當長度的教學期間內一個口令一個動作，讓我完全不需要為自己設想。

我甚至還考慮回去真理升大學補習班，只是想找點事做，但我每次伸手要拿手機，意志力就蒸散無蹤，我那時跟老闆說辭職是要去追夢，我無法忍受還要解釋為什麼又想回去。

大多數夜晚我最後都會蜷縮在床上，手機貼在離臉幾公分的地方，瀏覽著網路，看看有沒有人提到我本人和我的書，只是為了感受我還是個文學寵兒時，所經歷的那股興奮戰慄的一絲回聲。我會讀有關我本人的舊新聞稿：《出版人週刊》的專訪形容我「犀利又敏感」，《紐約客》的推薦則說我是「出版業最令人期待的新星」。我也一讀再讀 Goodreads 上那些《最後的前線》和《母巫》最熱情洋溢的評論，試圖提醒自己，曾有段時間大家真的很愛我的作品。

而等到這一切開始令人厭煩，通常是在時鐘指針緩慢移向午夜時，我就換成開始讀那些負面的垃圾。

從前，我看 Goodreads 時，都會過濾掉其他東西，只留下五星評論，而當我需要補充一點自信，我就會不斷瀏覽再瀏覽，但現在我會直接去看那些酸言酸語，這就像是反覆按壓某個流血的傷口，想看看能壓得多深，自己又多能忍痛，因為要是你知道極限何在，你就能對此獲得某種控制感。

一星評論包含各種你想得到的東西：

如果我偷了本小說，那我絕對會偷比這本更好的啦，笑死欸！

只是想來這留言一下，茱恩．海伍德，幹你娘去死啦。

還沒讀這本書，一星評論是因為作者就是個剽竊又種族歧視的死小偷。

光是安妮．華特斯那段，就直接扣三星囉。

我每晚都會在那邊躺上好幾個小時，被網路曾對我說過的所有殘忍話語給淹沒，這還挺舒壓的，以一種變態的方式來說，我喜歡集中好所有惡意，然後全部一次面對，而讓我感到安慰的，則是再怎麼慘，也不可能比這更慘了。

偶爾，我也會以可能的文學救贖景象來自娛娛人，要是我跪求我的黑粉們網開一面原諒我，放我一條生路呢？假如，我不再堅持自己的說辭，反倒是承認一切，並試圖彌補呢？

黛安娜．邱就有在Medium上發了篇文章，題為〈茱恩．海伍德必須做出補償，作法如下〉，這總計十二項的冗長清單包括以下事項：「提供公開的證據，表明她正在參與種族敏感度的相關訓練課程」、「把她從《最後的前線》及《母巫》獲得的所有收入，捐獻給一群客觀中立的亞美裔作家組成的委員會所挑選出來的某個慈善機構」、「公布她過去三年的報稅資料，以核實她究竟從雅典娜．劉的作品中圖利多少」。

還報稅資料咧，她是認真的嗎幹？黛安娜以為她算哪根蔥啊？

我可以忍受當個賤民，但要我屈服，要我把所有積蓄都丟到水溝裡，要我跟那些推特鄉民磕頭，還要跪倒在嘲諷又沾沾自喜的人群面前，那不如叫我去死一死算了。

某天晚上，我在這骯髒的屁孩化糞池中，發現一個意外發人深省的論點，是篇《最後的前線》評論，兩個月前發的，而且實在有夠長，根本就可以稱作是一篇完整的文章了。

撇開這一切戲劇性事件不談，我發覺作者身分這個問題其實超級有趣，倒數第二段這麼寫道。

> **除非海伍德發表一篇詳盡又誠實的聲明，否則我們永遠都無法徹底得知這本書創作過程背後的真相。不過，精讀過本書之後，將會使人相信，這確實是個作者身分混亂不堪的文本，因為本書在處理核心議題上，似乎可說頗為精神分裂，有時對於一戰華工的事蹟遭到掩蓋，是如此憤慨不滿，導致道德訓誡宛如流血般溢出書頁，但其他時候，卻又淪為文本其他部分所批評的那種浪漫的陳腔濫調。我認為，這要不是非常精明地操弄著讀者，要不實情可能就是，這部作品是先由其中一個作者完成了一部分，之後再由另一人接手收尾。**

我坐正，突然好奇了起來，這傢伙是誰啊？我點進這人的個人檔案，但使用者名稱看來平凡又無害，「daisychain453」，沒有放大頭貼，這個帳號也沒有半個我認得出來的共同好友或追

蹤者，且先前的評論歷史記錄，也是同樣頗為深思熟慮的觀點，對象則是很多人討厭的書，比如《姊妹》和《美國塵土》[33]，讀過去是還滿吸引人的，但沒有揭露半點有關作者的線索。

我嚇到了，這個人看起來竟然這麼瞭解我。評論比較前面的部分，討論到文本中運用的寫作技巧，可說非常聰明又一針見血，導致我不禁懷疑，她是否以某種方式取得了我編輯的電郵，她會不會是伊甸出版社的某個員工。

不過，在我腦海中縈繞不去的，其實是最後一段：

然而，在這波討論中，完全沒有人談到的，便是劉跟海伍德兩人關係的本質。所有的證據都顯示她們確實是朋友，儘管對朋友做出這樣的事，看起來真的非常糟糕，那麼，這個案例是出於小家子氣的嫉妒嗎？天啊，海伍德是否在某種程度上需要為雅典娜的死負責？或她是不是以某種扭曲的方式，試圖對一名友善的競爭對手致敬呢？還是說她在這整件事裡面都是無辜清白的？不管怎麼說，我都願意花錢買一本描寫這團鬧劇本身的小說。

＊

33 譯註：*American Dirt*，二〇二〇年出版的暢銷小說，描寫墨裔移民的生活，作者後來卻遭踢爆根本沒有相關背景，於是引發爭議，目前尚無繁體中文版，此處書名為暫譯。

我想到我的下個計畫是什麼了。

我醒來時，這個構想就好端端安坐在我腦海裡，完整成形，並由我斷斷續續的數小時睡眠間做著夢的潛意識焊接在一起，這就是了：通往文學救贖之道跟叫座的大成功一次滿足。一直以來解答都極其明顯，我真不敢相信我到現在才看見。

我不會再逃避這樁爭議了，這樣的思維之前都絆住了我，直到現在，我都深信我的文學大反攻，應該要獨立於雅典娜的遺緒。

但我不能就這樣繼續前進，並忘掉一切，沒有人會准許我忘記的，更別說是雅典娜的鬼魂了。我沒辦法讓自己擺脫她的影響，或是不再讓相關謠言圍繞著她，圍繞著我們。

我反倒應該要坦蕩蕩直接面對才對。

我要來寫我們的故事。呃，不對，一個虛構版本的我們啦，是一部偽自傳，我會在其中混淆事實和杜撰，我會以各種駭人聽聞、讓人聽了心臟都快停下來的細節，描述她死掉的那晚，我也會敘述我是怎麼偷走她的作品並出版的，還會描繪我一步步成為文學明星的整個過程，接著是我慘烈的失敗。專家和學者對這個文本一定會見獵心喜，他們會撰寫一整本專書，有關我是怎麼無比精明地雜揉真相及謊言，我怎麼讓相關謠言重新為己所用，將這樁關於珍貴友誼的醜陋八卦，變成一則和讀者對質的故事，逼他們面對自身追求醜聞及毀滅的病態慾望。大家會說這樣很激進，簡直橫空出世，像這樣打破文學期望，根本是前無古人。

而我也會跟隨這其中的女同志特質翩翩起舞。讀者一定會愛死的，現在最夯的就是酷兒戀愛故事，只要稍微暗示一下女生之間的互相迷戀，抖音上的粉絲就會瘋掉的，他們還可以把我們兩個改編成電影呢，找佛蘿倫絲．普伊來演我，《瘋狂亞洲富豪》裡的那個女生演雅典娜，然後整張原聲帶全都會是古典樂，絕對會橫掃所有獎項。

一旦這樁醜聞轉化成小說的形式受到保存，一旦這所有和我有關的未經證實醜陋謠言，都安安全全歸進虛構的領域之後，我就解套啦。

我實在有夠興奮，差點就當場寫電郵給丹妮拉，要跟她推銷這個點子了。不過丹妮拉現在正在處理她自己的狗屎爛事，某個不具名的前編輯助理，出面和《出版人週刊》證實說，丹妮拉有個習慣，會在開會時說出各種帶有偏見的話（「我們已經有個穆斯林作家了，」某次在選書會上她曾這麼跟團隊說，「再來一個那我們人數就會屈居劣勢了」）。伊甸出版社的回應則是徹底的公關封鎖，**我堅定致力於在我工作的各方面促進多元、平等、包容**，丹妮拉在一封寄給她旗下所有作家的電郵中如此保證，**這些言論是去脈絡化的，且是由某個我認為跟我有私仇的人，私下洩漏給媒體的**。我最新聽到的消息是，她捐了點錢給某個中西部的保釋基金，雖然這跟一開始伊斯蘭恐懼症的問題為何有關，並不是很一目了然。

我並沒有非常擔心，丹妮拉這件事的鋒頭會過去的，出版界的專業人士隨時都在被指控口頭失言，但也不是說你可以隨便就這樣取消一間全是男人的出版社裡唯一的女編輯啦。話雖如

此，現在八成還是暫時不要寄信去打擾她才好。

相較之下，好幾週以來的第一次，我開始認真打起草稿來。文字如此輕易就從我指尖流瀉而出，也許是因為沒有什麼好編造，也沒有什麼好停頓跟思考的吧，就只是從我口中說出的赤裸真相，而這一次，我可以完全控制敘述權。我開始一天寫幾千個字，這種產能程度我大學畢業之後就沒達到過了，每天早上我也還真的都很期待要坐到筆電前呢，然後我會一路寫到將近午夜為止。

我不禁覺得一定存在著某種更偉大，跟因果報應有關的理由，可以解釋我為什麼又文思泉湧，這感覺就像是救贖，不，像是寬恕才對，因為要是我能獨力寫好這本書，如果我可以把這整件糟糕的混亂變成一個美妙的故事，那麼……呃，也不會改變我做過的事就是了。但可以為這一切賦予藝術價值，這會是個方式，可以揭露真相，卻不說破，而且最重要的還有，這非常有娛樂效果，這會永遠留在讀者的印象之中，就像一首琅琅上口的曲子或是某個正妹的盛世美顏。這個故事將會亙古流傳，而雅典娜會是其中的一份子。

在這樣的不朽面前，我們身為作家，還要圖個什麼呢？難道鬼魂不就只是想要受人銘記而已嗎？

＊

這些日子我不斷在想著雅典娜。

和她有關的回憶不再縈繞在我心頭，和她有關的記憶閃現侵入時，我也不再將之逐出腦海，反倒是沉緬其中，我在裡面挖掘細節，將自己浸入環繞周遭的感受，並想像數十種方式，可以重新詮釋並形塑這些回憶。我和她的鬼魂一起坐下，邀請她開口。

我的諮商師有次曾教過我，面對恐慌引發的回憶閃現，最好的方式就是將其視為恐怖片中的場景，突發驚嚇在你第一次看見時之所以恐怖，是因為趁你不備，也因為你不知道該作何期待。可是一旦你一次又一次重看，一旦你確切知道中邪的修女什麼時候會從角落突然跳出來，這招就威力全失了。

而對於和雅典娜有關的事，我所出現過的每一個糟糕想法，我也都如法炮製。我縱身一躍，深深跳進恐懼之中，我寫出每個痛苦不堪的細節，描述我到美國華人聯誼會洛克維爾分會的那晚，也描繪「@雅典娜的鬼魂」帳號第一次出現在網路上時，我心裡覺得自己有多爛，以及隨之而來的餘波是怎麼毀滅我的心理健康。我捕捉了雅典娜的幽魂，並將其蝕刻在書頁上，於是鬼魂就困在白紙黑字上動彈不得、無計可施了，頂多只能說聲：「噓！」。

我也寫下自大學以來，雅典娜怎麼讓我一直覺得自己不夠格，還有每次她達成了什麼我達不到的事，我又是如何吞下滿腹尖酸的醋意，以及傑夫告訴我，她在那次活動上是怎麼嘲諷我時，我內心的感受。我也回顧了她偷走我「也許被強暴」故事的手法，並提到就算發生了這一

切，我依然是如此深愛著她。

但是隨著我深入過去，我發現自己也徘徊在那些美好回憶之中，這類回憶的數量比我意識到的還多，我已經太久沒有讓自己追念大學時光，可是一旦我在水面上掀起漣漪，一切就全都如泡泡般浮上表面。每週二我們「維多利亞時代文學中的女性」專題課後的星巴克：我喝冰抹茶，雅典娜則喝野莓芙蓉星沁爽。尬詩擂台活動的夜晚，我們會啜飲著薑汁啤酒，並對參賽者傻笑，他們並不是**真正的**詩人，某天肯定會長大，不會再這樣瞎搞了，還有在某個戲劇系學生公寓舉辦的《悲慘世界》歡唱派對，我們都用盡肺活量大聲唱著：「就等明天！」

寫下這一切時，我也不禁思考起我們的友誼是否確實和我想的一樣這麼勉強不自然，那種嫉妒的張力一直都在嗎？我們從一開始就是競爭對手嗎？或者是我，因為自身不安全感帶來的痛苦，將這一切投射到雅典娜身上了？

我還記得我們大四的某一天，雅典娜收到了她出道作的第一份報價，她的版權經紀人在她去上芭蕾提斯課的路上，打來跟她說她的書很快就會出現在書店裡了。而她第一個打來給我，**我欸**，她甚至都還沒告訴她父母呢。

「我的天啊，」她那時上氣不接下氣，「茱恩，妳絕對不會相信的，我就不敢相信。」

接著她跟我說了報價的事，我也倒抽了一口氣，然後我們兩個就一直對著彼此來回尖叫了大概整整三十秒吧。

「幹他媽的，雅典娜，」我輕聲說道，「事情**發生了**，妳想要的一切——」

「我覺得我正站在懸崖上，而我的一生就在眼前展開。」她彷彿喘不過氣的低語我記得非常清楚，集震驚、希望、脆弱於一體，「我覺得一切都即將改變了。」

「絕對會的，」我向她保證，「雅典娜，妳會變成一個他媽的**文學明星**。」

接著我們又來回尖叫了一會兒，珍惜著在電話另一頭的彼此，因為認識一個同道中人，實在是件非常美好的事，能確切瞭解這樣的夢想、知道區區文字如何能成為句子，再成為一部完整的傑作、這部傑作又如何能帶你一飛衝天，進入一個完全認不得的世界，而在那個世界你擁有一切，一個你為自己而寫的世界。

＊

我又再次愛上寫作，也再次開始作夢。自從「@雅典娜劉的鬼魂」推特事件爆發以來，我都是出於恐懼、自衛、不安全感行事，但我現在又再次能夠一頭栽進出版業帶來的所有承諾及願景中了，這個世界能夠帶給我的那一切。按照現在的情況，布雷特會用遠低於《最後的前線》的預付金數目，把這本書賣給丹妮拉，但這會是個出乎意料的大成功，在出版日前就會二刷了，接著媒體週期會捲土重來，每個人都會忍不住一直談這個舉動是多麼大膽，而超夯的討論將會帶動銷售，然後我幾個禮拜內就會沖銷結算了，還會開始賺起比之前多一倍的版稅。

我心情實在超爽，甚至登入了好幾個禮拜都沒登的ＩＧ，並無視我之前所有貼文下方各式各樣的仇恨回覆，發了一張我自己今天寫作時的照片，我在日落前的最後一抹微光下，坐在某間咖啡店窗邊的硬木桌子旁，雀斑顯眼，柔順的頭髮如浪花般灑落在肩旁，一手捧著臉頰，另一手則懸在筆電鍵盤上方，手指準備好要寫出曠世巨作。

「馬上就一頭栽進這份稿子裡了，」我在圖說中寫道，「擋住所有負面的事，因為當你身為作家，重要的就只有故事本身。我下一章的進度已經慢啦，實在等不及和大家分享這本書了。」

*

那晚，雅典娜的舊ＩＧ帳號重新啟用。

要不是我在那滑通知，蒐集各種讚，我甚至根本就不會看到那篇文。有人稱讚了我潔白無瑕的皮膚，問我平常都怎麼保養的，有人表示他們超愛我去的那間咖啡店，還有另一個人回覆說，**茱妮帕．宋的新書嗎？期待到爆！**

但是也有一個標記通知，就只寫著：**以為妳能擺脫我嗎？**我想說這只是什麼廢文，可是指甲大小的大頭貼看起來很眼熟，而且那個帳號還有藍勾勾驗證，所以我就點進那篇貼文看看。

一看我手機差點沒掉下來。

那是雅典娜的帳號，自她死前那天早上以來，第一次發文。照片中她坐在書桌前，露出甜

笑，但是一切都有哪邊**怪怪的**，她的眼睛有點睜得太大，露齒笑嘴巴也張得太開，看起來彷彿很痛苦，而即便陽光從窗戶流瀉而入，她的皮膚依然蒼白得跟鬼一樣。她看起來就像那種CreepyPasta迷因：是張看起來應該要很正常的照片，卻因為其中瘋狂的張力，讓你雞皮疙瘩都竄了起來。在她右手邊的桌上，大大打開的是《最後的前線》平裝本，左手邊，則是《母巫》的薄精裝本。

我點開圖說。

以為妳能擺脫我嗎？抱歉囉，茱妮，老娘還活著。真高興妳今天寫作進度不錯啊！我今天也寫得很棒哦，我人就在這，正在翻閱一些舊作尋找靈感，聽說妳也很喜歡嘛：）

我的晚餐緩緩湧上喉頭。我衝到廁所去，經歷了將近半個小時的恐慌發作、上氣不接下氣、心理小技巧練習後，才差不多恢復到足夠冷靜，有辦法再拿起手機。

我在推特上搜尋了一下：「雅典娜．劉Instagram」、「雅典娜Instagram」、「雅典娜ＩＧ」、「雅典娜鬼魂」，還有其他所有我想得到的排列組合詞條。還沒有半個人在討論這件事，那篇文沒有任何主題標籤，也沒有標記其他帳號，更扯的是，那個帳號曾經有將近一百萬個追蹤者，現在卻只有零個。所以這背後的始作俑者，要不是封鎖了就是手動退追了雅典娜所有的追蹤

者，唯一看到這篇文的人，就只有我而已。不管是誰幹的，都不是想要把事情鬧大，只是想得到我的注意。

這種事怎麼有可能？社群媒體公司不是在主人死後就會把帳號關掉嗎？

這真他媽太智障了，但我還是Google了「雅典娜．劉還活著」，以確保她並沒有，比如說，靠著某種我不知道的醫學奇蹟復活了。但是搜尋結果沒什麼有用的資訊，最為「相關」的結果，是有篇文章在講耶魯大學英語系最近有場活動，是要獻給雅典娜，讓她的回憶永遠長留。

雅典娜死了，走了，化成灰了。唯一深信她還陰魂不散的人，就只有我。

我應該要封鎖那個帳號，然後忘記這一切的。八成只是什麼網路白目，貼些莫名其妙的東西想要搞我，布雷特和丹妮拉一定會這樣講，洛莉也會這麼說的，要是我試圖解釋我為什麼這麼沮喪的話。某個死白目就是最明顯也最合理的解釋，而我在腦中一遍又一遍重複這句話，一邊朝著拳頭吸氣吐氣，因為焦慮發作最煩人的症狀，就是拒絕相信最明顯也最合理的解釋。

不要讓這影響妳，我敦促自己，**就隨他去吧**。

但我就是沒辦法。這就像個扎進我手心的碎屑，就算很小，我還是不能好好放心，心知東西就埋在我皮膚下。那晚我完全無法闔眼，我躺在床上，手機螢幕離臉只有幾公分，用發痛的雙眼瞪著雅典娜逼人又不懷好意的微笑。

一段回憶不請自來湧上我心頭，一段我但願已經壓下或遺忘的回憶：雅典娜穿著她的黑靴子，披著她的綠披肩，坐在政治與散文書店讀者的前排，用她塗了口紅的鮮豔雙唇，對我露出期待的笑容。雅典娜：無法解釋卻又不可思議地還活得好好的。

現在是週五深夜，所以我再來兩天都沒辦法打給布雷特或我的公關團隊，不過他們又能怎麼辦呢？從公關角度來看，這根本算不上什麼問題，除了我以外，誰在乎這篇貼文啊？而且又不是說我解釋得出來為什麼這個帳號會讓我這麼心煩，**對，看吧，問題在於我確實偷了《最後的前線》，而我罪惡感爆棚，所以你們可以理解為什麼這些貼文讓我這麼焦慮了吧？焦慮到我都快吐出來了**？

最後，因為我就是得做點**什麼**，我還是伸手拿起手機。

我傳訊息給傑佛瑞．卡里諾，**這一點也不好笑**。

他沒回。五分鐘後，我繼續傳，**說真的，快住手**。

橢圓形最後終於從我的螢幕底部彈出來，他正在打字。

我不知道妳在講三小。

我傳了雅典娜ＩＧ的螢幕截圖給他，**眼熟嗎**？

他打字，停下來，最後終於傳出訊息，**這不是我**。

放屁，我憤怒地打字道，我知道這所有怒氣都是找錯對象了，但不管怎樣我還是按下送

出，我想找個人發洩，什麼人都好。我甚至都沒有百分之百確定是傑夫搞的鬼，我有的就只是種大略的感覺，以及在我認識的所有人之中，傑夫是最有可能取得雅典娜密碼的人，但這都不重要啦。這跟傑夫無關，我需要取得控制權，做點**什麼**，感覺起來才會像是我正在反擊，即便我做的就只是在虛張聲勢。**Coco's，明天，不然我就公布錄音**。

二十一

「嘿，茱恩。」

傑夫滑進我對面的座位，我震驚到差點把茶給打翻了。我本來沒覺得他會出現，於是挺直身子，「呃，嗨。」

我得尷尬自首：昨晚我狂轟濫炸了一堆訊息給他，亂噴關於他動機的各種瘋狂指控，還殘忍狠嗆他被雅典娜甩了。他都沒回，我以為他會把訊息全都刪掉然後直接封鎖我。

但他竟然出現了，浮腫的雙眼下方有重重的黑眼圈，他看起來像是一夜無眠，「我不認為妳還覺得是我幹的。」

「不是。」我嘆了口氣，一部分的我原先希望他會表現出點罪惡感，但只要看他一眼，就會清楚知道他跟這件事一點關係也沒有，「我很抱歉，我只是……」我晃了晃我的手機，「我嚇壞了。然後我想說，在所有可能可以弄到她帳號的人之中……」

他伸出一隻手，「我可以看一下嗎？」

「你沒看嗎？」

「她封鎖我了。好幾年前。」

「啊。」我解鎖手機，打開雅典娜的ＩＧ，然後遞給他。傑夫上上下下滑了一會兒，流連在每張照片上，眼神來回掃視讀著圖說，我無法想像他心裡在想些什麼，這畢竟是他前女友，是個他曾愛過的人。

他放下手機，「不，這不是她。」

「你這話是什麼意思？」

「這是用舊照片Ｐ圖的，」他把手機還給我，「妳看不出來嗎？光線跟陰影全都超怪的，而且，她的邊緣也都很模糊。」

「哪張舊照片？」我問，「我仔細看過我在網路上能找到的所有照片了，完全沒有一模一樣的姿勢。」

「搞不好只是不再公開了吧？我也不知道，我只知道我以前看過她長得像這個樣子。」

「那這背後是誰？」我逼問道，「誰會知道她的密碼？」

「誰在乎啊？」傑夫聳聳肩，「妳有一大堆黑粉，不是嗎？有可能是任何人，也許雅典娜的密碼很好猜，或者某個人是個超強的駭客，我哪知道，這只是個玩笑啦。」

話雖如此，我還是無法買單這個說法。這後面還有其他事情在運作，隨便哪個網路酸民沒

辦法解釋雅典娜出現在我的新書發表會上，或是她的幽魂在我每次事業上有什麼突破之舉時，都會陰魂不散。肯定有人在背後操縱。

「雅典娜有姊妹嗎？」我問，「還是什麼堂表親？」

劉太太曾告訴過我雅典娜是獨生女，但是堂表親也可以長得很像，對吧？又或者劉太太在撒謊，各式各樣瘋狂的情節轉折飛過我腦中，某個大家誤以為已經死掉的姊妹，某個不為人知的雙胞胎，在共產中國長大成人，好不容易逃到自由世界，心意堅決要介入她死去雙胞胎姊妹的生活。也許這是個寫小說的好主意，或許我應該把這寫下來，存起來，等我完成這本偽回憶錄之後可以用。

「我知道妳在想什麼，」傑夫搖搖頭，「絕對不是那樣子，我保證。」

「你確定嗎？」

「雅典娜的家人移民之後就跟他們大多數的親戚失聯了，我很確定妳曾聽她提到過，說真的，在她的家族史中，真的發生過很糟糕的破事，有人被謀殺、被行刑隊槍決、在海上失蹤什麼的。而或許這全都是瞎掰的也說不定，這樣的話，還真的是**超**他媽糟糕，但我不覺得是這樣啦，我曾經跟劉太太稍微聊過，其中的痛苦是假不了的。」

「那你不覺得……」我聲音越來越小。

「怎樣？妳說是**她本人**搞的鬼嗎？」傑夫打住，他也有同樣的懷疑，我看得出來。這很瘋

狂沒錯，但我也不會就這麼放過雅典娜詐死的可能性，還把手稿放在她知道我肯定會找到的地方哩，葬禮也有可能是假的，她媽可能也有參與。也許她現在就在一旁觀看，還穿著她的風衣一邊大笑呢。

但傑夫又搖了搖頭，「不，不是，她是挺怪的沒錯，但她又不像，就是，什麼瘋子之類的。她是，她生前是個作家，又不是什麼表演藝術家。」他迎上我的視線，「而且妳不是——」

我不是親眼看著她死掉嗎？

沒錯，我是。我看見她眼裡的恐慌，看見她撞擊著地板和抽搐，想要弄出喉嚨中的異物，也看見她最後在我面前終於臉色發青、動也不動。這她是不可能裝出來的，就連世界上最了不起的女演員都裝不出來。

「那到底是誰在搞我？」我質問道，「他們到底是**想怎樣**？」

「重要嗎？」傑夫聳聳肩，「不要理他們就好了啦。妳之前每次不都沒在管的嗎，不是嗎？妳的厚臉皮跑哪去了？幹嘛現在又開始因此心煩意亂啊？」

「因為……」我吞了口口水，「我很受傷嘛，我就只是，覺得很受傷。」

「啊，」他往前傾身，「所以妳現在要跟我說實話了嗎？」

我張開嘴巴，但一句話都說不出來。我做不到，我堅守陣線這麼久了，我不能摧毀一切，就算以某種可悲的方式來說，這會讓我解脫也不行。

「我懂，」傑夫說，「妳一說出來，就覆水難收了。」

他知道了。我從他的表情看得出來，他知道了。我沒有再花心思想說服他，或是解釋其中的錯綜複雜，說我確實有投注心力，說假如《最後的前線》算是雅典娜的成就，那也一樣算是我的，說要是少了我，那這本書是不可能以現在的狀態問世的。但這都不重要了，傑夫心意已決，而這也沒關係，他已經不能再對我多做什麼了，網路早已將我粉身碎骨、碎屍萬段。

我憤怒地眨起眼睛，往下瞪著桌面，試圖整理我的思緒。我無法說服他我是無辜的，但我得讓他瞭解才行。

「我就只是不懂，大家幹嘛都對雅典娜的遺作這麼耿耿於懷，」我最後開口說道，「他們全都講得好像她是什麼聖人一樣。」

傑夫昂起頭，接著在他的椅子上好好坐好，雙手擺在大腿上，彷彿他已經準備好要待一陣子了，「所以我們現在要這樣就是了。」

「我見識過她的寫作過程。」我脫口而出，我不知道我幹嘛要講這個，尤其還是對傑夫講，明明有這麼多人可以說，我就只是沒辦法再悶在心裡了，無法再繼續吞下我的憤慨，一定要不吐不快才行，「她就是個死小偷，她奪走別人的痛苦，然後變成她自己的，之後想怎麼樣描述都行。她跟我半斤八兩，她從**我**這裡偷東西欸，大學的時候，她——」我哽咽了起來，鼻頭一酸，然後便緊緊把嘴巴閉上，我以前從來沒跟任何人講過這個故事，要是我繼續講，那我

肯定會開始爆哭。

「她也從我這裡偷東西啊，」傑夫說，「隨時隨地都是。」

我震驚不已，「你是說你的故事也——」

「不是，我的意思是，聽著，這很複雜啦。」他四下張望，彷彿擔心有人會偷聽到似的，然後他深吸一口氣，「這比較像是，好啦，聽著，我舉個例子。所以說我們會吵架，對吧？吵一些蠢事，像是她的狗過敏，還是共同管理財產什麼的，總之，那時候這些事好像都很重要似的，然後我就會狗急跳牆亂喊，就一些很脆弱的話，結果下個月卻發現一字一句全都原封不動出現在某個短篇故事裡。有時候，我們吵架時，她會給我一個冷酷至極的瞇眼表情，我認得這種表情，因為這就是她替小說場景打草稿時，會露出的表情，簡直一模一樣。而且在我們交往期間，我也永遠都分不出她是不是真正**在場**，或者這整件事對她來說，都只是某種上演中的故事而已，還有她之所以有那些言行舉止，是否都只是為了想記下我的反應。我覺得我好像快被逼瘋了。」他手指大力壓著鼻樑，「有時候她會說些讓我很沮喪的話，或是問我曾經歷過的事情，而隨著時間經過，我滿腦子都只有一個想法，那就是她在**挖掘**我，把我當成什麼寫作素材一樣。」

我很難真心為傑夫感到遺憾。畢竟，眼前這個人，也曾經威脅過雅典娜說，要是她不挺他，一起對抗《軌跡》雜誌的某個書評，就要把她的裸照發到Reddit上。但我可以看見他眼中

的真相，其中的痛苦，雅典娜總是覺得她的所做所為是種天賦，是將創傷去蕪存菁，變成某種永恆的事物，**給我你的傷痕和痛苦吧**，她這麼告訴我們，**而我會還給你鑽石**。只是她從來都沒在乎過，藝術一旦創造出來之後，就算私密的事情變成某種奇觀，痛苦依舊會留在原地，不會消失。

這時我的視線突然掠過窗邊，而在我的腦子跟上我看見的景象之前，我已經喘不過氣，雙手死命緊握了：是雅典娜，黑色的捲髮鬆垮垂在她肩頭，披掛在她穿來我新書發表會的同一條祖母綠披肩上。她的眼神饒富興味，莓紅色的嘴巴在她臉上形成一個邊緣參差不齊的大洞，她在大笑，不對，是嘲弄著我和傑夫待在一塊的這幅畫面。

她舉起一手正要揮動。

我眨了眨眼，然後她就消失不見了。

「妳還好嗎？」傑夫半轉過身，朝向他認為我在看的方向，「是怎樣——」

「沒什麼，」我驚慌失措地說道，「我只是，抱歉。」

我深吸一口氣，窗邊沒人，我沒辦法指向任何東西，也沒東西能證明我沒發瘋，我湧起一股稍縱即逝的衝動，想起身衝到門口，在街區周遭追逐那個幽靈，但要是那邊根本沒人呢？要是我就只是精神失常了怎麼辦？

傑夫對我露出了個同情的表情，一陣靜默，接著他往前傾身，開口說道，「聽著，茱恩，

妳八成不想要我給妳建議，但總得有人說出來才行。去做點別的事吧，不要再……我是說，妳就走出她的陰影吧，把這一切都拋諸腦後。」

這其實是很不錯的建議，我想像這就是他過去兩年間想做的事，他不再上推特，所以我沒聽到太多他在幹嘛的消息，但從我透過其他人得知的資訊，他寫電視劇本還替自己賺了不少錢。他也不再出席文學活動了，他的名字不再是個笑點，只是個講到爛的註腳，他已經讓自己脫離雅典娜的蛛網了。

但我曾擁有過的任何一丁點成功，全都是因為雅典娜，我的作家生涯，要是少了她，根本就完全不存在。

沒了雅典娜，我究竟算什麼咖？

「我正在努力，」我非常非常小聲說道，「我就只是，我不覺得她會放過我。或是這些網路白目，無論他們究竟是誰——」

「無視他們啊，茱恩。」傑夫看來頗為疲憊，「封鎖他們不就好了。」

「你覺得，你覺得我應該回應嗎？試著聯繫看看？」

「三小？」他馬上坐正，「不，當然不要啊，妳幹嘛要——」

「就只是看看他們到底想幹嘛，看看他們是不是想聊聊，我是說——」

「根本沒什麼好聊的。」傑夫似乎火大到不行，我的回答按理不該激起這麼強烈的憤怒，

我有點嚇到，我在想他現在是怎樣，他自己又面對著什麼樣的雅典娜鬼魂，「好嗎，茱妮？這條路的盡頭不會有好事的，反正別管就對了，我對天發誓，不要去慫恿那些瘋子啦。」

「好吧，」我慢慢吐氣，「你說的對。」

因為沒有其他更好的事可做了，我一言不發喝完我的茶。傑夫根本就沒點東西，卻還是問都沒問就付了我的帳，然後陪我走到外頭的街上，我們站在那等我叫的Uber時，他盯著我看了很久，我差點都以為他要問我要不要跟他回家了。我想像著，就那麼一瞬間啦，跟傑佛瑞·卡里諾睡的這個行為，這整個混亂的過程，要把衣物都脫掉，還有瘋狂挑逗著彼此的性感帶，分享創傷會讓人親近，不是嗎？我們難道不都是這同一個自戀的賤人手下的受害者嗎？他是很迷人，當然，不過我感覺不到真正的慾望湧動。如果我幹了傑夫，也只是為了其中帶來的衝擊感，以及隨後可能會導致這一團亂裡出現的敘述大轉彎，而且，雖然我講不出個所以然，我卻心知肚明，這整件事唯一的贏家，只有可能是雅典娜而已。

「那麼，我猜就之後見囉。」我說，「可能吧，也許囉。」

「或許吧。」傑夫往下盯著我看，「還有啊，茱恩？」

「怎樣？」

「一切都會沒事的。」他說，「這種事情發生的時候，感覺起來總像是世界末日，但其實不然。社群媒體只是個渺小又孤立隔絕的空間而已，只要妳關上螢幕，他媽才沒人在乎個屌，而

妳也不該在乎的，好嗎？」

「我，好喔。傑夫，謝啦。」

他對我點了點頭，便朝公車站的方向離去了。

也許我對他太刻薄了吧。搞不好傑佛瑞．卡里諾並沒有這麼混蛋，或許他只是年輕、沒安全感、又困在一段他還沒準備好面對的關係裡，也許雅典娜確實真的狠狠傷害了他，而我們也全都太快評斷他了，因為他是個有錢的順性別白男，而雅典娜，就是雅典娜。

況且，傑夫也是世界上少數幾個同樣能理解那種獨特痛苦的人，試圖去愛雅典娜．劉，以及隨之而來的所有徒勞，彷彿是希臘神話中的回聲女神，無言凝視著美少年納西瑟斯；也像是伊卡路斯，直直朝太陽衝去，親身體驗其溫暖炙熱，卻要以生命為代價。

二十二

雅典娜的ＩＧ開始一天至少發一篇文。總是會有不可思議的雅典娜照片，裡面她還活蹦亂跳，且總是身處各式刻意顯示出日期的物品附近，報紙、最近的《紐約客》雜誌、她死後才出版的書籍，有時候她還會眨眼或揮手，用她的無憂無慮嘲諷著我。有時她的表情扭曲成奇形怪狀，雙眼大張，吐著舌頭，其他時候則是雙手緊抓喉嚨，裝出鬥雞眼模仿她的死狀，而她在圖說的最後，也總是都會標記我。

妳過得如何啊，@茱妮帕宋？

想我嗎，@茱妮帕宋？

我試圖遵照傑夫的建議。我把那個帳號靜音，接著，由於我仍然無法克制自己在寫作的空檔間狂滑猛滑各種照片，我於是買了一個計時型保險箱，並在白天的時候把我的手機鎖在裡

面。我試著到我的作品中避難，但我卻無法跟先前一樣，讓自己流連於文字中，我跟雅典娜度過的所有快樂回憶，現在都染上了一層惱人的罪惡感，所以我唯一能忍受，可以沉浸其中的，就只剩那些糟糕的回憶，尷尬的交談、社交上的無視、我胃裡不斷湧上的陣陣妒意。想到雅典娜問到我載浮載沉的寫作生涯時，一邊露出滿不在乎的笑容，想到雅典娜死在她廚房的地板上，而我站在一旁袖手旁觀。

我每晚都會夢到雅典娜，並看見生前最後時刻的她：她睜大的恐慌雙眼、她的指甲撕扯著皮膚、雙腳咚咚敲著地板。無力、無助、完完全全無聲、她努力移動嘴巴，不顧一切想讓我聽懂，但是沒有半句話語能夠出口，只有一連串可怕又不自然的咯咯聲，直到她的白眼一路翻到後腦勺，直到她的抽搐減弱到只剩下微弱的抖動。

這些還算是溫和的夢呢，可怕的是那些她復活了的夢，她奇蹟般死而復生，但這一次，她已經不是原本的雅典娜了。她的眼裡閃爍著一股腥紅的能量，所有來自冥界的憤怒，以及復仇的快感，使她可愛的臉扭曲了起來。她縱身一躍，雙臂大張，伸手抓向我的脖子，以報答我的人情。

*

有時候，我的想像力在光天化日之下就會開始萬馬奔騰，我會用五花八門的方式說服自

己，雅典娜有可能還活著。葬禮上又沒開棺，不是嗎？她大可假裝自己噎到，那些急救人員也有可能是她請來的，這一切全都有可能是個驚天動地的文學大騙局，是個瘋狂的行銷計畫，目的是要宣傳她的下一部作品。搞不好她隨時都有可能從角落跳出來，**碰！騙到妳啦，茱妮！**

但是活人會受到有形的身體拖累，會有影子，會有腳印啊。我還寧願雅典娜還活著，而且在跟蹤我呢，因為這樣的話，她就會留下蹤跡，有人目睹、敘述前後矛盾、麵包屑般的證據，活人才不能隨心所欲出現又消失，活人也不可能在每個轉角都糾纏著你。雅典娜的鬼魂已經鑽進我醒著的時時刻刻了，只有死人才能一直這麼無所不在。

我發現自己在Google Scholar上鍵入「中國鬼魂」，並一頭栽進所有搜尋出來的文獻中，中文有好多不同的字都可以代表鬼魂，「鬼」、「靈」、「妖」、「魂魄」，他們根本就執迷於不得好死。我得知最常用來表示鬼魂的字，「鬼」，和另一個代表返回的「歸」字是相近音，我也學到女鬼是中國古典文學中的常見主題，是個比喻，用來探討死於暴力及非自然死因的單身未婚女性，身後留下的遺憾。我還學到另一個比喻，叫作「艷鬼」，即女鬼若要解決她們徘徊不去的慾望，唯一需要的就是好好大「幹」一場，另外還有某種叫作殭屍的東西，根據我的了解呢，就是類似西方的喪屍啦，是受到咒語驅動，死而復生的屍體，而咒語則是寫在符咒上。也許有人讓雅典娜死而復生了，或許就是我本人下咒的，誰叫我要違背她的意願，出版她的文字呢。

而在這些紀實的資料中找不到有關驅邪的實用建議後，我便開始猛讀中國的鬼故事。

某則南宋時期的鬼故事[34]裡說：有名盜墓者闖進了某個女孩的墳墓，女孩最近才因鬥弩賭氣氣死，結果男子貪圖她的白淨身體，淫心頓起，於是強姦了她的屍體。而女孩得了陽和之氣後，竟死而復生，但由於沒有其他人知道她復活，盜墓者接著囚禁了她，當成自己的性奴隸，且沒有半個人起疑。最後，女孩終於逃脫，並逃往從前情人開的酒樓，結果情人因為她出現害怕不已，又深信她是個女鬼，竟然拿了個湯桶往她頭上扔，砸死了她。

另一則六朝時期的鬼故事[35]：某個男子結縭十年的妻子，在為他生下兒子之前不幸去世，男子傷心欲絕，哭之慟，而他的悲傷竟使妻子復活，並指示他在黑暗中與她交歡，直至懷孕。她並沒有完全復活哦，提醒你一下，他們把她的屍體放在某間側室，而她了無生氣地躺在那，天天等著被幹。十個月後，她生下了一名男嬰，接著馬上再度變回一具萎靡的屍體。

這則也是六朝時期[36]：某個男子因妻子過世，於是再娶妻子的從妹。某天，他死而復生、體冷如冰的元配，竟跑來躺在他身邊共寢，男子見狀請她離開。之後，她前去訓斥從妹竟與她共事一夫，再過不久，夫婦倆便都莫名死去了。

其中的文化結構可說明顯至極：有這麼多中國鬼怪都是飢渴、憤怒、無法發聲的女鬼。而奪走雅典娜的遺產之後，我也讓她們的行列裡又多了一人。

但那些常見的驅鬼方法，那些在所有故事中都有效的，看來似乎都無用武之地，我很懷疑

雅典娜收到我給她的食物、線香、紙錢會高興得起來，但這也不是說我不會去試試看啦，內心深處我知道這一切都超蠢，可是我已經狗急跳牆到不行了，完全願意相信這些儀式至少可以讓我的心靈平靜下來。我在亞馬遜上訂了線香，還有「一號廚房」外賣的宮保雞丁，並把東西擺在雅典娜放在相框中的照片前，結果唯一帶來的效果就只有讓我整間公寓都臭得要死而已。我也把我想像中，雅典娜在陰曹地府會想要的所有東西，都弄成紙紮版印出來，一疊疊紙鈔、一間奢華的公寓、整份IKEA型錄，然後用火柴全部點燃，最後卻只是引發了火災警報，我的鄰居都氣得要死，還害我付了一大筆罰款。

我心情並沒有變得更好。我感覺就像個現實版的無腦白人迷因。

34 譯註：以下三個故事雖皆有原始出處，不過此處為配合行文及主角口吻，仍是採用白話翻譯，並依原文稍作改寫，同時附上原始來源供參考。第一則故事出自〈鬧樊樓多情周勝仙〉，為宋代話本，篇幅頗長，除本段所提情節外，亦詳細描述女子先前的遭遇、前一段感情的始末、後續的結局，後世話本集亦多有收錄，全文可參見明馮夢龍所編著之《醒世恆言》一書。

35 譯註：出自干寶《搜神記》：「馮稜妻死，稜哭之慟。乃嘆曰：『奈何不生一子而死。』俄而妻復蘇。後孕，十月產訖而死。」原文只有短短此句，推測其他情節及細節應為後人渲染或杜撰。

36 譯註：出自劉義慶《幽明錄》：「呂順喪婦，更娶妻之從妹，因作三墓，構累垂就，輒無成。一日，順晝臥，見其婦來，就同衾，體冷如冰，順以死生之隔語使去。後婦又見其妹，怒曰：『天下男子獨何限，汝乃與我共一婿！作塚不成，我使然也。』俄而，夫婦俱殪。」

而這一切最瘋狂的地方，則是就算到了現在，我依然無法停筆。我正試著把這股糟糕的感受，變成某種美好可愛的東西，我縱情沉醉的真人真事改編作品，將會變成一部恐怖小說，我的恐懼也會變成我讀者的恐懼。我會運用我譫妄恐慌的精神狀態，並施肥將其變成肥沃的創意土壤，畢竟最棒的小說難道不都是孕育自某種瘋狂嗎？而這種瘋狂，不也都是出自真相？

或許，如果我能捕捉我所有的恐懼，並將其好好禁錮在書頁中，就能奪走其中藏有的力量，所有的古代神話不也都告訴我們，一旦命名了某項事物，那就可以獲得控制權嗎？蓋莉醫生有次曾逼我親手寫下關我遇見安德魯的過程的詳盡描述，接著把東西燒掉，將那些令人作嘔的模糊感覺，轉譯成具體的文字，感覺實在是非常棒，而看著這些文字化為灰燼，化作空無，感覺也很爽。也許我無法讓雅典娜消失沒錯，但我可能有辦法將她安安全全困在書封底下。

可是我的敘事方向已經迷失了。我的思緒瘋狂馳騁，書頁無法容納，這已經從一個黑暗的文學成長故事，變成一個混亂又瘋狂的鬼故事了，在雅典娜想要看到的故事面前，我精心建構的大綱土崩瓦解。我拋棄了原始的情節，狂亂寫下腦中想到的一切，並在我自己版本的真相以及真正的真相之間不斷擺盪。

我把自己寫進死角了。書的前三分之二寫起來輕鬆無比，但我到底該拿結局怎麼辦才好？我究竟該讓我的主角何去何從？既然現在有個飢渴的鬼魂在搞事，同時又沒有清楚明白的解決方案？

我茫然瞪著螢幕好幾個小時，實驗著各式各樣的結局，希望找到一個能夠取悅雅典娜的。她的鬼魂將我整個人吞噬、把我五馬分屍，並沐浴在我的鮮血之中、附身在我身上，接管我的餘生，當作復仇、或慫恿我去自殺，這樣我就能在陰間與她相會：兩個得不到公道的悲慘魂魄。

但這些結局沒有一個能夠帶來必要的淨化及宣洩，雅典娜滿意不了。受挫的我碰一聲倒在床上，然後一如既往，伸手拿起手機。

雅典娜的帳號又更新了。

她站在一面鏡子前，額頭貼著一捲長長的白紙，**《最後的前線》**，紙上寫道，**茱妮帕・海伍德著**。

這是篇附了好幾張照片的貼文，我往右滑。

雅典娜，臉朝下倒在地上，雙手緊抓脖子，**往右滑**。

雅典娜，我的書放在她胸口，雙眼大張，**往右滑**。

雅典娜，死而復生，站了起來，**往右滑**。

雅典娜，脖子和前臂青筋暴凸，雙眼流出睫毛膏，對著鏡頭嚎叫，露出猙獰的笑容，還伸出爪子彷彿她想要從頭到腳把我給扯爛，**往右滑**。

雅典娜，一團惡毒的模糊影子，往前撲向相機鏡頭。

我關上手機，直接往房間另一頭扔。

*

我太誇大我的困惑不解了。驅邪的條件又不是什麼天大的謎團，我知道這個鬼魂想要什麼，又是哪樣的結局可以為這一切畫下句點，這是個非常直截了當的道理，我只是不願承認面對而已：其實是雅典娜寫了《最後的前線》，我頂多就是個共同作者，即便我值得因為這本小說獲得一些認可，但她也一樣。

可是我現在已經陷得太深，無法自首了。這是我唯一無法跨越的底線，如果我現在自首，我不僅會失去我得到的一切，也會失去未來可能擁有的所有機會，我不只是會回到原點，從零開始，也會被判下文學和社會性死亡的雙層地獄。

告訴我啊，我真的值得受到這種對待嗎？又有人真的值得嗎？

雅典娜已經死掉超過兩年了，早就留下了不起的遺產，文學世界會永遠銘記她，她已經封頂了。

但我無論如何，都得撐過這次才行，真相將會毀滅我。

所以我就只是必須繼續和這個鬼魂共處，漸漸習慣她的臉孔徘徊在我的眼皮子底下，我們得找到其他方式的共存平衡，且不會涉及我拱手讓出她唯一想要的東西。

*

某天下午，我坐在Saxby's咖啡店的雅座寫作時，眼角突然瞥見一抹祖母綠閃過。我抬眼望向窗外，然後就看見了她，風吹亂的幾縷頭髮飄散在她臉龐周圍，眼神直直回瞪著我，她披著同樣的披肩，腳踩一樣的高跟靴，這不就證明了她是個鬼魂嗎？活人會換衣服的，不是嗎？死人則一如既往。

我們目光相遇，她旋即轉身想逃。

我也跳了起來，衝出咖啡店。我沒有計畫，只是想逮到這個幽靈，搖搖祂的肩膀，並質問出答案，**妳到底是何方神聖？又到底想幹嘛？**

但是等到我迂迴閃過不爽的顧客，追出門去時，她已經跑到一個街區外了，她的高跟靴旋風般喀噠喀噠敲著人行道，披肩在風中翻騰，不對，她並不是鬼，她是個**活人**，是個血肉之軀，跟我一樣平凡又具體。我盡全力衝刺，再跨兩大步我就能追到她了，我伸出雙手，抓住她的肩膀，並碰到實實在在的血肉，我**逮到**她啦——

她猛轉過身子，「什麼鬼啦？」

這不是雅典娜。

我仔細凝視著她神采奕奕的冷酷雙眼、極細的眉毛、怒氣沖沖的薄薄雙唇上劃過的一道鮮

紅色口紅，我的胃都縮了起來。

是黛安娜・邱。

「**茱恩？**」她往後縮了縮，彷彿我要咬她一樣，然後一手迅速摸向皮包，掏出一罐防狼噴霧，「該死，給我後退——」

「我逮到妳了，」我上氣不接下氣，「我逮到妳了啦——」

「我不知道妳到底想幹嘛，」黛安娜說，「但妳他媽最好離我遠一點——」

「少PUA我了。」我覺得心臟都快跳出嗓子了，我的臉感覺也超燙超緊繃，同時頭暈目眩了起來，現實世界從我身旁迅速退去，我離崩潰只有一線之隔。我知道的一切，還有我能緊抓住的一切，唯有這突來的頓悟，發覺一直在搞我的就是黛安娜，從頭到尾都是黛安娜，「我知道妳在搞什麼鬼，我就知道是妳——」

「我的天啊，」黛安娜的手臂開始顫抖，不過她沒有噴我，「妳到底是在**講**什麼啦？」

「這是**她的**靴子、**她的**披肩。」我差點哽咽了起來，我實在太不爽了，那晚第一次出現在政治與散文書店的，是黛安娜嗎？在Coco's外頭的也是黛安娜嗎？她是不是這樣惡整我**好幾個月**了？我回想起她在維吉尼亞州的論壇上那番慷慨激昂的怒嗆，還有在那之後的各種相關訪談跟她發的部落格文章，這女人簡直是迷上我了吧，這一切全都是她某種變態藝術計畫的一部分嗎？「中邪的茱妮帕・宋」之類的？

「先等一下，」黛安娜放下罐子，「妳是覺得我是想要打扮得跟**雅典娜．劉**一樣嗎？」

「妳不要再裝了，」我堅稱，「妳就是打扮得跟她一模一樣，而且妳還在跟蹤我——」

「這是我自己的靴子，」黛安娜回答，「也是我自己的衣服。而我會經過Saxby's，只是因為我他媽就住在這，妳這個瘋女人。」

「我才不是瘋女人——」

「並不是每個亞裔女人都長一樣好嗎，」黛安娜齜牙咧嘴說道，「這有這麼難理解嗎，妳這個瘋婊子？」

我聞言差點上前甩她一巴掌，「我才沒瘋。」

但是一近看，所有似曾相識之處全都不再相同。那並不是雅典娜的靴子，她最愛的Ugg靴子是棕色的，還有流蘇，黛安娜的則是黑色，附有扣環和細高跟，黛安娜的頭髮也是粗硬的直髮，而非鬆垮垂落的捲髮。她戴的是環形耳環，不是翡翠墜飾，而她的口紅也遠比任何雅典娜會塗的顏色還要亮上非常、非常多。

她看起來不像雅典娜，一點也不像。

那我在咖啡廳的窗外到底他媽是看到誰？

「我才沒瘋。」但我想不出半個可以證明事實並非如此的證據，我無法相信我的雙眼，也無法信任我的記憶。這時我鬥志全消，胸口陷了下去，一口氣吐了出來，聲音也破音了，「我

沒有。」

黛安娜盯著我看了良久，表情混雜著好奇、可憐、厭惡。最終，她把防狼噴霧收回包包裡。

「天啊，」她碎念道，接著快步離開我身邊，並且每隔兩步都轉頭回來看著我，彷彿在確認我沒有跟上，「妳需要找人協助。」

＊

我不知怎地還是想辦法回到Saxby's收好我的東西，然後回家。我的Uber司機肯定以為我喝醉了，我呼吸沉重，止不住頭暈目眩，還緊抓著扶手，好像這是唯一能阻止我摔個四腳朝天的東西似的，腦中則不斷重播著我和黛安娜的相遇，我的手指陷進她的肩膀、她的防狼噴霧、她眼中的厭惡跟恐懼。

剛剛有那麼一瞬間，她真心以為我要攻擊她了。

我真不敢相信我真的那麼做了，沒有藉口，也沒有合理的解釋，我竟然在光天化日之下**攔下**某個人。

我跑進廁所，對著水槽乾嘔起來，雙肩不住顫抖，直到我的呼吸平穩下來，一條細細的口水滴進瓷洗手台中，我抬眼望向鏡子，而我在鏡中看見的東西，讓我超級想哭。

我的臉頰凹陷，頭髮沒洗，雙眼佈滿血絲又浮腫，下方還掛著發黑的眼袋，我一直沒睡，也好幾天沒跟除了我門房之外的人講過話了，我一小時一小時經歷著的生活，是某種中邪的狀態，試著想用我的稿子讓自己分心，這樣我的思緒就不會折磨我，而我真的已經撐不下去了。我真他媽厭倦死這一切了，那些幻覺、偏執、噩夢，我好厭倦在每個角落都會看到雅典娜，並聽見她的聲音、她的笑聲。這又不是我要求的，一開始又不是我要求要親眼見證雅典娜死掉的，我那晚甚至根本就不想去那，只是她一直堅持，所以我才去的，而這件事很顯然真他媽搞死我了，且程度絕對比我意識到的還要嚴重。

我累了。

我真的好累。

我只是想要她消失，我想要一切沒事。

我打給洛莉，她肯定無法理解我在講的任何事，但我會從頭開始跟她解釋一切，她知道細節也無所謂了，重要的是她能夠好好聽我說，並聽進去，聽進我到底有多痛苦。我需要某個人知道我有狀況。

電話響了又響，我打了第二通，接著第三通，可是洛莉都不接起來。

我在手機上搜尋蓋莉醫生的名字，我已經好幾年沒跟她約過看診了，從我畢業之後就沒有，但我還是存著她的號碼。只響兩聲她就接了，「喂？」

「蓋莉醫生嗎？」我的話語傾瀉而出，太過熱切、太過絕望，「我不知道妳記不記得我，我是茱恩．海伍德，好幾年前曾經是妳的病人。我當時在念耶魯，我就是那個，呃——」

「茱恩，當然記得囉，嗨。」她的語氣即便困惑，卻頗為友善，「我可以幫上妳什麼忙呢？」

「我知道已經好一陣子了——」這時我得先停下來，深吸一口氣，以防我承受不住，開始大爆哭，「不過妳說過我之後如果還有療程的需求，就打個電話給妳，然後，嗯，我覺得我現在實在是不太好，最近發生了很多事，而我處理得不是很好，而且我覺得這觸發了很多，呃，過去的創傷——」

「說慢點，茱恩。一次說一件事就好。」蓋莉醫生停頓了一會兒，「妳想跟我預約看診嗎？妳是在問這個嗎？」

「噢，呃，抱歉。我知道妳大概非常忙，但要是妳**現在**有任何空檔的話——」

「我們可以來看看，」她再次停頓，我聽見抽屜打開，我猜她剛在書桌前坐下，「但我得知道妳是不是還住在康乃狄克州。」

「我人在維吉尼亞州的羅斯林。」我吸了吸鼻子，「可是我有保險，呃，我猜妳應該不在給付範圍內，但我可以自掏腰包——」

「這跟那無關，茱恩，是妳如果人不在康乃狄克州，我就沒辦法提供妳遠距健康照護，我沒有在維吉尼亞州執業的執照。」

「噢。」我抹了抹鼻子，手拿開時還牽著一條一條的鼻涕，這時我腦中突然一片大空白，「我懂了。」

「但我可以幫妳安排一些轉診看看，」我覺得我聽見紙張沙沙作響的聲音，「妳說妳人在羅斯林，是嗎？」

我無法了。「事實上，蓋莉醫生，沒什麼啦，我可以自己去找州內的其他諮商師，很抱歉浪費妳的時間——」

「等一下，」她說，「茱恩，妳現在有任何一絲傷害自己的想法嗎？或是想傷害其他人？因為我可以幫妳轉到熱線——」

「不用，沒事，我沒事的。」我突然覺得好丟臉好尷尬，我不是故意要把事情搞成這麼嚴重的，也不是故意要造成人家這麼大困擾的，「我沒有想自殺啦。我很好，就只是，我今天過得很差而已，我只是想找個人說說話。」

「那我懂了，茱恩。」她的語氣緩和了下來，「我沒辦法在另一個州提供妳健康照護，但我會來幫妳安排妳需要的協助的，好嗎？妳可以耐心等我一下嗎？」

「好喔，」我沙啞地回答道，「好，這聽起來很棒。」

「那我明天進辦公室第一件事就會寄一些轉診資訊給妳，妳收發檔案都還是用同一個電郵地址嗎？」

「我，對。寄到那個可以。」

「這樣妳明早就有些人可以找啦。多保重囉，茱妮。」

她掛掉電話。我盤腿坐在床上，把頭深埋進雙手中，我感覺比之前還更糟了，我好想消失，我他媽到底幹嘛要幹這種事啊？現在都週間晚上過九點了，早就已經下班很久了，蓋莉醫生現在一定在跟她老公碎嘴抱怨，**抱歉，親愛的，有個之前的病人打來，她在那邊亂發瘋——**

我的手機亮了起來，我迫不及待撲上去，可是並不是洛莉回電，是個IG通知。

來自那個鬼魂。

這一次雅典娜坐在Saxby's的某個雅座裡，惡作劇般在吸管上方吐著舌頭，她的穿著打扮就跟我在新書發表會，在Coco's咖啡店看到她時一模一樣，也是今天下午我以為我在Saxby's外看到的那套。嘴唇塗成腥紅色，雙眼閃閃發光。

今天認出了某個老朋友，我在想她還記不記得我。

我想放聲尖叫。

我真的受不了這一切了，我得知道真相才行，我沒辦法放下繼續過日子，這件事一輩子都會不斷折磨囓咬著我，直到我弄清楚，無論結果是好是壞，她到底是何方神聖，或者究竟是什

麼鬼東西。

我需要一個出口，如果我沒辦法得到協助，那我至少需要答案。我需要發生些**什麼事**，不然我就要爆炸了。

我解鎖手機，打開雅典娜的帳號，然後打字：**夠了，妳得到我的關注了，妳到底想怎樣？？？**

鬼魂在線上，她秒讀秒回。

大法師階梯。

明晚。

十一點。

二十三

雅典娜還活著。

我想不出別種解釋了。《大法師》階梯是我們私底下的玩笑，指的是一道烏漆墨黑的陡峭階梯，離喬治城大學校園一個街區遠，《大法師》裡的卡拉斯神父就是死在那裡，這個地方以鬧鬼聞名，而我也總是覺得那階梯下雨天或下雪時滑得要死，竟然沒有害死更多慢跑的人，我還滿驚訝的。我搬到華盛頓特區後的第一個冬天，雅典娜和我在某場詩歌朗讀會後來到這裡，她打賭我沒辦法一口氣跑上結冰的階梯，我於是向她發起挑戰，不如來比一場如何，結果我才爬十階就撞到膝蓋，而她就這樣衝過我身旁，連回頭看一眼都沒。最後她贏了。

不管眼前到底他媽在搞什麼鬼，不管那個ＩＧ帳號背後有什麼超自然的理由或扭曲的解釋，絕對都不是隨便什麼混蛋在惡作劇，只有可能是雅典娜。只有雅典娜知道這個地方對我的意義，而且其中的比喻也太象徵性了，我摔倒往下跌，她則一路翩翩登頂。

我心知肚明這是個陷阱，我知道光是出現，就是正中那個鬼魂的下懷，我很可能是在讓自

己置身於莫大的危險之中，但我別無選擇，這是我找到答案的唯一機會，而我現在已經孤注一擲到只要能得到任何一絲真相都豁出去了。

我盡可能機靈行事。確保手機充飽電，還買了一條工具腰帶，並跟其他東西打包在一塊，一把手電筒跟數顆全新電池、一罐防狼噴霧（謝囉，黛安娜）、還有一把瑞士刀。我甚至還在中國城某間看起來會敲人竹槓的雜貨店，買了一串中國鞭炮，因為我在網路上讀到說，爆炸聲可以趕跑妖魔鬼怪，這很蠢，我知道，但我想要感覺起來準備很充分。如果雅典娜的鬼魂試圖在那些階梯上謀殺我，我八成沒辦法逃過死劫，但我可不會就這麼束手就擒、任人宰割。

我思考過要傳訊息給洛莉，甚至是布雷特，留下我行蹤的記錄，但要是這整件事照我預期的發展，也許我最好還是不要留下半點痕跡比較好。

我從羅斯林搭Uber到喬治城大學的前門下車，這裡走去階梯需要五分鐘，但我才不想讓司機起疑，問我這時間去《大法師》階梯要幹嘛。大學現在放假，今晚我是唯一在校園中閒晃的人，我沿著三十七街安靜的人行道快步前進，雙臂緊緊交叉在胸前擋風。今晚是個寒氣逼人的無月黑夜，波多馬克河洶湧流過河岸，因今早的降雨水量豐沛，四周景象全都非常哥德風又戲劇化。假如我是個要復仇的鬼魂，我心想，這裡就是我會引誘某個人出來，然後殺死他們的地方。這整幅畫面就只缺一道陰森不祥的閃電而已了，稍後也可能真的會一劈而下，因為一整個下午風暴的雲層都在匯聚著。

我並不害怕。到了這個節骨眼上，已經沒東西可以嚇倒我了，都這個時候了，我會喜聞樂見雅典娜就這麼撲上來攻擊我，這樣的話我就能確認她是真實存在的了，確定我並沒有瘋。

階梯上沒人。舉目望去好幾個街區內都沒半個人，而我快速跑下階梯來到底部時，找到的也只有廢棄的加油站。現在已經十一點五分了，我又回頭走上階梯，上氣不接下氣。

我感覺自己就像個白癡。也許傑夫是對的，或許這確實是個騙局沒錯，搞不好重點就只是要嚇唬我。

我正準備離開，這時，我聽見她的聲音。

「能夠再次見到妳真是**太**棒啦！」

＊

是雅典娜。這絕對是雅典娜的聲音沒錯，散發出那種音色，漠不關心，又「有夠明顯做作到諷刺的程度，搞得好像真的一樣」，我在電台的訪問跟podcast上聽過她用上好幾十次，「已經**好**——**久**啦。」

「雅典娜？」她聽起來像是站在階梯最頂端，我衝上剩下的階梯，再度氣喘吁吁重新出現在美景街上，但街上還是空無一人。

「我真開心妳是我作品的粉絲。」

搞什麼鬼啦？她是在講什麼？

「**雅典娜？**」我大喊道，「妳在哪裡？」

「所以，」這一次她的聲音從更遠的地方傳來，我拉長耳朵，搜尋著聲音的來源，「妳最近還好嗎？」聲音聽起來像是從階梯底部飄送上來的，她是怎麼這麼快又跑下去那邊的？

除非她已經死了，除非她是個鬼魂，可以在空氣中飄來飄去，來無影去無蹤。

「雅典娜？」

我在階梯上聽見一連串啪噠啪噠的腳步聲，她是在逃離我嗎？我想去追她，但我不知道該往哪個方向，她的腳步聲從某個方向傳來，可是她的聲音聽起來是來自另一頭。我轉了一圈，仔細掃視黑暗，尋找一張臉孔、一點動靜、一絲線索，**什麼東西**都好。

「妳覺得妳最重要的靈感來源是什麼呢？」雅典娜乍然問道。

靈感？這是在玩什麼把戲？

但我知道正確答案，我知道說什麼可以引她出來。

「是妳，」我大叫，「妳一定知道，很明顯就是妳。」

雅典娜爆出一陣大笑，「那我猜我的問題就是，**到底為什麼？**」

她的聲音有哪邊怪怪的，我現在才剛察覺到，這不是妳會用來跟朋友講話的語氣，聲音高亢又不自然，彷彿她刻意在表演似的。這是妳在名人參加綜藝節目時會聽見的聲音，就在他們

必須選擇是要描述自己的破處經驗，或是吃下蒸猴腦時。

她還好嗎？是不是有人挾持她？有人拿槍指著她的腦袋嗎？

她又問了一次，語氣一模模一樣樣，問題出口前也是同樣銀鈴般的笑聲，「那我猜我的問題就是，**到底為什麼？**」

「沒有為什麼。」我大喊，「我拿到妳的書稿，也讀過了，然後覺得寫得實在非常棒，而且我也一直都很嫉妒妳，雅典娜，我只是想知道這是什麼樣子，而我甚至連想都沒想，事情就這麼**發生了**——」

「妳沒想過妳這是在偷我的作品？」現在她的聲音變成從我上方某處傳來，這一次卻詭異地模糊，彷彿她在水裡講話似的，聽起來一點都不像她，「妳不覺得這是在犯罪嗎？」

「這當然是，我現在瞭解這點了，這是錯的。」

更多銀鈴般的笑聲，又是跟之前一樣的問題，說話方式也完全沒變，「那我猜我的問題就是，**到底為什麼？**」

「因為這不公平。」我挫折地大吼道，她重點講得很清楚了，不需要一直這樣玩弄我，「妳知道大家想聽哪種故事，根本沒人在乎我的故事，我想要妳擁有的一切，妳曾擁有的一切，但我不是故意要傷害妳的。我永遠都不會傷害妳的，我只是想說——」

她的語調再度拉高，變得少女又假掰，「我是個幸運的女孩，對吧？」

「我覺得妳是我認識最幸運的人，」我可憐兮兮地回答，「妳擁有一切。」

「所以妳很抱歉囉？」聲音再次變得模糊又扭曲，「妳覺得抱歉嗎，茱恩？」

「我很抱歉。」我出口的話語感覺如此渺小，在呼嘯的狂風中如此微不足道，我喉嚨一緊，努力忍住不要哭出來，我已經不在乎什麼堅持說辭、口徑一致了，我只想要這一切趕快結束，「幹，雅典娜，我很抱歉啦，好不好，我每天都希望我可以收回我做過的事，我什麼都願意做，只要能彌補就好，我會告訴妳媽，會告訴妳的出版社，我會捐出一切，一分錢都不少，只要跟我說妳沒事就好。雅典娜，拜託，我真的受不了這樣了。」

一陣漫長的沉默。

她最終開口回應時，聲音再度改變，那種高亢又不自然的音色消失無蹤，聽起來反而充滿人性，卻依然完全不像她，「所以這是自首囉？」

「我自首，」我喘不過氣來，「我真的很抱歉，雅典娜。對不起，真的，拜託妳，過來跟我講講話。」

「那我知道了。」沉默，接著我再次聽見腳步聲，而這一次，腳步聲跟她的聲音是從同一個方向傳來的，她就站在我身後，「謝謝妳，茱恩。」

我轉過身。

一道人影踏出陰影。

*

不是雅典娜。

這名女孩看起來一點也不像雅典娜，她的臉更圓、更平凡，眼睛沒有那麼大，雙腿也沒有不可思議地修長。她邊對我露出得意洋洋的笑容，邊繼續走進光線下，而我有種朦朧朧的感覺，我應該要知道她是誰才對的，我曾經望進這雙眼睛過。但我就是想不起來。

「一點表示也沒有嗎？」女孩叉起雙臂，「毀了我的人生，把我趕出出版業，結果妳甚至對我連點印象都沒有哦？」

這時回憶的碎片唰地在我腦中歸位，Zoom螢幕中的一張小臉、一連串憤怒的電郵、我出版旅程中的一段小插曲，我早已遺忘許久。

她已經不再參與這個計畫了，妳以後不必再跟她接觸了。

「坎蒂絲？」

「嗨，茱妮帕。」她拉長語氣，把我的名字當成什麼髒東西般慢慢講出來，「好久不見囉。」

我的嘴巴在動，但說不出任何話。她在這裡幹嘛？她不是搬去奧勒岡州某個鳥不生蛋的無

聊屁地方了嗎？而且坎蒂絲又是哪時候認識雅典娜的啊？雅典娜到底是不是還活著？她也有參與這場騙局嗎？還是從頭到尾就只有坎蒂絲一個人？

「噢，看看妳這副表情，」坎蒂絲嘲諷道，「我已經期待這一刻很久了。」

「我不，為什麼──」我的腦袋徹底短路了，沒辦法把我的困惑好好組織成問題，「到底為什麼？」

「這還不簡單，」坎蒂絲愉快地回答，「妳毀了我的人生，我就要毀掉妳的囉。」

「但我並沒有──」

「妳有沒有半點概念，一旦妳進了丹妮拉．伍德豪斯的黑名單，那要在出版業找到一份工作，到底有多難？他們因為一則 Goodreads 評論炒了我，一則他媽的 Goodreads 評論欸，這樣妳有印象了嗎？」

「我沒有，又不是我──」

「我甚至連資遣費都沒拿到，」坎蒂絲滔滔不絕了起來，簡直就是個惡毒的蜂窩，她說得一副好像一切已經在她體內沸騰醞釀多年，好像她沒有一吐不快，就會整個人爆炸一樣，「**不專業的行為**，他們是這麼說的。我付不起房租，在一個幹他媽的浴缸裡睡了好幾個禮拜，還投了好幾十個對我的經歷來說根本大材小用的職缺，結果甚至沒有半個人願意動動手指回個信給我。他們說我有毒，說我不知道該怎麼維持和作者之間的界線，這就是妳想要的嗎？這樣妳爽

了沒？」

「我很抱歉，」我好不容易擠出回答，「我不知道妳到底在說些什麼——」

「我不知道妳到底在說些什麼，」坎蒂絲模仿起我來，「妳就是這樣裝傻躲過一切的嗎？就瘋狂眨眼然後假裝自己是個天殺的白癡哦？」

「是真的，坎蒂絲，我不——」

「天啊，不要再**扯謊**了啦！」坎蒂絲的聲音這時狂飆了好幾個八度，「妳都自首了，妳終於自首了，我都**聽到**妳說的了。」

這時我開始懷疑，坎蒂絲的精神狀況是否完全正常，她聽起來很瘋，很危險。

我往後退了兩步，思緒飛馳到我工具腰帶上的那罐防狼噴霧，但我不敢伸手去拿，我害怕任何突來的舉動，都會讓坎蒂絲徹底抓狂。

「天啊，我已經夢想這一刻**好久好久**了。」她的語氣激動又飄飄然，聽起來整個人腎上腺素暴衝中，「我被炒的時候本來就想把一切都公諸於世，但那時候誰會願意相信我啊？我有的就只有種種疑慮而已，敏感度讀者的那件事妳表現得那麼怪，而且妳談論那本小說的方式，彷彿不是妳自己寫的一樣，好像那是某種妳可以隨便刪改，想怎麼潤飾就怎麼潤飾的**東西**。」她上上下下打量著我，而她飢渴咧開的大嘴，使她看起來就像隻滴著口水的貪婪野生動物，是頭準備要出擊的野獸，「天啊，我是對的，我真不敢相信我猜**對**了。」

「我不知道妳自以為瞭解什麼，」我試著穩住呼吸，思緒倉促翻攪著，尋找解釋跟各種可能的矢口否認，能撤回我剛剛朝黑暗中大吼的那一切，**我當時一頭霧水，我當時被人脅迫啊**，「可是雅典娜是我的朋友——」

「喔是喔，對啦，妳最偉大的繆思嘛，」坎蒂絲嗤之以鼻，「我已經聽過這句了。跟我說說，妳計劃要偷她的作品多久了？她的死又有幾分是出於意外，老實說？」

「才不是那樣子，」我堅稱，「我在那本小說上投注了很多心力，那是我的——」

「噢，閉嘴啦。」坎蒂絲往前靠近，這幅場景構成還真他媽太戲劇化了，街燈在她身後閃耀，將她的影子映射過階梯，也越過我，我們感覺像是身處在某種哥德風電影中，現在惡棍在劇情高潮露出真面目，此刻輪到英雄義正詞嚴的獨白，就在我尖叫著一路墜入地獄之前，「我知道妳是絕對不會穿幫說溜嘴的，困難的部分就在這裡，妳懂的，我很早就想清楚這點了，妳是永遠不會承認的，不管種種指控變得多惡毒，也不管搬出多少證據。妳得緊緊攀附著事件的某種版本，而在其中妳並不是壞人，我說得對嗎？所以我發覺，要搞定這件事的唯一方法，就是逼妳自白。」

她提高音量，開始表演起來，彷彿她是在對另一個人述說，就像她已經等了一輩子，才能在聚光燈下得到獨白的機會，這整個詭異到不行，但我人就在這，動彈不得：是個受到俘虜的害怕聽眾，「我本來想說稍微鬧妳一下就好了，就搞妳一下，讓妳間接說溜嘴，要拿到ＩＧ很

簡單，我認識雅典娜的公關人員，她的帳號還沒登出。一開始我做的就只是用Photoshop瞎搞一下，我不確定這招有沒有用，妳一直無視我的標記，但接著我聽說妳在街上攻擊黛安娜・邱，她說妳看起來一臉中邪一樣，結果白人其實比我想得還要好騙欸。」

Photoshop？借來沒登出的帳號？就只需要這樣而已嗎？「所以雅典娜她……」

「死透了還化成灰啦，」坎蒂絲尖笑出聲，「還是妳依然很想要跟她的鬼魂見個面？」

「可是階梯……」我覺得自己好蠢，竟然像這樣子在問她，但我想不出還可以說什麼了，我需要她向我解釋一切，一步一步，因為坎蒂絲說得對：一部分的我依然覺得雅典娜隨時都會從陰影中走出來，還一邊傻笑，準備好聆聽我的自白了，「妳是怎麼知道階梯的事的？」

我**想要**雅典娜現身。她是我唯一想自白的對象，我需要真正的淨化，不是坎蒂絲・李在我眼前訕笑，不是這個殘忍幼稚的智障惡作劇。

「雅典娜最愛來這裡運動啊，」坎蒂絲回答，「她在推特上超愛講的，死都不閉嘴，等等，妳不知道哦？」她讀出我的表情，然後爆笑起來，「妳以為這是**衝著妳來**的？太讚了吧，這真的是**太**讚了，希望我有好好錄到。」

她直起身子，手上拿著台相機，她從頭到尾都在錄影。

她擺弄著按鈕，然後對著我播出我自己的話。

「妳知道大家想聽哪種故事，根本沒人在乎我的故事，我想要妳擁有的一切，妳曾擁有的

一切，但我不是故意要傷害妳的。我永遠都不會傷害妳的。」

這絕對殺傷力十足，這是我的聲音，無庸置疑，她的相機也有拍到我的臉，天知道還有從多少其他角度，這肯定是跳到黃河也洗不清。

「可是階梯……」她往後快轉，我的聲音聽起來於是變得更快、更高、更恐慌，我聽起來真是超他媽蠢，**「妳是怎麼知道階梯的事的？」**

「感覺很糟，對吧？」坎蒂絲把相機扔回背包，「眼睜睜看著別人扭曲妳的形象，並用他們選擇的隨便哪種方式講述妳的故事，且深知妳無力阻止？無言嗎？我們所有人看著妳的所作所為，就都是這樣的感覺。真的很鳥吧，嗯？」

「坎蒂絲。」我的胸口陷了下去，四肢像灌了鉛一樣，我知道就算我說了也一樣沒意義，我卻還是忍不住想走過流程，在沒有用盡方法之前，我是不可能就這樣轉頭走開的，「聽著，拜託，也許我們可以想出什麼解決方式——」

她冷哼了一聲，「不，抱歉哦，這次妳不能再靠收買人開脫了。」

「坎蒂絲，拜託妳，我會失去一切的——」

「妳是要對我開出什麼價碼？」她從頭上的樹梢上又拿下另一台相機，夭壽哦，這裡到底是有幾台相機？「五萬塊美金嗎？還是十萬？正義究竟值多少錢呢，茱妮帕·宋？」她把鏡頭直接對著我，「多少錢啊，」她一字一句慢慢講，「妳覺得雅典娜值多少錢呢？」

我舉起雙臂遮住臉，「坎蒂絲，**住手**。」

「妳又認為劉太太值多少呢？」

「妳難道沒辦法理解這是怎麼一回事嗎？」我乞求道，「就連一點點也不行？雅典娜擁有他媽的一**切**欸，這一點也不公平——」

「妳就是這樣為自己辯解的嗎？」

「但這是事實，不是嗎？雅典娜注定會成功的，你們這種人，我是說，多元的人，他們想要的就只有你們——」

「我的天啊，」坎蒂絲一手壓著額頭，「妳真的是發神經了，每個白人都是這樣講話的嗎？」

「這是真的，」我堅稱，「只是眾人皆醉我獨醒——」

「妳知道雅典娜在這個產業中遭遇過多少破事嗎？」坎蒂絲質問道，「他們把她當作自己的象徵，充滿異國風情的亞裔女孩，每一次她試圖發展新的計畫，他們都不斷堅持亞裔就是她的**品牌**，也是她的讀者期待的。他們從來都不讓她講其他東西，永遠只能講身為移民的經驗，講她有半數家人都死在柬埔寨，講她爸在天安門事件二十週年時自殺，種族創傷最賣座了，不是嗎？他們把她當成博物館的展品在對待，這就是她的賣點，身為一個華裔悲劇，而她也順從了，她知道規矩，而她也盡全力從裡面榨出他媽的所有價值。

「而要是雅典娜算是個成功案例，那對我們剩下的人來說，這又代表什麼意思呢？」坎蒂

絲的聲音冷酷了起來，「妳知道去推銷某本書，結果對方告訴妳，他們已經簽了個亞裔作者了，是什麼感覺嗎？說他們同一季不能同時推出兩本邊緣族群的故事？說既然已經有雅典娜．劉存在了，那妳就是多餘的？這個產業建構的基礎就是強迫我們沉默，把我們死死踩在腳下，然後朝白人灑錢，以產出對我們的各式種族歧視刻板印象。

「不過，妳倒也說對了。三不五時，業界就會有人良心發現，願意給非白人作家一個機會，然後所有人就會瘋狂開始吹捧這本書，彷彿這是前所未見的唯一多元性作品。我也曾身在另一邊，曾親眼見識這一切發生，我也在會議室裡，我們會選出勁爆的本季大書，並決定誰**學養良好**、**語言通順清晰**、**充滿魅力**，卻又足夠邊緣，這樣才能好好善用我們的行銷預算。這很病態，妳也知道，但是我猜，能成為象徵也很爽吧，如果規則有打破的一天，那妳何不也乾脆搭著多元性的電梯一路登頂啊，妳的邏輯就是這樣不是嗎？」

「坎蒂絲……」

「妳能**想像**他們會有多愛這樣一本書嗎？」她在空中張開雙手，彷彿在勾勒一道彩虹，「《黃色臉孔》，坎蒂絲．李著。」

「坎蒂絲，算我求妳了，拜託別這麼做。」

「如果我不公開，那妳會自己公開嗎？」

我張口欲言，但又閉上。我不能回答這個問題，她知道我不能回答這個問題的，「坎蒂

絲，拜託，雅典娜也不會想要這樣的——」

「誰在乎雅典娜啊？」坎蒂絲再次尖笑出聲，「雅典娜去死啦，幹，我們不都恨死那個臭婊子了嗎？這是為了老娘自己。」

對此我無可反駁。

一切最後全都回歸到自私自利。操控故事和敘述讓自己佔上風，並且粉身碎骨、在所不惜，如果出版業就是作弊又不公平，那你何不確保會是以對自己有利的方式呢？這我都懂，我也曾經這麼做過，就只是按照規則玩而已，這就是你在這個產業存活下來的方法。如果我和坎蒂絲現在易地而處，要是我跟她一樣背包裡也放著這種可以顛覆全盤敘述的猛料，那我當然也會做出同樣的選擇。

「好啦，我想我來這趟的目的達成了。」她把最後一台相機放回背包，拉起拉鍊，然後把背包甩過肩頭，「如果我是妳的話，到家時一定會遠離社群媒體的，可以幫自己省省痛苦跟崩潰。」

這時，我突然鐵石心腸起來，跟我一直以來看著雅典娜成功時的感受一樣，一股醋意滿溢的堅定信念，認為這並不公平。現在坎蒂絲在我面前走來走去，炫耀著她掠奪到的戰利品，而我已經能看見業界對她的稿子會有什麼反應了，他們肯定他媽會**瘋狂**迷上她，因為背後的敘述就是這麼一目了然又無懈可擊：才華洋溢的亞裔作家踢爆白人騙局，是社會正義的大勝利，挺

身而出、反抗**壓迫**！

自從《最後的前線》出版以來，我就成了坎蒂絲、黛安娜、愛黛兒這些人手下的受害者：這種人認為，就因為他們「受到壓迫」而且「身處邊緣」，他們就可以想做什麼、想講什麼，都隨心所欲。還覺得全世界都應該把他們供在神壇上，送上各式各樣的機會，而且反向種族歧視也是沒問題的，他們可以隨便霸凌、騷擾、羞辱像我這樣的人，就因為我是個白人，就因為這算是挺身反抗，因為在這年頭，像我這樣的女人，是大家最可以接受的目標。種族歧視很不好沒錯，但你還是可以對白女發出死亡威脅。

而我只知道一件事。

我才不會讓坎蒂絲就這麼把我的命運掐在手裡拍拍屁股走人。

多年來壓抑的憤怒，來自於我被人以刻板印象對待，好像我的聲音就不重要，彷彿我整個人的存在完完全全受「白女」這兩個字界定，這股憤怒在我體內沸騰，然後炸開。

我猛撲向坎蒂絲腰際。要攻擊重心所在，我有次曾在某篇Tumblr貼文上讀到過，如果有人在街上要攻擊你，就朝他們的臟器和腿部反擊，讓他們失去平衡，把他們打倒在地，接著攻擊會造成傷害的部位。坎蒂絲完全不是什麼一百八十公分高的大噸位掠食者，她整個人超小一隻的，亞裔女性通通都這麼嬌小，我有時候會盯著雅典娜，然後想像著某個人輕輕鬆鬆就能一把將她從腰際抱起，她和坎蒂絲，就像是小小的瓷偶，要打倒她們是會有多難？

我撲向她身上，坎蒂絲發出尖叫，我們重摔在地，手腳糾纏在一起，有什麼東西摔碎了，我希望是那些相機。

「**放開**我啦！」她往我臉上尻了一拳過來，不過她是由下往上打，所以一點力氣也沒有，而且她本來就也沒多壯了，她的指關節連擦都沒擦到我的臉頰。話雖如此，她還是比我想得還要強壯一點，我沒辦法一直壓著她，她不斷在我身下亂打，邊罵髒話邊尖叫，手掌和手肘瘋狂戳著我身上她可以碰到的每一個地方。我想起我買了把瑞士刀跟一罐防狼噴霧，但我沒空從腰帶上拆下來，我光是要擋住她的攻擊，就沒辦法做其他事了。

接著我靈光一閃，我們倆現在都離階梯太近了，我們都有可能跌下去，或她把我踹下去，還是說**我**可以——

幹，別鬧了，我是在想什麼啊？外頭已經有人覺得是我謀殺雅典娜的，如果警察在階梯底部找到我，站在坎蒂絲支離破碎的屍體旁，那我又是要怎麼解釋啦？

一個微弱的聲音輕聲說道：**簡單啊，這樣解釋不就好了**。

我們來慢跑，反正我們兩個都穿成這樣，這是會有多難相信？階梯結冰了，又在下雨，而坎蒂絲沒有注意好腳步，在緊急救護技術員到來之前，我絕對有充足時間可以把相機都藏起來的。我可以把整個包包都扔進波多馬克河，或者，不行，這樣就太過依賴命運的決定了，我最好還是把東西藏在喬治城大學附近，之後再回來拿。反正要是坎蒂絲永遠閉嘴，那又有誰會懷

疑到我頭上來呢？

這樣真他媽糟糕到不行，沒錯，不過我可以平安度過謀殺案調查，可是要是坎蒂絲活著離開這裡，那我肯定是熬不過她接下來要對我做的事的。

坎蒂絲的反擊力道越來越微弱，她沒力了，我也是，不過我更高大，也更重，我需要做的，就只是耗盡她的力氣而已。我把她的手腕死死釘在地面上，再用雙膝壓在她胸口上，我不想殺死她，如果我可以就這樣讓她待在原地不要亂動，要是我能搶下背包，接著搜她身，看她還有沒有藏著其他錄音或錄影設備，那情況就太理想了。這樣的話，我們就都能全身而退，不過要是不行，如果事態真的發展到——

坎蒂絲瘋狂尖叫，並往我臉上吐口水，「**放手！**」

我紋風不動，「東西交出來就好，」我上氣不接下氣說道，「交出來，然後我就會——」

「妳這個他媽的**死婊子**幹！」

她竟然咬我的手腕，痛苦竄上我的手臂，我往後一縮，一臉震驚，她咬出血來了，幹，她的牙齒上全都是血，我的手臂上也是。坎蒂絲又開始掙扎，我的膝蓋從她胸口上滑掉，她掙脫壓制，蜷起身子，然後往我肚子踹了一腳。

她踹得超大力，我從沒想過這麼嬌小的身軀力氣可以這麼大，雖然我還是震驚的成分遠大於實質上的痛苦，不過這一踹依舊把我肺裡的空氣給踹了出來。我蹣跚往後倒，雙手在空中亂

揮好平衡身子，但我以為身後會有的紮實地面，並不在那裡。
只有空無一物的空氣。

二十四

四天後，醫生才願意放我離開醫院。在我的鎖骨和腳踝都固定好，而且我也證明了能夠在無需協助的情況下，蹦蹦跳跳著上下車之後，我看起來不像是需要動手術，但他們還是希望我兩週後回來複診，好確認我的腦震盪已經自行痊癒。而就算扣掉保險理賠，這整件事還是花了我好幾千塊美金，雖然我猜我這麼輕易就從中脫身，應該要謝天謝地才對。

我醒來時沒有警察站在我床邊，沒有人來調查，也沒有記者。我慢跑時在冰上滑倒了，他們告訴我，一個沒有透露身分的好心路人發現了我，並用我手機上的緊急功能打給急救人員，不過救護車抵達時，好心人已經消失無蹤了。

坎蒂絲處理得無懈可擊。不管我做出什麼指控，看起來都會像是完完全全無的放矢，在外界看來，我們彼此的關係和陌生人無異，我們上一次互通電郵已經是好幾年前的事了，我的手機裡也沒有她的號碼，沒有任何空間可以懷疑她想搞我，因為哪來的動機啊？暴風雨也已經肆虐好幾天了，大雨肯定已經沖刷掉所有指紋，以及她相機存在過的每一絲證據，即便我能以某

種方式證明坎蒂絲那晚人確實在階梯上，這也只會變成一場口頭證詞大戰而已，而我們兩個也都會花上好幾千塊的法律費用。況且，我很確定我也有在坎蒂絲身上留下一些傷勢，她到現在無疑已經好好渲染了一波，還跑去驗傷了，我不保證一定會贏。

不，不管之後情勢怎麼發展，都只會是發生在輿論的場域中。

搭Uber回我公寓的車程途中，我在網路上搜尋起坎蒂絲的名字，就跟我醒來之後每隔幾個小時所做的一樣。這只是時間早晚的問題而已，我心想，我想在消息爆出來的那一刻就看見，而這一次，我等待已久的頭條終於出現在搜尋結果最上方，《紐約時報》剛刊出一篇訪談：「前編輯坎蒂絲・李現身說法，有關雅典娜・劉、茱妮帕・宋・海伍德、及一次世紀大自白。」

老實說，我還頗感佩服。先撇開坎蒂絲竟然想辦法把她的職銜從編輯助理變成編輯不談，要在短短四天內就搞定《紐約時報》的專訪文章實在也難如登天，尤其這還是有關一樁幾個月前就已經淡出新聞週期的文學糾紛。就連愛黛兒・史帕克斯—佐藤也永遠都沒辦法讓《紐約時報》刊出她的深度文章，她總是必須退而求其次刊在《Vox》、《Slate》，或是天可憐見的「Reductress」諷刺網站上。

不過坎蒂絲擁有一樣其他人都沒有的東西，她有錄音。

訪談結束後的最後一段文字，提到坎蒂絲正在寫一本有關這整件事的回憶錄，幹，當然不

意外囉，她才剛開始打草稿，不過據說「多間出版社」都「非常有興趣」想簽下她的稿子。而伊甸竟然也名列跟坎蒂絲的版權經紀人接觸的出版社之一，丹妮拉本人的說法就引用在文章最後幾句裡：「我們當然很樂意跟李小姐合作囉，這會是最理想的方式，能夠彌補我們在這整樁悲劇裡所扮演的角色，而我們對此深表遺憾。」

*

所以就是這樣囉，我徹底完蛋了。

我崩潰度過一個禮拜，接著又一個禮拜，吞下各種止痛藥跟安眠藥，意識成了重擔，我醒來只是為了進食，卻嘗不到食物在嘴裡的滋味，完全靠著花生醬三明治維生，而幾天之後，我連花生醬都懶得塗了。我的頭髮變得又亂又油，但光是想到要去洗頭，我就覺得好累，我努力撐著自己，完成維生所需的種種基本事項，可是一切已經沒意義了，沒有什麼好期待的了，只剩下拖著腳步迎向線性時間令人畏懼的進展。我覺得，這完全就是阿岡本會稱為「裸命」的狀態。

我出意外的消息肯定已經在網路上流傳了，瑪妮傳訊息給我，**想說來打個招呼，我聽說意外的事了，妳還好嗎？**我把這個舉動視為她在安撫自己的良心，以免我真的死掉。我沒有回。

除此之外，沒有半個人來關心我。媽和洛莉絕對會馬上拋下手邊的一切，趕來我床邊的，

只要我告訴她們發生了什麼事的話，但我寧願拿螺絲起子插爆我的眼球，也不想跟她們解釋一切。某天晚上，我的手機響了起來，但只是DoorDash的外送員送衛生紙來而已，而我對著枕頭爆哭，覺得自己怎麼會這麼淒慘。

等到我的止痛藥吃光，我得面對清醒思考帶來的痛苦時，我就麻木地滑著推特來殺時間，我的動態一如既往充滿各種跪求關注的作家，簽下書約、公布封面、公布封面、星號書評、Goodreads贈書活動、拜託大家預購，某本羅曼史的封面是兩個白人主角，跟另一本羅曼史的封面看起來實在太像了點，而推特上的鄉民不確定是該對作者、出版社、設計團隊、還是概括來說的白人至上主義發怒。

這一切全都散發著絕望的味道，但我就是無法轉開視線，唯有如此，才能把我跟那個我唯一有一絲興趣參與的世界連結起來。

孤獨不應該讓我這麼困擾的才對，我很習慣自己一個人啊，我一直以來都是孤伶伶的，只要我可以寫作就沒事。但問題就是我沒辦法寫，現在不行，在深知我現在八成甚至連個版權經紀人都沒有的狀況下，就是不行，少了讀者，算是哪門子作家啊？

我以前曾經想過，那些被取消的作家，而我指的是因為合理的理由被取消的人，比如性騷擾或使用種族歧視的字眼，這些人在他們被逐出出版界之後，心裡作何感想。有些人試著想方設法再擠進來，通常是透過不入流的自費出版，或是邪教般的詭異工作坊，但大多數人就這麼

靜靜消失在真空中了，什麼也沒留下，只有幾行令人生厭的新聞標題，回顧著過去的戲劇性事件。我猜他們正過著新的生活吧，也從事著新的職業，或許他們去辦公室上班，也可能他們成了護士、老師、房地產經紀人、全職家長，我在想他們經過書店時心裡有什麼感受，他們的五臟六腑是否會升起一股折磨人的渴望，懷念著那個逐出他們的仙境。

我猜傑夫最後算是重新回到出版界了吧，可是傑夫是個有錢又迷人的順性別白男，傑夫有無限的犯錯空間，而這個世界並不會給我同樣的慈悲為懷。

我確實也考慮過自殺。深夜時分，當時間持續的流逝感覺就要令人無法承受時，我發現自己在研究一氧化碳和刮鬍刀片。理論上，這看似是個容易的方法，可以逃離這逼人窒息的黑暗，至少這會讓我的黑粉感覺很糟，**看看你們做了什麼，看看你們把她逼成什麼樣子了，你們難道不覺得可恥嗎？不會希望自己可以收回先前的所作所為嗎？**

但這一切感覺又如此麻煩，而即便我這麼絕望喪志，仍是無法和這個想法妥協：我竟然要這麼樣離開世界，甚至連句遺言都沒有留下。

*

一個月後，坎蒂絲賣出了她講述一切真相的回憶錄，出價的是企鵝蘭登書屋，價格則是跌破眾人眼鏡的七位數美金。

我往下滑過成交消息，來到留言區，有些是大肆慶祝，其他人則對於將這麼一齣痛苦又私密的悲劇給商品化，表達出厭惡，還有幾個人不可置信，一個剛出道的作家，竟然可以因為這麼一本甚至根本都還不存在的書，獲得如此高昂的預付金。

他們真是一竅不通。坎蒂絲寫得好不好根本就不重要，天知道她能不能好好寫出一個段落呢？誰在乎啊？雅典娜和我的事，到了現在已經是全國性新聞了，每個人和他們的老媽都會買這本爆料的爛書來讀，這本書會佔據暢銷榜最頂端好幾個月，也絕對會成為業界口耳相傳最夯的書之一，而等到這真的成真，我的名聲就會永遠毀滅了。我永遠都會是那個偷走雅典娜・劉遺產的作家，那個反社會、見不得人好、種族歧視的白女，竟敢偷走那個亞裔女孩的作品。

很難想像還有比這更徹底，更堪稱五馬分屍的潰敗了。

但我的大腦這時做了一件好笑的事。

我並沒有墜入絕望，也沒有感受到代表恐慌發作即將來臨的各式示警症狀，事實上，還恰好相反：我徹頭徹尾平靜不已，彷彿進入禪定狀態。我覺得**生機勃勃**，並發現自己已經開始思考起句子，構思用字遣詞，描繪出與之對抗的敘述輪廓，我是一場可怕騙局的受害者，我被網路霸凌、跟蹤騷擾、還有人操弄著我，讓我覺得自己要發瘋了。坎蒂絲・李奪走我對故友的愛，並將其變成某種醜陋又恐怖的東西，坎蒂絲才是那個為了她的藝術剝削我的人，而不是顛倒過來。

因為要是坎蒂絲拿出那些錄音，那她就是在公告周知，我摔下去的那晚，她人就在《大法師》階梯那，這樣的話，那個匿名打給緊急救護技術員的人，身分也就不攻自破了。而這就給了我一個破口，可以做出我自己的指控。

真相是種流動的概念。總是可以找到另一個方法扭轉故事，也有另一個支點可以翻轉敘述，如果說我在這整件事中有學到什麼的話，那就是這個了。坎蒂絲也許贏了這回合，但我可不會讓她抹去我的聲音，我會告訴我們的讀者，他們究竟應該要相信什麼才對，我會推翻她所有的主張，將其歸咎於全新的動機，並改變事件的順序。我會提出全新的記述，而這之所以充滿說服力，便是因為和我們的讀者內心深處，真正想要相信的事物徹底相符：也就是我根本就沒做錯，而這整件事，又是同樣的案例再次上演，有群齷齪、自私、道德標準過高的人，無中生有憑空變出一則種族歧視的故事。這是取消文化要致人於死地，看看我怎麼被逐出業界的，看看我的醫院帳單吧。

我將會精雕細琢並賣出這個故事，有關出版業的種種壓力，是如何導致白人作家和非白人作家一樣，簡直都不可能出頭，有關雅典娜的成功完完全全都是建構出來的，她一直以來都只不過是個產業象徵而已。還有關於我自己的騙局，因為我們就把這包裝成騙局吧，而非剽竊，這真的只是一種手法，目的是要揭露這整個產業腐敗的根基，也會說明到最後蓋棺論定時，我為什麼算是個英雄。

我開始計劃我的下一步。首先，我會寫份提案，我今天之前就能寫完了，或如果我太累的話，明天早上前吧，但我在這週之內，肯定可以稍微弄出個樣子，接著就寄給布雷特，前提是他還沒有炒了我的話啦。要是他**真的**炒了我，那我會要求跟他通個電話，之後親自跟他推銷這個主意，他瘋了才會拒絕。

然後我會用接下來的八週時間，迅速寫下我所有的想法和相關記憶，我不能回收利用我偽自傳的素材，不行，因為在那個計畫裡，我願意出於娛樂大眾的理由，把自己塑造成惡棍，但在這個版本中，我需要的是救贖。我必須讓大家看見我這一方的故事，雅典娜才是水蛭、吸血鬼、纏住我不放的鬼魂，坎蒂絲則是自以為能成為她的發瘋版贗品，我是無辜的。我唯一的罪過，就是太愛文學了，而且拒絕眼睜睜看著雅典娜簡直還只是**受精卵**的作品化為烏有。

草稿會是一團亂，不過沒有關係，這整件事就是一團亂。更重要的是打鐵趁熱，布雷特和我會盡可能改好錯字，接著把稿子廣發出去，一定有人會簽下這個故事的，搞不好還會是伊甸呢，我很樂意再次和丹妮拉合作，前提是她要卑躬屈膝，還要捧著大把鈔票過來啦。不過我很期待會有不少選擇，一定會有很多人來報價的，我們會進入競價階段，事實上呢，假如這個計畫最後賣出的預付金數目飆破我先前所有作品，那我也不意外。

一年後，我就會在世界各地的書店裡了。一開始的媒體報導最好只會是態度存疑，最糟則會是無情批評，**白女出版了絕地大爆料！茱恩・海伍德寫了一本沒人想看的回憶錄，因為這個**

瘋女人就是不肯停筆，黛安娜．邱會氣到中風，愛黛兒．史帕克斯—佐藤也會他媽的大抓狂。

但是某個地方的某個書評，將會仔細讀過這本書，然後他們會刊出一篇逆風的評論，因為那些想要騙點擊的主筆，總是會徵求各種逆風的評論，**萬一我們全都搞錯了怎麼辦？**而種下懷疑的種子，就只需要這樣而已，那些為了起爭議而起爭議的網路鄉民，將會去尋找坎蒂絲故事裡的漏洞，鋪天蓋地的人身攻擊將會展開，我們全都會被拖進這個爛攤子中，而當一切塵埃落定時，只會剩下一個問題：**假如茱妮帕．宋說的是對的呢？**

而這很快就會再一次成為我的故事。

致謝

很大程度上來說，《黃色臉孔》是個恐怖故事，有關身處一個激烈競爭的產業中，所感受到的孤獨。不過與茱恩和雅典娜相比，我很感激能擁有一個作家所夢寐以求，最棒的家人、朋友、出版團隊支持，在此依序致上諸多謝意。感謝William Morrow出版社及Borough出版社出類拔萃的大家，將我雜亂無章的草稿幻化成真正的書：May Chen、Ann Bissell、Natasha Bardon、David Pomerico、Liate Stehlik、Holly Rice、Danielle Bartlett、DJ DeSmyter、Susanna Peden、Robyn Watts、Vicky Leech、Elizabeth Vaziri、Mireya Chiriboga、Alessandra Roche，你們全都讓HarperCollins感覺就像家一樣。也感謝Liza Dawson版權經紀公司的團隊，在這條路上的每一步都陪伴在我身旁，Hannah Bowman、Havis Dawson、Liza Dawson、Joanne Fallert、Lauren Banka。還要感謝Farah Naz Rishi、Ehigbor Shultz、Akanksha Shah、James Jensen、Tochi Onyebuchi、Katicus O'Nell、Julius Bright Ross、Taylor Vandick、Shirlene Obuobi，以及「番茄幫」的大家，陪我一起歡笑，並鼓勵我總是敢說敢言。謝謝Emily Jin、Melodie Liu、Moira De

Graef，和我一起手牽手的「Jingsketeers」，讓我保持理智，沒有發瘋，也要謝謝我能躲進的「地堡」，讓我可以抱怨，也能開懷大笑。而對我來說，書店也永遠會是充滿魔力的所在，感謝所有將我的作品推廣給讀者的書店和賣書人，尤其要感謝水石書店牛津店、邦諾書店米爾福店、Mysterious Galaxy、Porter Square Books，還有哈佛書店，這邊的Emmaline Crooke和Lily Rugo絕對是最讚的。謝謝媽和爸，早在我自己開始相信以前，就堅信寫作這條路能行得通，也永遠都要謝謝Bennett，他的愛照亮了一個珍貴的世界。

臉譜小說選 FR6605

黃色臉孔

Yellowface

原著作者 匡靈秀（R.F. Kuang）
譯者 楊詠翔
書封設計 馮議徹
責任編輯 廖培穎
行銷企畫 陳彩玉、林詩玟
業務 李再星、李振東、林佩瑜

副總編輯 陳雨柔
編輯總監 劉麗真
事業群總經理 謝至平
發行人 何飛鵬

城邦讀書花園
www.cite.com.tw

出版 臉譜出版
台北市南港區昆陽街16號4樓
電話：886-2-25007696 傳真：886-2-25001952
發行 英屬蓋曼群島商家庭傳媒股份有限公司城邦分公司
台北市南港區昆陽街16號8樓
客服專線：02-25007718；25007719
24小時傳真專線：02-25001990；25001991
服務時間：週一至週五上午09:30-12:00；下午13:30-17:00
劃撥帳號：19863813 戶名：書虫股份有限公司
讀者服務信箱：service@readingclub.com.tw
城邦網址：http://www.cite.com.tw
香港發行所 城邦（香港）出版集團有限公司
香港九龍土瓜灣土瓜灣道86號順聯工業大廈6樓A室
電話：852-25086231 傳真：852-25789337
馬新發行所 城邦（馬新）出版集團
Cite（M）Sdn. Bhd.（458372U）
41, Jalan Radin Anum, Bandar Baru Sri Petaling,
57000 Kuala Lumpur, Malaysia.
電話：603-90563833 傳真：603-90576622
電子信箱：services@cite.my

初版一刷 2024年6月
初版三刷 2024年7月
ISBN 978-626-315-500-8

定價：450元（本書如有缺頁、破損、倒裝，請寄回更換）

國家圖書館出版品預行編目資料

黃色臉孔／匡靈秀（R.F. Kuang）著；楊詠翔譯.
-- 初版. -- 臺北市：臉譜出版：英屬蓋曼群島商家庭傳媒股份有限公司城邦分公司發行, 2024.06
面； 公分. --（臉譜小說選；FR6605）
譯自：Yellowface.
ISBN 978-626-315-500-8（平裝）

874.57 113005281